LA TERRE DE NOS ANCÊTRES

Un grand merci à Jean-Jacques pour ses remarques pertinentes.

Du même auteur :

La sirène du Bourillon	2020
D'un bois à l'autre	2021
La terre de nos ancêtres	2022

© Michel Barbe 2022
Édition : BoD – Books on Demand, info@bod.fr
Impression : BoD – Books on Demand, In de Tarpen 42,
Norderstedt (Allemagne)
Impression à la demande
ISBN : 978-2-3224-4069-6
Dépôt légal : juillet 2022

La terre de nos ancêtres

MICHEL BARBE

1

samedi 25 septembre 2021

Edmond Chiotti ruminait ses idées noires dans les rues de Courthezon. La veille, il avait cru empocher le pot avec ses deux paires aux as, mais un brelan de sept avait terrassé ses espoirs de fumer gratis durant les semaines à venir. D'un point de vue objectif, ses pertes, trois paquets de tabac à rouler, restaient minimes. Pour lui, elles représentaient une part non négligeable de son budget, trois-cent-cinquante euros par mois. La directrice tolérait les parties de poker dans la mesure où les compagnons ne misaient pas d'argent. Cela n'empêchait pas les engueulades, mais restreignait les dérapages.

Une poutre lui transperçait la tête depuis son réveil. Ils l'avaient arrosé cette partie de cartes ! Ressentait-il les séquelles de sa cuite ou la pandémie qui décimait ses potes l'avait-elle rattrapé ? Il frissonna. Releva le col de son manteau, pour se réchauffer. Porta à sa bouche une fiole de calva, pour se prémunir du virus ! Il la remettait dans sa besace lorsqu'une camionnette stoppa à son niveau.

Ali et Moussa l'avaient découvert l'hiver précédent assis sur un bloc de pierre, à deux pas du Palais des Papes. Transi de froid, il ronchonnait contre la terre entière et ils l'avaient amené au centre Emmaüs du Vaucluse.

Ali abaissa sa vitre :

— Tu ne devais pas trier les cartons avec François, ce matin ?

Edmond posa une main sur sa tignasse blanche en penchant la tête :

— Suis pas dans mon assiette !

— Où vas-tu de ce pas alerte ? se moqua Moussa.
— Acheter du tabac !
Les deux compères se regardèrent en haussant les sourcils, ils partageaient la même idée :
— Allez, grimpe. Les cartons se passeront de toi. Cinquante euros pour ta pomme ! l'appâta Moussa.
— Et on te payera le resto ! ajouta Ali.
La cinquantaine entamée et en paraissant plus, Edmond ne tenait pas particulièrement à se coltiner des armoires et des cuisinières. Mais un billet de cinquante représentait un drôle de bonus !
Moussa glissa ses fesses au milieu de la banquette et Edmond s'installa près de la portière.
Le trajet dura deux heures et demie. D'habitude, leurs déplacements se limitaient au Vaucluse, mais, ce matin-là, ils intervenaient dans un village des Alpes-de-Haute-Provence. Début août, un cantonnier intrigué par des prospectus qui débordaient d'une boîte aux lettres avait alerté les autorités. Une nonagénaire était recroquevillée sur le carrelage de sa cuisine. Un escabeau et une boîte de petits pois gisaient sur le sol, la porte d'un placard était ouverte. Les gendarmes avaient conclu à une glissade en voulant attraper une conserve. Pressé de liquider l'héritage, le fils avait sollicité Emmaüs pour débarrasser la baraque.
Sa voiture à cheval sur le bord de la route, le gars de l'agence les attendait. Il leur remit les clés et démarra en trombe. Moussa écarta les battants du portail, Ali rangea la camionnette dans l'allée, Edmond déplia le diable. En pénétrant dans le hall, une odeur pestilentielle les prit à la gorge. Ils ouvrirent les fenêtres et patientèrent dans un troquet, le temps que l'air devienne respirable.
Moussa et Ali, trente-six ans chacun, avaient passé leur enfance dans une cité du quatorzième arrondissement de Marseille. Ils y avaient fréquenté les mêmes établissements scolaires et s'étaient retrouvés guetteurs pour les trafiquants du quartier. Ils s'engouffraient dans les traces de leurs aînés

quand cinq balles de Kalachnikov transpercèrent le frère d'Ali. Une altercation entre deux bandes rivales pour un coin de rue avait dégénéré. Cet évènement les convainquit de boucler leurs valises. Mais la réalité des petits boulots payés au lance-pierre, des logements insalubres et des vexations à connotation raciste les engloutit. Ils hésitaient entre braquage et suicide collectif quand un compagnon leur expliqua les règles de la communauté. Ils y éprouvèrent un apaisement salutaire et chapeautaient volontiers les nouveaux arrivants.

Après plusieurs voyages à la déchetterie, les trois hommes bourrèrent la camionnette de livres, de vaisselles, de linges, de meubles, d'appareils électroménagers réparables, et rejoignirent un restaurant à la sortie du village. Installés sur la terrasse, à l'ombre des parasols, ils descendirent un pichet de coteaux de Pierrevert en apéritif. Deux autres accompagnèrent le magret de canard et le fromage. Pendant le repas, Ali et Moussa racontèrent des blagues pour dérider Edmond qui affichait encore sa tête des mauvais jours.

Le major Patrick Castellane avait brossé son uniforme et ciré ses chaussures de mauvais gré. Ces pertes de temps dictées par le décorum l'horripilaient. Il voulut repasser sa plus belle chemise, mais la centrale vapeur exigea de l'eau déminéralisée. Comme un imbécile, il avait oublié d'en racheter. Préférait-il encrasser l'appareil avec la flotte du robinet ou supporter sans broncher les réflexions désobligeantes du commandant ? Finalement, il retira d'un broc les fleurs en plastique qui ornaient le buffet de son salon et se dirigea vers l'évier.

Ses treize subordonnés l'attendaient dans la cour. Le matin même, Yves Boissecourt, le chef d'escadron, l'avait informé qu'il passerait en revue les effectifs de la brigade. À onze heures trente !

Castellane inspectait la tenue de ses hommes lorsqu'une voiture de fonction franchit les grilles. En poste depuis un mois, Boissecourt représentait l'archétype du type droit dans ses bottes, une qualité dans la gendarmerie. Mais son discours d'intronisation s'était éternisé. Les promus s'imaginaient plus compétents que leurs prédécesseurs, une manie récurrente ! Insuffler un nouvel élan. « Tu parles ! » avait brocardé Castellane à l'oreille de Charlotte.

Le major avança de deux pas et gratifia son supérieur du salut réglementaire. De sa main libre, il palpa le carton d'invitation qui traînait dans sa poche. Cette visite contrariait sa présence au cocktail offert par le maire. La salle polyvalente de Banon était située à cinq minutes à pied, mais la démarche qu'il comptait y entreprendre le stressait suffisamment sans y ajouter un retard malvenu.

Il tenta d'accélérer le mouvement par une présentation succincte des membres de sa brigade :

— Mon commandant, voici nos officiers de police judiciaire : l'adjudant-chef Laurent Berthier, l'adjudante Charlotte Gaubert.

— La gendarmerie a besoin d'éléments impliqués au quotidien pour remplir les multiples missions de sécurité que la nation nous a confiées, les félicita Boissecourt.

Bravo, la séance de cirage ! ricana Castellane. Année après année, la délinquance progressait alors que les effectifs stagnaient.

La présentation continua avec les onze autres membres de la brigade. Le chef d'escadron, une froideur coutumière à son rang figeant son visage, serra toutes les mains. Il s'empara de celle de Karine Coste. Un réchauffement devenait palpable. Succombait-il à ses grands yeux bleus ? se demanda Castellane. Célibataire, Karine aurait pu perturber l'ambiance amicale qui régnait entre ses adjoints et leurs épouses, mais elle s'était intégrée sans minauder.

Charlotte Gaubert, l'autre membre féminin de la brigade, incarnait la gendarmerie nationale à elle toute seule. Se moquer de ses prises de poids incontrôlées, de son accent digne des romans de Pagnol, aurait suggéré un manque de respect à l'institution. Impensable !

Comme l'avait supputé Castellane, Boissecourt rappela leurs missions, évoqua sa vision de l'avenir, ce qu'il allait mettre en place pour qu'elle se réalise...

Midi et quart ! pesta Castellane.

Les cafés engloutis, Moussa régla l'addition. Il en profita pour donner à Edmond la rétribution promise. Le billet provenait d'une liasse encore entourée de son bandeau. Comment Ali et Moussa se débrouillaient-ils pour posséder autant de liquide ? Edmond en avait une petite idée. Entre la camelote volatilisée pendant le trajet du retour et leur trafic de shit, ils arrondissaient leurs fins de mois. De quoi se payer le resto, partir en week-end, s'habiller de fringues m'as-tu-vu. Lui adoptait un profil bas et refusait de se laisser entraîner dans leurs combines.

Les trois hommes remontèrent dans la camionnette. Moussa appela le centre pour les avertir qu'ils arriveraient autour de dix-sept heures, Ali roula un joint tout en conduisant, Edmond ouvrit la bouteille de gnôle récupérée chez la vieille. « Elle n'en aura plus besoin ! » répliqua-t-il au regard réprobateur d'Ali. Il était gonflé, le Ali ! pensa Edmond.

Le pétard et l'alcool à 60° circulèrent dans la cabine. Moussa glissa un CD de Sally Nyolo dans le lecteur. Leurs têtes ondulaient au rythme de la musique, et Edmond finit par se détendre.

Les trois hommes chantaient à tue-tête quand Edmond hurla comme un forcené en apercevant une moto surgir d'une vicinale oubliée. Ali donna un coup de volant pour l'éviter. La camionnette grimpa alors sur un talus, défonça un poteau électrique, se coucha sur le flanc.

Le moteur tressauta avant de caler et Edmond reprit ses esprits. Plaqué contre le corps de Moussa, il remua ses doigts de pieds, fit tournoyer ses poignets. Ses articulations fonctionnaient, mais ses collègues ne bougeaient toujours pas. Il s'inquiéta, tâta le pouls de Moussa et ne sut qu'en penser. Quant à Ali, il ne pouvait l'atteindre.

Il ne possédait pas de téléphone portable. Celui qu'il récupéra dans la veste de Moussa réclamait un code secret. La fumée envahissait la cabine, mais il réussit à pousser la porte, à sortir du véhicule. Il regarda dans chaque direction. La moto avait disparu. Tu m'étonnes ! grogna-t-il.

En faisant le tour de la camionnette, il remarqua le frigo, la cuisinière et un canapé sur le bitume au milieu d'éclats de verre et de porcelaine. Toute cette marchandise sera broyée ! déplora-t-il. Il récupéra un livre coincé entre les coussins : *Les Misérables*. Un titre de circonstances ! pensa-t-il en enfournant Victor Hugo dans sa besace. Il regardait si d'autres objets méritaient son attention, mais un souffle chaud ventila son visage. Le véhicule prenait feu. En principe, il aurait dû garder son calme. Il avait picolé et fumé du shit, mais c'est Ali qui conduisait. Le condamnerait-on pour ne pas avoir cherché de l'aide ? Je n'avais pas vu de cabine publique, monsieur le commissaire. Et personne ne circulait sur cette portion de route. Edmond n'avait rien à se reprocher. Mais si les flics remontaient jusqu'à lui, son passé resurgirait. Sans témoin pour corroborer ses dires, un inspecteur risquait de lui coller les morts des deux compagnons sur le dos !

Après le discours du chef d'escadron, sans humour, sans l'annonce d'une arrivée prochaine de matériel pour motiver les troupes, celui du maire côtoya l'interminable. Ses services municipaux répondaient aux exigences des citoyens, ses projets économiques, urbains, culturels satisfaisaient l'épanouissement des mêmes citoyens... L'édile entrait en campagne, estima Castellane dont le menton dépassait les têtes des Banonais et des Banonaises dressées devant lui.

L'heure de la ruée au buffet retentit enfin, concurrence déloyale pour les restaurants de la ville – le taux de fréquentation chutait les jours d'inauguration. Castellane essaya de repérer la queue de cheval de Florence Arnoux, la principale du collège. L'année précédente, le prof d'éducation physique avait découvert un sachet de cocaïne dans le vestiaire du gymnase et elle avait contacté la gendarmerie. L'enquête avait échoué, mais ce type d'incident ne s'était plus reproduit. Lorsqu'elle avait remercié Castellane en effleurant son bras, un flash avait rétréci son champ de pensées. Tétanisé, il n'avait osé lui déclarer sa flamme. Les mots doux rédigés dans ses temps libres finissaient au panier, des arguments d'un autre siècle polluaient ses tentatives d'approches. Trop belle pour lui. Plus instruite. Machin et Truc lui couraient déjà après. Il venait de fêter ses cinquante ans et elle en respirait quinze de moins. Le considérait-elle comme un père ? Détestait-elle les forces de l'ordre ?... Il s'en défendait, mais elle lui avait tapé dans l'œil. Quant à savoir si la réciprocité était de mise, il s'abstenait de le lui demander, tant la peur du râteau gouvernait ses rencontres depuis son divorce. « Tu rentres quand ça te chante. Ta moto passe avant ta famille ! » Sa femme était partie avec leurs deux gamins pour le laisser réfléchir. Mais la méditation avait abouti sur une page vierge. Le juge lui accorda un week-end sur deux et la moitié des vacances.

Il se goinfrait de petits-fours quand il aperçut une silhouette élancée couverte d'une robe noire à pois blancs. Florence Arnoux patientait pour du champagne à l'autre bout du buffet. Il s'empara d'une coupe, se dirigea vers elle, mais l'adjudant-chef Berthier planta son mètre soixante-treize devant lui :

— Major, un accident a eu lieu sur la 950. Deux morts ! Charlotte, Dubosc et Delage sont sur place.

Dépité, Castellane abandonna les bulles sur une nappe en papier.

Les deux gendarmes montèrent dans une vieille Peugeot. Deux-cent-vingt-mille kilomètres au compteur, comme la Mégane break. La brigade avait espéré leur remplacement par des 5008, mais Banon stagnait en fin de liste. « Vous ferez partie de la prochaine livraison. », avait promis le précédent chef d'escadron. Ben voyons ! s'était retenu de clamer Castellane.

Ils roulèrent vers le lieu de l'accident et Berthier prit la parole :

— Vous avez parlé à Charlotte ?
— De quoi ? se raidit Castellane.
— Sa visite médicale est prévue dans trois mois. Elle risque une mise à pied temporaire. Ce serait dommage de la perdre ! Vous seul réussirez à la convaincre.

Charlotte s'était empâtée, une façon de compenser les infortunes accumulées ces dernières années : le trépas de son père, la séparation avec son petit ami, la mort de son chien... Elle trouvait dans les pâtisseries un réconfort incompatible avec les exigences de l'IMC, le fameux indice de masse corporelle. Si elle tombait sur un toubib tatillon, fini l'active, vive l'administratif !

Le sujet, sensible, nécessitait de s'y atteler. Mais Castellane reculait l'inéluctable. Il avait tenu Charlotte bébé dans ses bras, lui avait offert son premier tricycle, l'avait extirpé de mésaventures d'adolescente sans en informer sa famille.

Un papa de substitution légitime, estimait Berthier qui déplorait les réticences du major. Sa moue le confirma. Les poings serrés, le regard perdu sur l'asphalte, Castellane conclut :

— Je lui parlerai... Aujourd'hui !

Leurs corps dissimulés par des couvertures de survie argentées, les occupants de la camionnette reposaient sur des lits de camp. Castellane se dirigea vers quatre hommes en train de discuter. Il salua les deux frères Thorens – Patrick, le chef des pompiers de Banon, François, le médecin légiste cantonné à Forcalquier –, et le gendarme Dubosc, un grand gars d'une trentaine d'années au débit rapide lui rapporta la situation :

— La camionnette appartient aux compagnons d'Emmaüs du Vaucluse. L'adjudante Gaubert est partie les interroger.

— Le conducteur a perdu le contrôle au niveau de l'intersection avec cette vicinale, montra Delage, un petit gros gavé au cynisme. Aucun panneau ne la signale, mais même un aveugle la verrait !

Parsemée de courbes légères et bordée de champs, la route offrait une visibilité parfaite.

Dubosc et Delage formaient un duo inséparable. L'amitié ne se commandait pas, respectait Castellane.

— D'après les relevés, il roulait entre quatre-vingt-dix et cent, ajouta Dubosc.

— Une vitesse excessive n'a pas causé l'accident, jugea Castellane. Des traces d'un autre véhicule ?

— Ni sur la camionnette ni sur la chaussée, répondit Delage.

Castellane s'adressa au capitaine des pompiers :

— Vous avez une idée du déroulement ?

— Le feu a démarré dans la cabine. On y a retrouvé une bouteille de prune. Alcool, essence, étincelles, cigarettes, le kit du parfait pyromane ! Il s'est ensuite propagé à l'arrière du véhicule rempli d'objets inflammables : meubles, vêtements, livres… Ça nous a pris une dizaine de minutes pour l'éteindre, mais nous sommes parvenus à désincarcérer les corps sans l'aide du camion-grue.

— Ils sont probablement morts asphyxiés par les fumées, intervint son frère, le légiste. Vu leur état, je ne me prononcerai pas davantage. Les ambulances vont les transporter à Forcalquier. Je vous envoie un compte-rendu. En express !

Castellane se tourna vers ses subordonnés :
— Dubosc, va dire au conducteur de la remorqueuse d'embarquer le véhicule. Delage, rétablis la circulation !

13 h 45 ! Castellane demanda à Berthier d'accélérer. Florence Arnoux avait-elle déjà rejoint son collège ? Il avait pensé lui proposer un repas, une promenade sur les bords de la Durance, une sortie culturelle. Peu importait du moment qu'il était en sa compagnie. Mais s'il avait loupé le coche à cause de deux abrutis qui avaient confondu une route bitumée et une piste de bobsleigh, l'occasion se représenterait-elle ?

Dans deux semaines, une employée municipale recevrait la médaille de la ville. Florence assisterait probablement à la cérémonie.

Quinze jours ! C'est long quand on a le béguin.

Après avoir dépassé une déchetterie, l'adjudante Charlotte Gaubert s'arrêta devant la grille de la communauté Emmaüs. Un carton agrafé sur un piquet l'invita à se garer le long d'un pré parsemé d'une quinzaine de tentes. Les places à l'intérieur du site étaient réservées aux véhicules transportant des objets encombrants.

La voie bitumée se faufilait entre des bennes et la rivière qui bordait la propriété. Charlotte se retrouva devant le rez-de-chaussée d'une longère transformé en hall d'exposition. De l'autre côté de la cour, un hangar et trois préfabriqués complétaient l'ensemble.

Les bras chargés de vaisselles, poussant une machine à laver sur un chariot ou transbahutant un sommier, des compagnons s'activaient. Charlotte s'approcha de celui qui contemplait ses collègues en fumant une cigarette. Elle lui demanda à voir le responsable du centre et le type indiqua du menton une entrée secondaire du bâtiment principal.

Elle traversa un couloir et pénétra dans la seule pièce dont la porte était entrouverte. Une femme dans la quarantaine, assise derrière un bureau, ses cheveux blonds maintenus par un ruban, s'affairait sur un clavier d'ordinateur.

Charlotte attendit qu'elle lève un œil pour se présenter :

— Bonjour ! Je suis l'adjudante Charlotte Gaubert et souhaiterais parler à la directrice de la communauté.

— C'est moi, répondit une voix chaleureuse. Que puis-je pour vous ?

Charlotte lui annonça dans quelles circonstances Ali Sabal et Moussa Atangana avaient péri. La responsable apprenait la nouvelle de sa bouche. Elle sécha avec un mouchoir en papier la larme qui dégoulinait le long de sa joue et Charlotte lui demanda :

— Avez-vous organisé une tournée du côté de Banon, samedi dernier ?

La directrice ouvrit un grand cahier :

— Les déplacements sont enregistrés dans l'ordinateur. Mais ceux qui ne savent pas s'en servir peuvent consulter leurs futures activités sur cet agenda. Ali et Moussa devaient vider une maison à Simiane, ils prévoyaient de rentrer en fin d'après-midi. Je vous donne les coordonnées de la personne chez qui ils sont allés ?
— S'il vous plaît. Que pouvez-vous me dire sur eux ?
— Ce sont..., c'étaient de braves gars. Le cœur sur la main. Ils partaient avec la camionnette pleine de victuailles pour les distribuer aux SDF.
— Quand ont-ils intégré la communauté ?
— Il y a une quinzaine d'années. Comme moi !
— Quels métiers exerçaient-ils avant d'atterrir ici ?
— Ceux qui nous rejoignent laissent leur passé derrière les grilles. Notre mission consiste à donner aux personnes piétinées par la vie une deuxième chance. Pas à leur intenter un procès ! Ils étaient cousins. D'origine camerounaise. Ils aimaient lire et possédaient des notions d'anglais. Je ne sais rien de plus. Mais peut-être se sont-ils confiés à des compagnons ?
— Avez-vous perçu des sujets de discorde entre eux ?
— Ils étaient comme cul et chemise !
Charlotte aborda le côté matériel de l'accident :
— De combien de camionnettes disposez-vous ?
— Trois.
— Celle prise par Ali et Moussa était-elle en bon état ?
— Elle a passé le contrôle technique le mois dernier. Rien à signaler. Un ancien garagiste nous a rejoints !
— Ce sont toujours les mêmes conducteurs ?
— Ça dépend des missions. Pour des déménagements, deux équipes de gros bras alternent. Ali et Moussa en formaient une. Ils détiennent tous le permis !

Elle arracha la page du bloc-notes sur laquelle elle avait inscrit les coordonnées de la vieille dame et la tendit à Charlotte :
— Je vous fais visiter le centre ?

Après le hall d'exposition, une caverne d'Ali Baba, elles enchaînèrent sur les différents ateliers. Dans l'un, un bricoleur démontait un lave-linge ; dans un autre, deux femmes raccommodaient des vêtements ; dans un troisième, deux types remplaçaient le chevillage d'une armoire. Sous un auvent, un homme triait un immense tas de cartons. Dans le hangar, un gars sur un Fenwick retirait une cuisinière d'un rayonnage métallique.

— Combien de compagnons accueillez-vous ? demanda Charlotte.

— Entre dix et vingt. Selon la saison. L'hiver, nous sommes bondés, à cause du froid.

Même les réfractaires à une vie sociale recherchaient un minimum de confort quand les basses températures engourdissaient leurs membres, imagina Charlotte.

— Où logent-ils ?

— Dans les dortoirs au-dessus du hall. Mais la covid-19 a réduit nos recettes. Nous n'avons pu réaliser les travaux d'assainissement devenus obligatoires. En attendant la réouverture au public, nous résidons sous les tentes que vous avez peut-être remarquées dans le pré.

— Montrez-moi celles d'Ali et de Moussa.

Dans un sens, la route rejoignait le sommet de la montagne de Lure. Edmond se laissa porter par la gravité. Au fil des pas, son instinct lui dicta de disparaître de la région. Il avait déjeuné au restaurant avec Ali et Moussa. Une dizaine de personnes en témoigneraient si l'enquête lorgnait de ce côté.

Soudain, des hurlements de sirènes fracassèrent ses tympans. Les pompiers. Ou la police ! Edmond, ne reste pas au milieu de la chaussée comme un abruti. Cache-toi le temps que cesse ce barouf, lui souffla une voix intérieure.

Un bosquet lui offrit une planque de proximité. Assis en tailleur, il se mit à réfléchir. Une absence prolongée revenait à avouer qu'il était dans le camion. Mais qui croirait à cette histoire de moto invisible ? Il devait retourner au centre. Quand on lui demanderait où il était passé, il dirait qu'il avait vécu une nuit agitée, la stricte vérité. Il somnolait dans son sac de couchage pendant que Ali et Moussa se rendaient chez la vieille femme. D'ailleurs, il ignorait qu'ils devaient y aller. La tête en compote, il avait ensuite marché sans but précis. Il pensait attaquer le lot de cartons qui l'attendait au hangar, mais s'était assoupi sur un banc. Il éviterait de raconter la virée en camionnette avec la pause restaurant au milieu. Si dans quelques jours les flics déboulaient, il plaiderait une sorte d'amnésie après le choc de l'accident.

En apercevant une file de véhicules, il estima que les gendarmes avaient rétabli la circulation. Il attendit qu'elle se fluidifie et tendit son pouce. Sa dégaine découragea une trentaine de conducteurs, mais des hippys hollandais l'invitèrent à monter dans leur van.

Ils le déposèrent près de l'arrêt de bus. Un panneau y affichait les horaires. Le prochain car partirait le lendemain matin à six heures vingt. Attendrie par son air désemparé, une passante lui apprit que le trajet durerait quatre heures, correspondances comprises. À Avignon, il savait se débrouiller pour rejoindre Courthezon. En déambulant dans Banon, il remarqua une épicerie. Le repas du midi l'avait rassasié. Mais si les effets de l'alcool se dissipaient, la faim le prendrait aux tripes. Il entra dans la boutique, acheta du pâté sous cellophane, un litre de piquette, du pain de mie et laissa l'animation du centre-ville derrière lui.

Il vagabondait un mégot au bec lorsqu'il croisa un hôpital dressé sur sa gauche. On y accédait par une rampe. L'autre côté de la route hébergeait un parking muni d'un banc et d'un réverbère. Il allait s'y poser, mais entendit une conversation. Trois jeunes femmes en blouses blanches montèrent dans une voiture. Probablement des infirmières, pensa-t-il. Elles démarrèrent, passèrent devant lui en le dévisageant.

Une dizaine de véhicules stationnaient encore. Il partit à la recherche d'un endroit plus isolé.

Castellane fumait une clope à la fenêtre de son bureau quand un camion se gara dans la cour. Deux costauds en salopettes commencèrent à décharger un gros colis.
— C'est quoi ce souk ! s'énerva-t-il en enfonçant son képi.
Il rabrouait les deux types quand Berthier s'interposa :
— C'est pour moi, major. J'ai commandé une mezzanine.
— Mais tes filles ont chacune leur chambre, s'étonna Castellane.
— Lina est enceinte. On libère de l'espace pour le bébé.
— Félicitations, Berthier.
— C'est gentil, mais, l'année prochaine, nous nous sentirons à l'étroit ! Pourrions-nous aménager le garage et récupérer l'appart au-dessus ?
L'adjudant-chef ! Un intègre au sens de l'humour étréci. Un type transparent ou animé de réflexions décousues. Un visage rond sous l'emprise de tourments connus de lui seul. Des cheveux blancs, à trente-huit ans ! Mais on pouvait compter sur lui, même si son épouse et leurs deux enfants en bas âge restaient sa priorité. Le futur patron de la brigade lorsque le major prendrait sa retraite.
— Personnellement, je n'y vois pas d'inconvénient, répondit Castellane. Je vais regarder si c'est réglementaire. Dans le cas contraire, on cherchera une autre solution !
Il avait intérêt à la trouver avant que Berthier ne lance une demande officielle. Sinon, où atterriraient sa moto, l'Alpine de Charlotte et les timbres de Dubosc et Delage ?

Plantés dans le hall d'accueil de la gendarmerie, devant la machine à café, Castellane et Berthier écoutaient d'une oreille sarcastique les remarques du brigadier Benchelli sur la différence entre un cappuccino et un mocaccino. Charlotte interrompit leur pause :
— J'ai parlé avec la responsable de la communauté Emmaüs.

— Allons dans mon bureau, dit Castellane !
— Ce matin, reprit Charlotte, Ali Sabal, un Français d'origine camerounaise et...
Elle parcourut son carnet :
— ... Moussa Atangana, son cousin, sont venus à Simiane pour vider la maison de madame Lucette Granville, décédée il y a deux mois. Ils ont téléphoné à treize heures trente au centre pour dire qu'ils comptaient arriver vers dix-sept heures. Et j'ai récupéré ça !
Elle retira de sa poche du papier aluminium roulé en boule de la taille d'un calot. Elle le déplia et déposa sur la table un petit cube verdâtre.
— C'est du shit. Du marocain, précisa-t-elle.
— La plupart des compagnons doivent en consommer, estima Berthier.
Les quêtes de résine de cannabis assommaient Castellane :
— Cet échantillon pèse environ cinq grammes. Ça écarte le trafic d'envergure ! Le chauffeur possédait-il le permis de conduire ?
— Oui, major. J'ai vérifié auprès du fichier central.
— De la famille à contacter ?
— À Marseille, d'après la responsable.
— Préviens-les.
— Et s'ils refusent de s'occuper des obsèques ? s'inquiéta Berthier.
— La fosse commune sera leur dernière destination ! Charlotte, rédige un rapport circonstancié pour le chef d'escadron. Le procureur va classer l'affaire et nous passerons un dimanche tranquille !
— Major, si vous n'avez plus besoin de moi, je vais retrouver ma petite famille, annonça Berthier.
— Donne le bonjour à Lina. Et congratule-la de ma part !

Charlotte s'apprêtait à rejoindre l'accueil, mais Castellane lui demanda de rester.

— Vous semblez perturbé ! dit l'adjudante. C'est à cause du bébé ?
— Tu étais au courant ?
— Lina se confie à moi. On a le même âge, major ! Ils vont bientôt étouffer dans leur appart.
— Je sais ! se renfrogna Castellane en ouvrant un site Internet. Ta visite médicale me préoccupe.
— J'ai diminué le chocolat !
— C'est insuffisant, ma petite Charlotte ! Ton poids actuel ?
— Quatre-vingt-cinq kilos.
— Pour ?
— Un mètre soixante-treize.
Castellane entra ces informations et le logiciel délivra son verdict :
— Ton IMC atteint 28,4. Tu frôles l'obésité modérée ! Tu ne couperas pas à une mise à pied temporaire, mais tu peux éviter de te retrouver dans un service administratif si tu perds huit kilos. En trois mois, c'est faisable. Voici le programme. Cet après-midi, nous passerons voir le docteur Thorens. Il n'est pas nutritionniste, mais pourra te prescrire un régime en toute discrétion. Tu peux avoir confiance en lui. Nous irons ensuite au refuge. Tu y choisiras un chien. Et nous allons mettre en place des activités physiques. Tous les matins, à six heures, échauffements dans la cour avant le footing. Je nous ai préparé un parcours de sept kilomètres. Crois-moi, on ne rencontrera personne à cette heure-là. J'ai commandé une table de ping-pong. Tu aimes y jouer et Veyrain aussi. Il t'entraînera en soirée.
— Je ne sais que dire, major.
— Alors, ne dis rien. Et commence par réfréner tes achats compulsifs de pâtisseries. Leurs tartes au citron séduisent les papilles, mais tu vas revisiter nos bons vieux légumes frais et la cuisson vapeur sans sauce ! Allez, va regonfler les roues de ton vélo. On ne se bornera pas à la course à pied !

Charlotte était sur les rails, se réjouit Castellane. Par contre, Florence ! Quinze jours à attendre la prochaine occasion de la revoir ! Il devait la rencontrer avant. Mais pour quel motif ? Passer au collège en prétextant une menace d'attaque terroriste ? N'importe quoi ! Patrick, si tu laisses tes méninges au repos, ne vient pas te plaindre ! Et ce futur bébé. Comme si c'était le moment de repeupler la nation ! Le maréchal des logis-chef Tricourt résidait au dernier étage, dans un deux-pièces situé pile au-dessus de l'appartement des Berthier. Réunir les deux procurerait un duplex sympa à cette famille en expansion. Mais cela nécessiterait l'installation d'un escalier et le relogement de Tricourt. Sur la mezzanine du garage ? Le maréchal accepterait-il de quitter les quarante mètres carrés qu'il occupait déjà lors de l'affectation du major ? Des ennuis en perspective ! se rembrunit Castellane.

Ce soir-là, un restaurant de Forcalquier proposait un wok de poulet en compagnie d'un groupe de flamenco. Quitte à avaler un énième repas en célibataire, autant s'animer les oreilles.

Edmond était sorti de Banon quand il entendit des clameurs. Elles provenaient d'une bâtisse en retrait de la route. Assis autour d'une table ou debout, une vingtaine d'éméchés braillaient, un verre de bière à la main ; une fille et un garçon réalisaient avec maladresse des passes de rock.

Cette convivialité lui rappela les soirées agréables partagées par les compagnons. Elles rythmaient et égayaient les contraintes de leurs labeurs au centre.

Il s'installa sur une chaise inoccupée, regarda avec envie un couple s'embrasser, mais une carrure de rugbyman se posta devant lui :

— Ne vous gênez pas !

— T'inquiètes, j'ai amené mon repas ! répondit Edmond en sortant le pain et le pâté de sa besace.

Le propriétaire des lieux hésita entre une tranche de rigolade et un passage à tabac avant d'opter pour la voie du milieu :

— C'est une soirée privée. Dégage avant que je me fâche !

Edmond n'insista pas. S'être invité à cette fête constituait une véritable idiotie ! Inutile de se faire remarquer davantage.

Il traversa la route, piétina en zigzaguant une bande de mauvaises herbes, s'enfonça dans la forêt et découvrit une petite clairière, un endroit idéal pour bivouaquer. Mais il commença à trembler de froid. Le contrecoup de la journée ! Il rassembla du bois mort, l'étala par-dessus un mouchoir en papier, alluma son briquet, et porta la bouteille de vin à ses lèvres. Les flammes, le sandwich au pâté et l'alcool le réchauffèrent. Il se trémoussa en chantonnant l'air de Julien Clerc qu'il avait entendu à la fête, jusqu'au moment où il s'effondra comme une chique molle. Des mottes de mousse amortirent le choc, mais il ressentit une gêne au niveau du ventre. Il déconça la bouteille de vin en plastique et la lança en rageant lorsqu'il s'aperçut qu'elle avait éclaté sous la pression.

Il se recroquevilla près du feu, la tête sur sa besace. La cime des arbres dansait la farandole. Il apprécia le spectacle avant de sombrer dans un sommeil réparateur.

L'orphelinat

Le 29 décembre 1958, une sacristine découvrit une boîte en carton pendant qu'elle balayait le transept. Celui ou celle qui m'avait abandonné avait étalé plusieurs couches de Sopalin en guise de matelas et une serviette éponge me servait de grenouillère.

Selon ma première carte d'identité, Jean-Marie Laurent était né courant avril. Au départ, Jean et Marie étaient séparés. Comme l'usage le prévoit pour des enfants trouvés, l'officier d'état civil m'avait affublé de trois prénoms. Le dernier devint mon patronyme. Si l'on m'avait adopté, j'aurais pu m'appeler autrement.

Le type avait rendu son bureau quand j'ai entrepris des recherches sur mes origines. D'après lui, je personnifiais la conséquence non assumée d'un adultère au sein de la bourgeoisie. « Les gens du peuple n'utilisent pas du Sopalin ! », il avait rigolé. Ma taille exceptionnelle, ma balafre sur la joue gauche et mes pleurs incessants l'avaient marqué. Les couples fuyaient en me voyant. Il ne l'avait pas dit en ces termes, mais ça revenait au même !

Ma première famille d'accueil, je ne m'en souviens pas. Ils ont clamsé quand j'avais quatre ans, un accident de la route. La deuxième, c'était le souk. La femme et son mari préféraient s'engueuler plutôt que de nous surveiller. Par nous, j'entends deux autres gamins de mon âge, les premiers pour envisager une bêtise. Les devoirs sautaient leur tour !

L'année de mes onze ans, on m'a amené dans un orphelinat. Aujourd'hui, on parlerait d'un « foyer de l'enfance ». Il occupait un château en Seine et Marne vidé de ses nobles pendant la révolution. Vue de l'extérieur, la bâtisse en jetait. Trois étages, huit fenêtres à petits carreaux par niveau, des chiens assis rompant la monotonie du toit. L'établissement avait servi d'hôpital militaire *pendant la Grande Guerre. Son dernier rafraîchissement remontait à 1920. Le pays se targuait alors d'offrir le meilleur à ses pupilles.*

Nous, les sans-parents, ça ne nous gênait pas. Au contraire, nous avions moins de scrupules à dégrader les murs à coups de canif. Ces marques s'ajoutaient à celles laissées par les générations précédentes.

Des religieux prêchaient un catéchisme teinté d'instruction civique. Des certifiés de l'éducation nationale enseignaient les matières principales. La plupart logeaient sur place. La prof d'anglais attisait tous les regards. Un jour, nous la vîmes arriver en pantalon. Le curé lui avait interdit de porter des jupes !

Nous étions une soixante d'enfants répartis dans trois dortoirs. Un pour les dix douze ans, un autre pour les treize quinze, le troisième pour les seize dix-huit. La taille imposait sa hiérarchie. Même si nous ressentions une solidarité de circonstances, les grands chargeaient les petits des tâches ingrates. Débarrasser leurs tables après les repas, amener leur linge à la blanchisserie, nettoyer leur chambrée. Tout ça sous le regard circonspect d'un type cloué sur une croix !

Les curés ! Même si certains en retiraient un plaisir malsain, la majorité d'entre eux, dont le père supérieur, estimaient que cette préparation aux injustices nous aiderait à affronter le monde des adultes. À onze ans, je dépassais en hauteur et en largeur les pensionnaires sur le départ. Un jour, j'ai cassé la gueule à celui qui m'insultait parce que j'avais oublié de changer ses draps. Il a ramassé sa dent tombée sur le carrelage et je n'ai plus jamais effectué de corvée à la place d'un autre. J'ai même protégé Martin, un freluquet drôle et malin comme un singe, qui me collait aux basques. Grâce à lui, j'ai pu reluquer la prof d'anglais en petite tenue. Vers vingt-trois heures, les lumières étaient éteintes, nous descendions l'escalier sur la pointe des pieds pour nous rendre dans la cour égayée d'une dizaine de peupliers. Celui sur lequel nous grimpions se dressait en face de la fenêtre de sa chambre. Martin avait subtilisé des jumelles chez son oncle. Ça valait le coup d'intimider ceux qui lui cherchaient des noises !

Dans notre seizième année, on nous orientait. Les bons élèves intégraient le lycée public, les autres, j'en faisais partie, se voyaient proposer différents CAP. J'ai opté pour celui d'électricien. À l'époque, l'électronique représentait l'avenir de l'humanité, du boulot en perspective pendant des siècles. Je n'avais pas saisi quel monde infranchissable séparait des relieurs de fils en cuivre et les concepteurs de microprocesseurs. De toute façon, mon impatience contrecarrait les études longues.

Je voulais gagner ma vie et quitter cette vie de château qui n'en offrait que l'apparat.

2

dimanche

Vêtue de sa robe de mariée, Audrey retrouva son frère dans les jardins de l'abbaye de Valsaintes. Le mois précédent, ses parents avaient prétexté des travaux impératifs dans leur château. Avec un bébé dans son ventre, les bénitiers auraient jasé si elle avait reporté la cérémonie. Mais la salle de réception ne pouvait rivaliser avec l'enfilade de salons de la demeure familiale, et Audrey avait rationné ses cartons d'invitation – deux cents, tout de même !

Ce mariage avait comblé les participants, un vrai conte de fées. Journée radieuse, cadre d'un romantisme digne d'une princesse, orchestre durant le vin d'honneur, magiciens pour animer le repas. Après la pièce montée, un DJ prit le relais. Les différentes générations se tutoyèrent sur la piste, mais à une heure du matin, le R'nB et la dance music s'imposèrent.

Adossé contre un pin, Kevin Fourvèdre fumait une cigarette. Sa sœur lui retira les paillettes accrochées sur son smoking.

— Tu vas mieux ? demanda-t-elle.

Kevin avait dévalisé le bar. Il dansait avec Audrey quand le sol, le plafond et les murs s'étaient mis à onduler. Elle l'avait amené sur la terrasse et il s'était éclipsé dans le parc, pour vomir.

— Ça ne tourne plus, mais je me sens barbouillé. Excuse-moi, Audrey. Je n'aurais pas dû boire autant !

— Aucune importance. Ton beau-frère a pris le relais ! Tu tiens vraiment à rentrer chez toi ? Ça fait une heure et demie de route !

— Je sais, mais tu subiras sans moi les commentaires de nos ancêtres durant le petit-déjeuner !

— D'accord, mon grand ! Léa t'attend. J'ai eu l'impression qu'elle boudait. Vous êtes fâchés ?

— Je crains que nous n'étalions notre fortune sans réfléchir !
— Comme toi avec ton dernier bolide !
— Ça n'a rien à voir ! Franchement, tu voudrais que j'aille à mes rendez-vous sur un de tes pur-sang ?
— Évitons un drame ! sourit Audrey. Mettez la capote, sinon vous allez prendre froid. Et laisse-la conduire !

Kevin acquiesça et elle partagea une dernière fois ce plus beau jour de sa vie en le serrant contre elle avant de rejoindre les convives qui gesticulaient sur les rythmes endiablés du DJ.

Sa sœur avait raison, prendre le volant était imprudent. Il donna les clés de sa Béhème à sa petite amie. Léa plaisanta en demi-teinte avant d'enclencher la première :
— J'espère que tu sauras te tenir quand ce sera notre tour !

Léa avait passé une mauvaise soirée en essayant de le cacher. Les relations de Kevin et Audrey se connaissaient de la maternelle alors qu'elle avait rencontré Kevin six mois auparavant. Leurs souvenirs de vacances dorées ou d'établissements scolaires hors de prix, leurs anecdotes sans intérêt tout aussi inabordables l'avaient saoulée.

Quant aux projets de ces nantis, elle espérait en faire un jour partie. Kevin l'avait rencontrée chez son toubib où elle venait d'être engagée comme secrétaire médicale. Une sacrée reconversion ! Le soir même, ils dînaient aux chandelles. La semaine suivante, elle redécorait l'appartement qu'il possédait à Aix-en-Provence. Six mois ! Trop long pour parler d'une aventure, trop court pour envisager la bague au doigt. Elle s'y employait, mais intégrer le clan des Fourvèdre, une famille puissante propriétaire, entre autres, d'un haras renommé, ne coulait pas de source. Les chevaux l'impressionnaient. Elle apprendrait à les monter. Faire partie de la haute méritait quelques efforts.

Kevin ronflait. Léa en profita pour allumer l'autoradio. Le week-end précédent, les Fourvèdre avaient mentionné Chostakovitch. Elle s'était procuré un CD de la treizième symphonie. La culture pouvait s'acquérir. La beauté demeurerait innée ! se rassura-t-elle.

Une voiture venait d'en face. Elle passa en code. Qui pouvait bien rouler à cette heure-là ? Elle envisageait le retour d'une discothèque quand une masse indistincte transperça la capote.

Elle brutalisa la pédale de frein en beuglant, mais Kevin ne se réveilla pas à temps. Projeté en avant, il fracassa le pare-brise et atterrit sur le bitume sans avoir pu se remémorer les moments clés de son existence.

Des bris de verre lacérèrent le visage de Léa, sa nuque heurta l'arceau de sécurité, son sang dégoulina sur son rimmel. Quelle idiotie de prendre la route sans avoir enfilé leurs ceintures ! regretta-t-elle un peu tard.

Avant de perdre connaissance, elle tourna la tête. Un garçon noir reposait sur la banquette arrière !

Castellane rêvait de la principale du collège. La sonnerie de son smartphone le rappela à la raison. Sa mauvaise humeur s'éleva en reconnaissant l'icône de Berthier :
— Tu te rends compte de l'heure qu'il est ? Tu es de garde, nom d'un chien !
— Je sais, major. Mais on a un gros problème. Je vous attends dans la cour.

Les halogènes de la Mégane plaquèrent l'ombre gigantesque de Castellane contre le mur.
— La cause de ce réveil en fanfare ? s'irrita Castellane en s'installant sur le siège passager.
— Quatre morts et trois blessés dans un état grave !

Les deux hommes croisèrent des ambulances, gyrophares allumés. Quelques kilomètres plus loin, ils aperçurent un halo de lumières. Une dizaine de projecteurs éclairaient une portion de route. Ils saluèrent deux collègues et franchirent le barrage. Les techniciens de la scientifique effectuaient des relevés, photographiaient les véhicules et leurs occupants.

Adossée contre le hayon de la Peugeot, l'adjudante Charlotte Gaubert tenait en main un bloc de papier et un stylo.
— Tu prends des notes ? lui demanda Castellane.
— Je croque une vue d'ensemble. On va recevoir les tirages, mais j'avais besoin de me recentrer.

Charlotte avait l'habitude de dessiner les scènes de crimes, les lieux d'accidents. Cette manie avait intrigué Castellane. Mais chacun gérait le stress d'une confrontation avec une mort violente à sa façon. Et puis, elle possédait un joli coup de crayon.

Charlotte remballa son matériel dans sa sacoche et résuma les faits. Elle avait chargé les inséparables Dubosc et Delage de contacter les pompiers et le peloton de Forcalquier afin qu'ils mettent en place les déviations et envoient leur équipe scientifique.

Quant au couple d'automobilistes qui avait découvert le massacre :

— Ils sont hors de cause, éthylomètre à zéro, voiture nickel. La femme est en état de choc. Elle est en route pour l'hôpital de Manosque. Son mari l'accompagne dans l'ambulance.

Charlotte entraîna Castellane et Berthier vers un cabriolet BMW immobilisé en travers de la départementale :

— D'après les papiers retrouvés sur elle, la conductrice s'appelle Léa Grimberg

— Peut-on lui parler ?

— Les urgentistes envisagent de la plonger dans le coma !

Castellane entreprit le tour complet de la voiture.

— La carrosserie est intacte, mais la capote a disparu.

— On l'a récupérée dans un sale état, une centaine de mètres derrière nous, major. D'après moi, Léa Grimberg a voulu l'actionner sans prendre la peine de s'arrêter. Elle s'est envolée et s'est déchirée en atterrissant sur le bitume. Ça expliquerait le freinage en panique !

Charlotte les entraîna devant deux corps enveloppés dans des couvertures de survie et désigna le plus grand des deux :

— Kevin Fourvèdre. La voiture lui appartenait.

— Et celui-ci ? demanda Castellane.

— Ce garçon reposait sur la banquette. Il n'avait pas de papiers sur lui.

— Pas d'autres éléments sur ce gosse ? tiqua Castellane.

— Il a dans les onze ans. Type africain. Un mètre quarante-cinq. Trente kilos. C'est peu pour un enfant de son âge ! Il était pieds nus et portait des vêtements d'été usés. Rien dans les poches de son pantalon. D'après le légiste, il est couvert d'hématomes. Nous recevrons les photos dans la matinée.

— Ses habits ne conviennent pas au standing de cette voiture, s'en mêla Berthier. Je me demande bien ce qu'il y trafiquait !

— Quand elle ira mieux, Léa Grimberg nous donnera la réponse, avança Charlotte.
— Berthier, vois avec nos collègues si des parents ont déclaré la fugue d'un enfant qui correspondrait.
À une cinquantaine de mètres, près d'une Golf encastrée dans un arbre, deux autres corps étaient étendus sur le goudron.
— Les occupants de la Volkswagen ? s'enquit Castellane
— Ils étaient quatre. Les deux à l'avant sont morts sur le coup. Le pronostic vital du jeune homme et de la fille installés à l'arrière est engagé. Moyenne d'âge, vingt-deux ans ! On attend les résultats du labo pour savoir s'ils étaient alcoolisés ou avaient absorbé des stupéfiants. J'ai récupéré leurs cartes d'identité. Je préviens les familles ?
— Donne-les à Berthier et va te reposer. Nous prenons le relais. Excellent travail, Charlotte.
Incrustées dans le goudron sur une quarantaine de mètres, les traces de gomme indiquaient un freinage intense. À quelle vitesse roulait Léa Grimberg sur cette ligne droite ? se demanda Castellane.
Il n'était pas un expert en sécurité routière et profita d'en avoir un sous la main.
— Entre cent et cent-dix, évalua un type vêtu d'une combinaison blanche. Pour une voiture normale, j'aurai dit quatre-vingt-cinq / quatre-vingt-dix. Mais ce modèle est récent. Les pneus sont neufs et le système ABS de ce cabriolet est parmi les plus performants du marché.
Cette approximation conforta le sentiment du major. Même si elle était excessive, la vitesse n'entrait pas en compte. Selon Charlotte, l'accident résultait de l'arrachement de la capote qui, en toute logique, s'était envolée vers l'arrière. Elle n'avait donc pu obstruer le pare-brise. On ne paniquait pas à ce point quand un bout de tissus se prenait pour un cerf-volant ! jugea Castellane.
Les traces de pneus bifurquaient vers la gauche, mais la conductrice tenait sa droite avant de freiner. Pourquoi avait-

elle changé de cap, si ce n'était pour éviter un obstacle situé sur le même côté ?

Kevin et Léa n'avaient pas attaché leurs ceintures de sécurité. Si Kevin somnolait, il avait été projeté au travers du pare-brise sans pouvoir agripper la poignée de la porte. Ou s'arc-bouter contre la planche du tableau de bord.

Castellane marcha vers la Golf, statufiée en contrebas de la route. Le châssis avait plié face au châtaignier centenaire. Selon l'angle d'impact gravé dans le tronc, la Volkswagen roulait sur la bonne partie de la chaussée. Son conducteur s'était-il affolé en voyant la BMW s'orienter vers lui ?

La découverte du gosse soulevait une série de questions. Quand et pourquoi était-il monté à l'intérieur de la Béhème ? Le couple l'avait-il récupéré en cours de route ? Le siège de Kevin était légèrement abaissé. Il était donc assis derrière Léa. Kevin avait-il voulu le rejoindre ? L'enfant avait-il cogné le crâne ou agrippé les cheveux de Léa en se débattant ? Cela expliquerait le freinage en catastrophe et ses conséquences. Kevin s'était senti pousser des ailes. Dressé par la décélération, le gamin avait éventré la capote, qui s'était détachée, et s'était retrouvé plaqué contre l'appuie-tête de Léa en retombant. Si cette hypothèse s'avérait, cela signifiait-il que Léa Grimberg était la complice des mœurs immorales de son amant ? L'analyse ADN confirmerait si Kevin avait maltraité le garçon.

À la suite d'un rendez-vous prévu sur cette route ? Ailleurs, si Léa avait fait grimper le compte-tour pour effacer les bornes d'un détour ? Mais quelle dose d'inconscience détenaient les parents qui avaient laissé leur môme traîner dans ce coin paumé à une heure pareille ? grogna Castellane.

Edmond dégringolait d'une colline sans pouvoir ralentir sa chute. Il se réveilla en sursaut au moment où il s'écrasait sur le sol. Une barre en travers du crâne lui rappela les excès de la veille. Il tremblait de froid. Avec sa piètre forme physique, il gèlerait s'il restait sur place. Même si le jour n'était pas levé, il devait rentrer au centre. Sa montre indiquait 5 h 25. Il disposait d'une petite heure avant le départ du car. Il repéra le chemin par lequel il était venu, se mit en marche, mais trébucha au bout de quelques pas. Il se releva et posa un pied sur l'objet en forme de bûche qui avait causé sa chute. La semelle de sa basket s'enfonça dans une matière sombre, molle, puis ferme. Il alluma son briquet et tressauta en apercevant une jambe. Il éclaira les autres parties du corps et découvrit le visage d'un enfant. Il se pinça la joue, poussa un léger cri. Il ne rêvait pas. Un gosse gisait à près de l'endroit où il avait roupillé. Comment s'était-il retrouvé dans cette forêt ?

Edmond avait eu maille à partir avec les fêtards vers vingt-trois heures. Le temps d'atteindre la clairière, de préparer le feu, de vider la bouteille, il s'était endormi vers une heure du matin. Mais que trafiquait un enfant de dix-douze ans dans ce coin, au beau milieu de la nuit ? Était-il déjà sur place avant son arrivée ?

Certes, il avait picolé. Mais il l'aurait aperçu pendant qu'il ramassait du petit bois. Il avait beau se triturer les méninges, aucune explication plausible ne lui traversa l'esprit. Avait-il perdu la raison ? Quelqu'un s'amusait-il à le piéger ?

Alerte rouge ! Il devait enfouir les cendres, couvrir le foyer de brindilles. Et éloigner le corps sans le toucher, à cause des empreintes. Facile à dire ! Il rentra ses mains dans les manches de son manteau et tira le gamin par les pieds. Au bout d'une cinquantaine de mètres, il aperçut un arbre déraciné dont la cime tutoyait le sol. Il glissa le cadavre sous le tronc et regarda sa montre. Six heures passées. Plus le temps de rejoindre l'arrêt de bus. Un signe de patienter dans le coin ? Il fouilla ses poches. Personne ne lui avait piqué son fric pendant son sommeil. Quatre-vingts euros, en comptant les cinquante d'Ali et Moussa. Il pouvait tenir une dizaine de jours avec cette somme.

Aller au ravitaillement.

Trouver un endroit peinard.

Le reste, il aviserait après.

Charlotte gesticulait sur son lit. Va te reposer, avait dit Castellane. Un marrant, le major ! Comment pouvait-on s'endormir après avoir examiné autant de macchabées ? Castellane et Berthier revêtaient la dureté de l'érable dans de telles circonstances. Ce professionnalisme s'acquérait-il avec de l'expérience ? Combien d'anniversaires nécessitait ce bois-là ?

Une feuille de papier en main, Berthier fit irruption dans le bureau de Castellane :
— Major, Kevin est le petit-fils du sénateur !
— Quel sénateur ? sursauta Castellane.
— Martin Fourvèdre, le maire de Digne.
Castellane encaissa l'information en sourcillant. Le dimanche pépère tournait au jeu de massacre !
— Kevin revenait de l'abbaye de Valsaintes. Charlotte a parlé au téléphone avec sa sœur. Il avait assisté à son mariage et voulait rentrer sur Aix. Mais comme il était bourré, elle l'avait persuadé de laisser le volant à Léa Grimberg.
— Vers quelle heure ont-ils quitté la noce ?
— À trois heures quarante. Audrey avait regardé sa montre !
Berthier pressentait la prochaine question du major :
— J'ai effectué le calcul, ajouta-t-il. Ils ont roulé à quatre-vingt-huit de moyenne. Rien d'anormal à cette heure-là.
Il lui tendit le courriel qui contenait les analyses du labo.
Les deux conducteurs n'avaient rien consommé d'illicite, mais Kevin Fourvèdre et les autres passagers étaient ivres ou défoncés et le gosse avait absorbé du Zolpidem, une molécule apparentée aux Benzodiazépines.
Castellane classa le rapport dans un dossier posé devant lui.
— L'alcool et le haschich ne sont pas en cause, conclut-il. As-tu regardé si quelqu'un a déclaré la fugue du gamin ?

— J'ai lancé la procédure, répondit Berthier. Aucun retour pour le moment.

Castellane détestait s'adresser aux médias. La déformation de ses propos, lors d'une précédente enquête, l'avait convaincu que cette confrérie du scoop n'avait aucun scrupule à entraver une instruction. Cela dit, la gendarmerie ne pouvait rivaliser avec l'ampleur et l'efficacité de leurs moyens de diffusion.

— Envoie la photo du gosse à la presse et rédige un appel à témoin... Les proches des passagers de la Golf se sont-ils signalés ?

— Non. Ils habitent à Manosque. Je les contacte, major ?

— Leur apprendre par téléphone la perte de leurs enfants serait indélicat de notre part. Je leur rendrai visite dans la matinée. Charlotte m'accompagnera. Une présence féminine apporte du réconfort dans ces moments tragiques. Leurs gosses fumaient du shit. Regarde s'ils étaient impliqués dans un trafic de drogue et note les noms des dealers en vue sur Manosque et Forcalquier.

Berthier s'apprêtait à sortir du bureau, mais il se remémora une information :

— Trois journalistes ont appelé !

— Et alors ?

— Je n'avais pas grand-chose à leur cacher ! plaisanta Berthier. Mais ils savaient pour le décès de Kevin Fourvèdre. La famille est en train de remuer ciel et terre. Nous allons subir une grosse pression !

— Quant au gosse dans la BMW, je flaire une embrouille de première ! ajouta Castellane. Ça m'étonnerait qu'il ait avalé du Zolpidem de lui-même !

— Vous croyez à un enlèvement en vue de rapports sexuels ?

— Nos recherches le diront. Commençons par jeter un œil sur d'éventuels dérapages de Kevin et sa copine.

— On a intérêt à ce que les médias l'ignorent. Sinon, les Fourvèdre nous passeront au broyeur !

— Nous interrogerons les amis et les parents de Léa Grimberg avant d'affronter leur colère divine. Je finis le rapport pour le procureur. On appréciera notre marge de manœuvre d'après sa réaction !

Charlotte arpentait la cour de long en large. Les circonstances de l'accident trottaient dans sa tête. Kevin et Léa ne roulaient pas sur cette route par hasard, ils revenaient du mariage d'Audrey. D'après elle, son frère avait l'habitude de consommer du cannabis. Quant aux occupants de la Golf, trois d'entre eux étaient sous l'emprise de stupéfiants. S'étaient-ils donné rendez-vous à quatre heures du matin pour effectuer une transaction ? Possible. Mais l'hypothèse d'une rencontre qui aurait dérapé tombait à l'eau. À part Kevin, projeté à travers le pare-brise, les autres protagonistes occupaient l'habitacle de leurs véhicules respectifs distants d'une cinquantaine de mètres. L'un d'entre eux avait-il mis en scène cette hécatombe ? N'importe quoi ! Un complice s'en était-il chargé avant de disparaître ? Pourquoi pas ?

Elle envisagea plusieurs scénarios, mais tous capotèrent.

Les types de la scientifique et le légiste n'avaient pas trouvé d'impacts de balles sur les carrosseries ou les corps. Cela écartait la piste du règlement de comptes sans répondre à cette question : qui – ou quoi – avait causé l'accident ? La fatigue aurait-elle entraîné un assoupissement simultané des deux chauffeurs ? Un sanglier, ou tout autre animal (humain compris), avait-il surgi sur la route ? Un évènement ultra localisé, comme une météorite s'écrasant entre les deux véhicules, avait-il provoqué ce drame dont personne n'était sorti indemne ?

« Si tes hypothèses tournent à l'absurde, reviens aux faits ! », rappelait son père lorsqu'il lui racontait les péripéties de ses enquêtes. Il lui fournissait suffisamment d'indices pour qu'elle découvre les criminels avant de s'endormir. Ses récits émanaient d'un homme qui avait placé la recherche de la vérité et l'interpellation des coupables au cœur de sa destinée. Quand il avait reçu une balle dans l'estomac, l'univers de Charlotte s'était écroulé. Elle ne s'était pas engagée dans la gendarmerie par vengeance puisque les collègues de son père avaient arrêté le meurtrier, mais pour poursuivre ces moments d'intimité.

Devenue adulte, elle avait lu des essais sur l'éducation des enfants. Les bercer d'histoires à tiroirs favorisait leur imaginaire, leur pouvoir de déduction, de concentration. Charlotte, à toi de jouer ! s'encouragea-t-elle.

Elle saisit son calepin et l'ouvrit sur la page où elle avait croqué l'accident. En freinant, la BMW s'était déportée vers la gauche. La voyant venir vers lui, le conducteur de la Golf avait viré sur la droite pour l'éviter. À une fraction de seconde près, il se serait retrouvé dans le champ adjacent et n'aurait pas emplafonné un arbre, déplora-t-elle. Léa Grimberg avait donc causé l'accident. La Volkswagen hors jeu, pourquoi avait-elle freiné dans l'urgence ?

Sa théorie de la capote éludait un cortège d'incertitudes et finit à la poubelle.

À cause d'un élément extérieur ? Le sanglier évoqué plus haut ? *Vérifier si une harde a élu domicile dans le coin !* nota-t-elle sur la page opposée. Ou intérieur, comme une dispute ? Une querelle en revenant d'une noce ! désapprouva-t-elle. Quoique ! Selon Audrey, Léa désirait porter une robe en dentelles aussi magnifique que la sienne. Mais pas dans dix ans ! Kevin, éméché, lui répond qu'il ne se mariera jamais avec une fille issue d'une classe sociale inférieure. Léa l'insulte, le frappe. Il réagit en l'étranglant. Elle freine par réflexe et il expérimente les effets de l'apesanteur avant d'atterrir sur le bitume ! C'était un brin tiré par les cheveux, mais, à une dizaine de détails près, Charlotte valida la scène. Cela dit, pourquoi le gamin était-il monté dans la voiture ?

Option 1 : Kevin et Léa l'avaient pris en stop. Mais que fichait-il sur cette route, d'où venait-il, où allait-il ? Mystère et boule de gomme tant que son identité resterait inconnue.

Option 2 : Léa et Kevin avaient rendez-vous avec lui. Pour avoir une relation sexuelle ? Dans l'habitacle ? Dans leur appartement d'Aix-en-Provence ? Dans ce cas, pourquoi avait-elle freiné ? Embarqué en chemin, le gosse avait-il changé d'avis durant le trajet ? Kevin, excité comme un phoque, avait-il insisté pour le toucher ? L'enfant se débat, Léa se prend un coude dans la nuque.

Option 3 : le gamin avait surgi de nulle part, par téléporteur à la Star Trek ! Léa freine, Kevin s'envole, le petit, percuté par la Béhème, se retrouve avalé à l'intérieur. Mais ils n'avaient repéré aucune trace de choc à l'avant de la voiture !

Énoncer les faits et tenter de les relier entre eux n'apportaient pas forcément des explications satisfaisantes ! Sans leur manquer de respect, le major et l'adjudant-chef étaient dénués de la finesse d'analyse dont avait fait preuve son père durant sa carrière. Papa, un indice !

Charlotte essayait de l'obtenir lorsqu'une meute de véhicules se gara sur la place.

Castellane venait de faxer son rapport au tribunal de Digne. Charlotte pénétra dans son bureau et il lui demanda pour quelle raison elle s'était levée.

— Je n'avais jamais vu autant de morts alignés sur le macadam. Impossible de dormir, major ! J'ai préféré contribuer à l'enquête plutôt que d'avoir le cafard !

Castellane la regarda avec tendresse. Il avait travaillé sous les ordres du capitaine Lucien Gaubert. Ce brave type l'avait pris sous son aile en lui donnant de bons conseils qu'il s'efforçait d'appliquer. Quand la petite avait postulé pour devenir gendarme, après la fin tragique de son père, Castellane avait été dévasté. Intelligente, serviable, d'humeur joyeuse, la reine du survirage se claquemurait dans l'uniforme familial, avec les risques inhérents à la profession. La vue du sang continuait à la hanter, même après six ans de titularisation. Je la pousserai à passer le concours interne ! promit-il d'y penser.

— Du nouveau ? demanda Charlotte.

— Berthier a joint les gendarmeries et les commissariats de la région. La disparition du gamin n'a généré aucun signalement. Quant aux médias, rien pour le moment. Mais c'est normal, les quotidiens du matin étaient déjà sous presse.
— Des reporters attendent devant la grille. J'ai l'impression que vous allez faire la une des magazines.
— Il ne manquerait plus que ça ! Les journalistes vont devoir patienter. Allons visiter les parents des deux jeunes.

Ceux de Quentin Vigneau habitaient une zone pavillonnaire édifiée au début des années soixante.

Charlotte rangea la Mégane sur leur bateau. Furieux, le père vint rabrouer ce non-respect de la propriété privée. La vue des deux képis calma ses ardeurs et il les fit entrer dans sa baraque. Il tenait le coup – ou plutôt faisait semblant, estima Castellane. Entourée de leurs deux autres enfants, la mère pleurait sur le canapé du salon.

Le major présenta ses condoléances au nom de la gendarmerie nationale et Charlotte déploya son empathie face au drame qui les avait frappés. Mais Castellane attendait des réponses :

— Quentin et ses amis avaient fumé du haschich au moment de l'accident. En consommait-il avec régularité ?

Les parents affichèrent l'air ahuri de ceux qui découvrent une face cachée de leur angelot. Sans être le fils prodigue, Quentin, en stage dans un cabinet de kinésithérapie, souhaitait se mettre à son compte et fonder une famille. S'il avait absorbé des substances illégales, c'était sous l'influence de mauvaises fréquentations, comme celle de Théo Lanfranqui.

— Il s'est acheté une voiture neuve alors qu'il passe ses journées à glandouiller ! fustigea le père.

Quant aux deux jeunes retrouvés à l'arrière de la Golf, ils en entendaient parler pour la première fois. Castellane laissa sa carte de visite.

La cité des Serrets. Cent-vingt-cinq barres de logements HLM suspectées d'abriter un réseau de trafiquants avec guetteurs et tout le tralala. Une réplique en miniature des quartiers nord de Marseille. Castellane et Charlotte n'avaient parcouru que cinq cents mètres, mais le changement de statut social des résidents les saisit à la gorge. Ascenseur en panne, cage d'escalier taguée d'inscriptions incompréhensibles pour les non-initiés, boîtes aux lettres fracturées.

Les Lanfranqui habitaient au quatrième. Sur le palier, deux vélos flanquaient une armoire fermée avec une chaîne. Castellane émit qu'elle pouvait contenir de la drogue.

— Les dealers ne sont pas aussi stupides ! assena Charlotte.

Au huitième carillon, un cowboy en herbe les menaça avec son revolver en plastique. Charmant accueil ! pensa Charlotte. Elle lui prit la main et il les introduisit dans la pièce principale.

Une ado avec un casque sur les oreilles se dandinait devant une glace. Affalé dans un fauteuil, l'aîné tripotait une console branchée sur la télé. La mère vaquait dans le coin cuisine. Castellane demanda à Charlotte d'éteindre le poste, et mit sa carte de gendarme sous le nez de la femme. Elle avait élevé Théo, ses deux frères et sa sœur – tous de père différent. Avec quatre mariages et autant de divorces, elle était une spécialiste des amourettes en queue de boudin. Elle faisait tourner la boutique avec quelques ménages, des pensions aléatoires et des allocations insuffisantes. Le désordre et le bruit qui régnaient dans l'appartement indiquaient une absence récurrente d'autorité parentale.

Elle leur apprit que Théo avait déménagé après avoir raté son bac. Elle ignorait le nom de ses amis, où et par quel moyen il s'était procuré cette voiture à trente-cinq mille euros, quels projets il mijotait. Elle lui avait maintes fois prédit une fin sinistre, comme celle de son père, victime d'un règlement de comptes, s'il persévérait à lui ressembler. Mais ce gosse était buté et ils s'étaient fâchés avant son départ. Sans

la soupçonner de penser « Bon débarras ! », elle semblait soulagée de son trépas, jugea Castellane.
— On enchaîne avec les familles des deux amoureux ? demanda Charlotte.
— On attendra leur rétablissement. Même si leurs proches savent quelque chose, ils nous le cacheront. Quand nous serons rentrés, appelle la brigade de Manosque. Ils ont peut-être monté un dossier sur Théo Lanfranqui.

Charlotte alluma une cigarette avant de démarrer la voiture.
— Tu t'es remise à fumer ?
— J'ai sauté l'étape boulangerie, major ! Et ce sont des légères. Sans additifs, précisa-t-elle, comme si cet argument l'exemptait de tout sermon.

La nicotine comme dommage collatéral d'un régime draconien ! Je le craignais, admit Castellane. D'abord restreindre les calories et fondre les graisses. Les poumons, on verra plus tard !

Émile Farge avait passé une nuit grise. Sa femme l'ignorait. Tout ça parce qu'il avait invité à dîner ses partenaires de belote, à la retraite comme lui, sans lui en avoir parlé. Et qui allait se coltiner la préparation du repas ? s'était-elle échauffée en lançant une couverture et un oreiller sur le canapé du salon.

Émile mit les courbatures et la fatigue en sourdine. Il enfila un bleu de travail et des bottes, s'empara d'un panier en osier et referma avec délicatesse la porte de leur pavillon afin de ne pas la réveiller.

Mais qu'est-ce qu'elle croyait, la Rosalie ? Qu'il ne savait pas cuisiner ?

Sa spécialité ? L'omelette aux girolles. Les œufs de ses poules étaient excellents. Les champignons ? Le bois de l'Adrech en regorgeait.

Il se gara sur le parking de l'hôpital. Le panier en main, il longea la route pendant un bon kilomètre avant de traverser le pré sur sa droite. Ce n'était pas une grande année à girolles. Mais ce coin-là, son grand-père l'y amenait pendant les vacances. Émile n'avait jamais vendu la mèche. Pas folle, la guêpe !

Il estima sa récolte à un kilo, assez pour le plat principal. Pour le dessert, il envisagea une tarte aux fruits rouges. En innovant, il prenait des risques. Il rejoignit néanmoins une clairière où les mûriers et framboisiers proliféraient. Il approcha d'un pin couché sur le sol. La tempête de 99 imprégnait encore la nature de son passage, se désolait-il quand il remarqua un pied dénudé sous le tronc.

Castellane avait ausculté les réseaux sociaux sans repérer un seul commentaire sur Léa Grimberg. Berthier pénétra dans son bureau.
— Major, une quinzaine de journalistes poireautent devant la grille !
Castellane appuya sur *print*. L'imprimante cracha un petit paragraphe.
— Lis-leur ce communiqué. Et ne réponds à aucune de leurs questions.
— C'est succinct ! dit Berthier après y avoir jeté un œil.
— La presse, tu leur livres un doigt, ils en écrivent deux cuisses. Un bout d'ongle leur suffira pour aujourd'hui.
Sur ce, Charlotte se joignit à eux.
— Un vrai gros problème vient de nous tomber sur le dos, major.
— C'est-à-dire ?
— Un type a découvert le cadavre d'un enfant dans le bois de l'Adrech. Il nous attend sur le parking de l'hôpital.

Cela peut paraître étrange vu le temps que passait Castellane à la bichonner, mais sa Kawasaki ne sortait pas du garage. Depuis le départ de sa femme, la piloter sans sentir ses bras autour de sa taille ne lui disait rien. Ses enfants, douze et treize ans au moment du divorce, avaient grandi sans qu'il s'en aperçoive. Sa fille déchiffrait des écritures cunéiformes du côté de l'Iran. Son fils protégeait la biodiversité quelque part en Amazonie. Leur mère, agrégée de lettres anciennes, militante écologique survoltée, les avait marqués de son empreinte avec des histoires de héros mythologiques. Ça ne les empêchait pas de demander à leur père s'il avait arrêté un coupable. Mais Machin qui avait démantibulé une clôture pour épargner un détour à ses moutons et Bidule qui s'était approprié la brouette du voisin ne pouvaient lutter avec Zeus et les Titans ! Son ex et lui s'étaient pourtant acoquinés ! Mais elle aimait la moto et lisait des romans policiers, à cette époque !

Quant aux voitures, Castellane prenait d'office la place du passager et laissait le volant à Berthier ou à Charlotte. Il appréciait de se faire trimballer par l'adjudante. Sa conduite souple et attentive lui permettait de réfléchir en toute sérénité, de piquer un roupillon s'il avait besoin de récupérer. Ou de s'interroger sur le sens de sa vie lorsqu'elle appuyait sur le champignon.

Charlotte lui tapota l'avant-bras :
— Major, nous sommes arrivés. Je parie sur le gars assis sur le banc.

Émile, son panier sur les jambes, repensait à cette matinée. Quelle histoire, ce cadavre au milieu des mûres ! Leur promiscuité avec un corps en décomposition les aurait-elle rendues incomestibles ? s'inquiéta-t-il. Et les girolles ? Il passerait chez le pharmacien, s'en assurer !

Le sujet était clos lorsqu'il aperçut un véhicule de la gendarmerie pénétrer sur le parking. Une femme au volant ! Un homme à la place du mort ! Émile interdisait à Rosalie de conduire leur voiture ! Ils portaient leurs uniformes et venaient vers lui. La fin ou le début des emmerdes ? Quoi qu'il en soit, il aurait des choses à raconter durant le dîner.

— Monsieur Émile Farge ? lança Castellane.
— C'est moi.
— Je suis le major Castellane et voici l'adjudante Gaubert. Amenez-nous à l'endroit où vous avez découvert le corps !
— La nuit va tomber. Vous avez apporté des lampes de poche ? s'enquit Émile en levant celle qu'il tenait en main.

Charlotte alla chercher deux torches dans le break.

Dix minutes de marche soutenue permirent à Émile de raconter la fâcherie avec son épouse, la cueillette des champignons pour le repas prévu avec ses collègues, l'idée de la tarte aux fruits rouges...

Il s'arrêta devant un arbre abattu par la colère d'Éole :

— Le cadavre repose sous le tronc. Je n'ai touché à rien, expliqua-t-il sans qu'on lui demande quoi que ce soit.
— Monsieur Farge, merci pour votre coopération. Passez à la gendarmerie. L'adjudant-chef Berthier prendra votre disposition.
— Je contacte la scientifique, dit Charlotte.

Le temps de l'appel, Castellane écarta à l'aide d'un bout de bois les feuilles qui recouvraient l'individu. Il observait ses traits meurtris quand les plaintes des brindilles écrasées par les chaussures de Charlotte le ramenèrent dans le monde des vivants.

— Ils arrivent d'ici une demi-heure. Alors, ce cadavre ?
— Viens voir sa tête, Charlotte.

Elle s'accroupit à ses côtés, regarda le visage éclairé par la lampe de Castellane et poussa un « Mince ! » de stupéfaction.

Le corps d'un enfant noir d'une dizaine d'années, pieds nus, vêtu d'une chemise aux couleurs passées et d'un pantalon gris déchiré aux genoux reposait devant eux. Un clone de celui retrouvé dans la BMW.

— Ça te fait penser à quoi ?

Charlotte prit son temps pour répondre, comme si elle révisait ses cours de criminologie :

— Trafic sexuel ou d'organes. Attentat raciste. Tueur en série. Ça va exciter une ribambelle de fouines !
— Au moins, les pistes prolifèrent ! Je n'ai pas eu connaissance de faits similaires par chez nous. On va lister les prisonniers condamnés pour ce genre d'affaires et libérés au cours des six derniers mois sur l'hexagone. Rentre et répartis les tâches.
— Je photographie le gosse et lance une recherche d'identité ?
— Oui pour le portrait, sinon on va poireauter je ne sais combien de temps avant de recevoir les clichés de la scientifique. L'appel à témoins, on temporise. Le gamin a peut-être des papiers sur lui. Je demanderai à nos collègues de vérifier.

Et dit à Berthier de me récupérer devant l'hôpital d'ici deux heures.

Le meurtrier avait amené le gosse sous le tronc après avoir commis son forfait. L'avait-il traîné, ou transporté sur son dos ? En essayant de retrouver le lieu du crime, Castellane repéra plusieurs traces de pas. Elles reliaient des mûriers et des framboisiers entre eux. Laissées par Émile lors de sa cueillette de fruits rouges ! concluait-il quand trois techniciens du pôle scientifique de Forcalquier et le docteur Thorens débarquèrent avec leur matériel.

— On accumule les heures supplémentaires, major ? ironisa le légiste. Avec sept macchabées en deux jours, Banon devient *The Chicago of Provence*. J'espère que vous n'avez touché à rien !

Les gendarmes installèrent deux projecteurs sur pied, prirent des photos du cadavre ainsi que des environs, et enfilèrent des gants avant d'extirper l'enfant de dessous le tronc.

Thorens vérifia si une carte d'identité se trouvait dans les poches de son pantalon :

— Aucun papier sur lui. Si vous me demandiez l'heure de sa mort, je répondrai qu'elle correspond à quelques minutes près à celle du gosse retrouvé dans la BMW. Lequel des deux a précédé l'autre ? Nous ne le saurons jamais. Même avec des examens poussés !

Il déboutonna la chemise de l'enfant.

— Son corps est lacéré de partout, comme si on l'avait fouetté avec un rosier muni d'épines géantes. On risque de polluer la scène si nous poursuivons les investigations dans cette pénombre. J'embarque le gamin et la scientifique reviendra demain matin. En attendant, installez un périmètre de sécurité, que les tourtereaux aillent se bécoter ailleurs !

Armelle

Après l'obtention de mon BTS, un artisan électricien m'a engagé. Nous mettions aux normes un hôtel particulier quand j'ai rencontré Armelle, la fille du propriétaire. Directeur d'une agence bancaire, son père allait prendre sa retraite. Il souhaitait vendre et s'installer dans le Sud, d'où son épouse était originaire.

En rentrant du lycée, Armelle se préparait un bol de Miel Pops avec du lait, j'entendais parler de ces céréales à base de maïs pour la première fois. Elle discutait un moment avec moi avant de rejoindre sa chambre pour réviser le bac. Ma balafre ne l'effrayait pas !

Un jour, elle me confia ses intentions. Elle désirait rester à proximité de ses amis et s'inscrire à l'école vétérinaire de Maisons-Alfort. Pour éviter d'accompagner ses vieux en Provence, elle avança que son chat ne supporterait pas le voyage et que l'école se situait à une vingtaine de minutes en bus. Cela n'avait en rien infléchi la décision de ses parents. Le chant des cigales et les senteurs du romarin compenseraient les éventuels désagréments causés par le déménagement. Difficile de motiver une jeune fille de son âge avec ce genre d'arguments !

Armelle avait du charme. C'était la première femme, en dehors de la prof d'anglais, qui éveillait en moi un désir sexuel. Mais elle appartenait à une classe sociale hors d'atteinte, même si je devenais indépendant. Elle possédait un vocabulaire qui me faisait défaut. Quant à sa culture, immense comparée à la mienne, elle déchaînait mon mépris pour ces temps perdus à lire, à écouter de la musique ou à aller au cinéma. Une forme de défense naturelle lorsqu'on se sait inférieur sur tous les tableaux.

Toujours est-il qu'un jour elle me prêta un livre, *1984* de George Orwell. Cette dystopie fut une révélation. Parcourir des mondes inconnus sans quitter ma piaule ne m'avait jamais effleuré l'esprit.

Je louais un studio, près de l'atelier du patron. Le luxe s'y réduisait à une fenêtre avec vue sur les toits, mais je ne subissais plus les ronflements de mes camarades de chambrée. À force de penser à Armelle toute la journée, et le soir dans mon lit avant de m'endormir, j'ai envisagé l'impossible : lui proposer d'habiter avec moi. Mon salaire nous entretiendrait et elle intégrerait son école malgré les desseins de ses parents. Mais je voulais marquer le coup.

Un samedi, j'ai visité une bijouterie et j'y ai dérobé une bague. J'assurai à ce jeu-là. Une de nos occupations favorites à l'orphelinat consistait à chaparder de la nourriture, de préférence des biscuits et du chocolat, ou des objets personnels. J'avais reçu une ovation générale lorsque j'avais soulevé comme un trophée le portefeuille du professeur de maths. Je l'avais subtilisé dans la poche de sa veste, accrochée à la patère, pendant qu'il écrivait un théorème imbitable au tableau. Mais si nous gardions nos rapines, la police s'en mêlerait. C'est pourquoi nous les abandonnions dans des lieux familiers à nos victimes. Dans le tiroir de leur bureau, sur leur table de chevet, au pied de leur siège au réfectoire... À notre grande joie, cela a créé « la rumeur du château hanté » !

Le lundi suivant mon larcin, j'ai offert le bijou à Armelle et lui ai soumis ma demande en mariage assortie d'une pension complète. Le rire qu'elle a déployé a résonné durant des mois dans ma cervelle de moineau. J'avais été le roi des idiots en croyant que nous pourrions vivre une histoire d'amour quand tout nous séparait. J'aurais pu donner la bague au premier venu, ou la jeter dans la Seine. Mais j'ai voulu compenser cette désillusion en récupérant du flouze.

Je suis entré dans une autre bijouterie et j'ai baratiné l'employé comme quoi ma fiancée avait rompu. Le type retira l'étiquette accrochée par un fil blanc autour de l'anneau, examina le brillant sous une loupe et m'en proposa vingt mille francs. Un an de salaire ! Je planais avec les anges et j'ai accepté d'un sourire béat. Mais il n'avait pas cette somme sur lui, je devais repasser pour conclure l'affaire.

Je me suis donc repointé le lendemain matin. Je déposai l'écrin sur une vitrine quand trois policiers sortirent de l'arrière-boutique. Une étiquette de rien du tout m'avait trahi ! En regardant les chiffres inscrits dessus, j'avais pensé à un numéro de série, à l'instar des compteurs que nous installions. Et non au prix. Ahurissant !

Le montant avait alerté le vendeur. Seuls des joailliers de luxe proposaient des bagues de cette qualité, comme Van Cleef et Arpels chez qui je l'avais subtilisée sans connaître leur réputation. Comme quoi, une culture générale au ras des pâquerettes peut te priver de liberté !

3

lundi

Lucas Dessange sortit de la douche et monta sur la balance. Soixante-huit kilos pour un mètre soixante-dix-huit. Il avait perdu ses bourrelés engendrés par une semaine passée en Auvergne, se réjouit-il. Ses parents ne plaisantaient pas avec la bouffe. Aligot, truffade, petit salé aux lentilles, chou farci… Reprends-en ! avait insisté sa mère.

Il enfila un col roulé noir, un jean noir, des baskets noires, et se contempla dans le miroir de sa chambre. Une longue mèche brune dissimulait son front généreux, une barbe taillée au cordeau élargissait le bas de son visage. Lucas prenait soin de son apparence. Si la loterie cosmique lui offrait l'occasion de rencontrer la femme de sa vie, il se présenterait sous son meilleur jour. À quarante-trois ans, l'espoir s'amenuisait ! admit-il en claquant la porte de son appart.

Il se procura un paquet de cigarettes dans un tabac presse et remarqua la dernière édition de *La Gazette* sur un tourniquet. La lecture de la Une déclencha un achat frénétique.

Il retourna les quatre doubles pages dans tous les sens. Le rédacteur en chef et propriétaire du journal avait évincé son article sur le projet d'un parc d'éoliennes.

Furax, il se rendit au local.

— Lucas, le sujet est épineux. Ce n'est pas le moment de se mettre à dos l'équipe municipale. Un haut gradé va donner une conférence de presse à la gendarmerie. Tâche de comprendre pourquoi il s'intéresse à un banal accident de la route ! Et rapporte-moi un article croustillant !

Lucas ravala sa lettre de démission. Les éleveurs de canards ne couraient pas les rues en Provence !

— De quel accident parlez-vous ?

— Celui dans la nuit de samedi à dimanche. Quatre morts, dont le petit-fils de Martin Fourvèdre ! Voici le com-

muniqué de la gendarmerie, dit le directeur en le lui tendant. Regarde dans nos archives ce qu'on a sur cette famille.
— C'est Julien le spécialiste des faits divers, tenta Lucas.
— Il couvre le démantèlement d'un réseau de cocaïne. Fais-toi copain avec Denis Tricourt, le maréchal des logis-chef avec qui Julien joue aux boules. C'est par lui qu'on obtient des infos avant les autres.
— Il me les transmettra rien qu'en voyant ma bonne tête ? s'irrita Lucas.
— Julien l'invitait à déjeuner. Laisse tomber le *logis-chef* et appelle-le « monsieur le maréchal ». Un brin de flatterie délie les langues ! Et demande au restaurateur un justificatif cacheté, si tu veux que je te rembourse !

Castellane relut le rapport du docteur Thorens. Outre une profusion d'hématomes, le corps du gamin était couvert d'égratignures. Lacéré par un rosier ! avait imagé le légiste lors de son examen initial. Mais son assassin ne l'avait pas violé. Un psychopathe visitait-il la région ?

Berthier l'attendait dans le break. Ils passèrent devant l'hôpital et roulèrent un kilomètre avant de se garer sur le bas-côté.

L'adjudant sur ses pas, Castellane emprunta le même chemin que la veille. Il s'arrêta devant le châtaignier et désigna l'espace entre le sol et le tronc.

— On a trouvé le corps ici !

Déjà sur place, le Groupe d'investigation cynophile des Alpes-de-Haute-Provence attendait ses ordres.

— On y voit mieux qu'hier ! lâcha Castellane au plus gradé. Essayez de repérer le lieu du crime.

Les maîtres-chiens amenèrent leurs Springers spaniels renifler sous l'arbre. Ils enfoncèrent leur truffe de-ci de-là, semblaient désorientés…, jusqu'à ce qu'ils aboient et tirent sur leur laisse dans la même direction. Ils remontèrent les traces sur une cinquantaine de mètres et marquèrent un arrêt au centre d'une modeste clairière.

— Major, vous voulez venir voir ?

Castellane et Berthier les rejoignirent. Le gosse avait égaré son avenir sur ce parterre de mauvaises herbes.

— J'aimerais savoir par où il est arrivé, émit Castellane.

Les maîtres et leurs chiens effectuèrent des cercles de rayons croissants. De son côté, Berthier s'agenouilla près d'un caillou :

— Il y a des cendres mélangées à la terre. Quelqu'un les a dispersées avec ses pieds, probablement pour cacher les restes d'un feu de camp.

Castellane s'accroupit à ses côtés. Berthier avait raison, le gosse et son meurtrier avaient enflammé des branches récupérées alentour.

Les deux hommes commencèrent à explorer la clairière, mais Berthier s'arrêta au bout de quelques pas :
— À cet endroit, la terre est enfoncée, comme si un obèse s'était laissé tomber. Mais la forme du corps ne correspond pas à celle d'un adulte.
— Ma parole, tu as des dons de voyance ! lança Castellane.
— Je ne sais pas, major ! Mais la profondeur coïnciderait si un type imposant avait plaqué l'enfant au sol. Je parierai ma chemise sur une agression sexuelle.

Castellane se contenta d'approuver avec un borborygme dont il avait le secret, un mélange de *je suis d'accord* et *le doute m'envahit*, avant d'envisager plusieurs pistes :
— Supposons que l'assassin ait amené le gosse dans cette clairière, que ce dernier soit consentant ou pas. Mais il ne l'a pas violé.
— Les agressions sexuelles ne se réduisent pas à la pénétration ! répliqua l'adjudant-chef.
— J'entends, Berthier. Quoiqu'il en soit, il le tue à coups de branches, ça expliquerait les égratignures et les hématomes. En dehors du traînage du corps, qui commence ici et aboutit au tronc d'arbre, nous avons repéré les pas d'un adulte. Cet individu aurait donc transbahuté le môme sur ses épaules depuis la route... Mais ça fait une sacrée trotte ! S'il a été capable de le porter sur cinq cents mètres, pourquoi l'aurait-il tiré sur cinquante après l'avoir achevé ? C'est incohérent. Le gosse a dû arriver par un autre chemin !

Les maîtres-chiens réapparurent au bout d'une heure :
— Nous avons examiné les lieux jusqu'à la lisière du bois, major. Les chiens n'ont pas flairé l'odeur de l'enfant. Vous désirez qu'on élargisse nos recherches ?
— Ça ne sera pas la peine, brigadier. Vous pouvez disposer.

Les deux gendarmes cynophiles partis, Castellane reprit :
— Le gamin a pu venir en deux-roues. Ça expliquerait l'absence de traces de pas.
— Les pneus aussi laissent des traces ! Vous croyez vraiment que le meurtrier les aurait effacées avant d'embarquer le vélo ? De toute façon, il ne s'est pas aventuré au-delà de cette trouée.
Castellane resta immobile un long moment. Son hypothèse – le gosse serait arrivé par ses propres moyens – battait de l'aile.
Berthier n'osa le déranger dans ses pensées. En arpentant les abords de la clairière, il repéra entre les frondes d'une fougère une bouteille en plastique écrasée comme une crêpe. Il enfila des gants pour la ramasser et la montra à Castellane, plongé dans une perplexité abyssale.
— Si elle a appartenu à l'assassin, on aura ses empreintes.
Ce premier indice sortit Castellane de sa torpeur :
— Demande au labo d'effectuer des prélèvements d'ADN.

Trois camionnettes et une demi-douzaine de voitures stationnées dans la contre-allée obstruaient l'accès à la gendarmerie.
— C'est quoi ce cirque ! maugréa Castellane.
— J'appelle Charlotte, dit Berthier.
Le Dauphiné, la Provence, Nice Matin. Deux chaînes de télé ! La fin tragique de Kevin Fourvèdre avait attiré une meute de chacals friands d'histoires sordides.
Charlotte ouvrit les grilles. Aidée de trois collègues, elle pria les journalistes de dégager leurs véhicules.
Mais la presse était comme une vague, elle refluait pour revenir de plus belle.
Au moment où Berthier enclenchait la première, Castellane appuya sur le klaxon.
— Vas-y, fonce, lança-t-il. Pas de quartier !

Le major détestait les médias, mais Berthier préféra se faufiler entre ses représentants.

Ils papotaient avec Dubosc et Delage près du distributeur de boissons quand Charlotte leur fit signe de se rendre à la salle de réunion. Les membres de la brigade disposaient d'un logement de fonction, mais ils aimaient s'y retrouver pour partager un repas en commun, ou une simple tasse de café.

— Que font ces palettes et ces cartons ici ? s'énerva Castellane.

— On a des invités. Je ne savais où les installer et j'ai pensé...

— Quels invités ? Et c'est quoi ce raffut ?

— Respirez par l'abdomen, major.

La vingtaine de journalistes s'étaient déplacés dans la cour. Devant un pupitre muni d'un micro, un grand Duduche en uniforme de gendarme bredouilla « un, deux, trois » afin de régler le larsen qui agressait les oreilles.

Une femme dans la trentaine, élancée, la peau légèrement hâlée, ses cheveux noirs maintenus en arrière par une barrette, vint prendre la parole :

— Mesdames, messieurs, je suis la lieutenante-colonelle Alicia Cornet. Le juge d'instruction désigné par le président du tribunal de Digne m'a chargée de mener l'enquête sur l'accident qui a eu lieu samedi vers quatre heures du matin sur la départementale numéro 5. Deux véhicules sont en cause. Un cabriolet BMW et une Volkswagen Golf. Monsieur Kevin Fourvèdre, projeté hors de l'habitacle de sa BMW, a succombé d'une fracture du crâne. Un hélicoptère a transporté la conductrice, mademoiselle Léa Grimberg, à l'hôpital de La Timone. Les médecins l'ont plongée dans un coma artificiel. Nous avons trouvé sur la banquette un enfant de type africain d'une dizaine d'années. Les pompiers n'ont pu le ranimer et nous ignorons son identité. En ce qui concerne les occupants de la Golf : messieurs Théo Lanfranqui et Quentin Vignot, âgés de vingt-deux ans, ont péri avant l'intervention des secours. Claire Béniac, vingt-et-un ans, et Frédéric Tissot, vingt-trois ans, sont toujours à l'hôpital de Manosque. Leur pronostic vital n'est plus engagé.

Alicia Cornet regarda ses notes avant de poursuivre :
— Hier après-midi, un Banonais a découvert dans le bois de l'Adrech un deuxième enfant, également d'origine africaine et du même âge. Nous n'écartons pour le moment aucune piste et je vous prie de transmettre à vos rédactions les appels à témoins que nous allons vous fournir. Si vous souhaitez être informé des avancées de l'enquête, laissez vos coordonnées au lieutenant Peyre. Un message vous indiquera le jour et l'heure de notre prochain point presse. Mesdames, messieurs, je vous remercie.

Les questions fusèrent. D'un geste de la main, Alicia Cornet y coupa court tout en rejoignant le hall de la gendarmerie. Cette jeune femme dégageait un degré de maturité supérieur à son âge, reconnut Castellane. Une forme d'autorité naturelle engendrait le reste.

Après la conférence de presse, Lucas Dessange demanda à un gendarme s'il pouvait lui présenter le maréchal des logis-chef Tricourt. Le type regarda sa montre et mentionna *Les Turquoises*.

Lucas se rendit au restaurant. Attablé en terrasse, Denis Tricourt consultait la carte.

— Bonjour, maréchal. Je suis un collègue de Julien. Puis-je vous inviter à déjeuner ?

Charlotte et Berthier en file indienne derrière lui, Castellane s'empressa de rejoindre son bureau.
— Quelqu'un peut-il m'expliquer ?
— Elle est arrivée pendant votre virée dans les bois en compagnie de l'adjudant-chef, dit Charlotte. Elle a agité devant mes yeux l'ordonnance du procureur et m'a demandé de lui trouver une pièce pour s'installer avec son adjoint. J'ai proposé la salle de réunion. Et leur ai montré les studios au-dessus du garage.
— Pardon ?
— Ils sont prévus pour ce genre de visite, major !
— Ont-ils fait une remarque ?
— Ils étaient pressés de déposer leurs valises. Mais j'ai demandé à Delage et Dubosc de débarrasser en vitesse leurs collections de timbres.
— Et pour nos engins ?
— Ils ont juste soulevé les bâches. Je les ai mis au courant pour le deuxième gosse.
— Le chef d'escadron doit connaître les raisons de ce micmac. Je le contacte. Charlotte, renseigne-toi sur cette femme. On ne devient pas officier supérieur à son âge !

Castellane composa le numéro de Boissecourt. Le standard le faisait attendre avec une musique de supérette quand une voix autoritaire prit la communication :
— Ah, Castellane ! Je comptais vous appeler. Vous devez vous demander ce qui arrive. Le ministre de la Justice a confié l'enquête dans laquelle est impliqué le regretté Kevin Fourvèdre à la lieutenante-colonelle Cornet. Je n'ai pas eu mon mot à dire et je vous conseille de coopérer. S'ils ont court-circuité la brigade de recherche, l'affaire est ultra-sensible. Castellane, je vous laisse.

Le major se figea sur son siège. Une statue sur le point d'imploser, pensa Berthier.

Figée sur le seuil de la porte, Charlotte attendait la fin de la conversation téléphonique. Castellane lui fit signe d'entrer :
— Qu'as-tu trouvé sur cette femme ?
— Elle est plus âgée que ce qu'elle en a l'air.
— C'est-à-dire ?
— Elle aura trente-neuf ans dans trois semaines ! Nommée lieutenant-colonel, il y a dix-huit mois.
— À quoi est dû ce brillant parcours ?
— Lycée militaire d'Aix-en-Provence. Saint-Cyr, major de sa promotion ! Institut des hautes études de défense.
— Notre future directrice générale, anticipa Berthier.
— Bien. Aucune initiative, aucune déclaration intempestive. Rien ne presse. Laissons cette colonelle et son valet venir à nous. C'est compris ?
Berthier et Charlotte opinèrent du chef.

Alicia Cornet frappa à la porte.
— Entrez ! dit Castellane en continuant de lire la déposition d'Émile Farge.
Alicia fit le tour de la pièce. Elle s'empara d'une coupe en argent perchée au-dessus d'une armoire.
— Vous avez remporté une course de moto, major ?
— Je participais à des compétitions, à cette époque, répondit Castellane. Mais la championne, c'est Charlotte ! En rallye automobile, elle aurait pu atteindre les sommets.
Une zone de défense sonna l'alerte dans son cerveau. Le grade d'Alicia Cornet exigeait un changement d'attitude immédiat.
— À vos ordres, colonelle ! se mit-il au garde-à-vous.
— Je vous en prie, major, rasseyez-vous. J'aime les gens qui prennent des risques pour gagner du temps, affirma-t-elle en reposant la coupe.
Elle s'enfonça dans l'un des deux sièges libres, face à Castellane, avant de poursuivre :
— Mon arrivée en fanfare doit vous interpeler.

Le round d'observation avait duré trente-huit secondes, montre en main.

Castellane retrouva un minimum d'aplomb. Cette femme était bardée de diplômes, mais il avait une longue expérience du terrain :

— Nous maintenons une certaine distance avec les médias durant nos enquêtes. Et voilà que vous organisez une conférence de presse !

— J'ai lu votre CV, major. Rien de remarquable ou de déshonorant n'en ressort. Je peux faire appel à vos services. Ou vous mettre sur la touche ! Cela dépendra de votre implication. Avez-vous une idée de ce qui est en jeu ?

Elle aurait pu être sa fille et lui parlait comme à un enfant turbulent privé de dessert s'il ne se tenait pas tranquille.

Il avait intérêt à activer ses neurones s'il voulait rester en course :

— La famille Fourvèdre a fait intervenir ses relations et notre état-major parisien a jugé qu'un simple sous-officier en poste dans un bled de neuf cents habitants était inapte à gérer la situation !

Alicia Cornet posa ses pieds sur le bureau. Castellane tiqua en silence.

— C'est un des paramètres, confirma-t-elle. Mais pas le seul ! Commençons par votre rapport sur le véhicule appartenant à Emmaüs. Souhaitez-vous compléter vos remarques ?

Castellane essaya de se souvenir de sa conclusion : d'après les traces de pneus laissés sur le bitume, Ali… ? … avait donné un coup de volant. La camionnette avait basculé sur le flanc, et avait pris feu. Asphyxiés par les fumées, ses deux occupants étaient morts quand les pompiers étaient intervenus. Ils étaient alcoolisés, roulaient entre quatre vingt-dix et cent. Mais sans témoin et sans signes évidents d'un deuxième véhicule sur la chaussée, déterminer si Ali s'était assoupi ou s'il avait voulu éviter un obstacle était impossible.

Un sourire d'autosatisfaction remonta jusqu'à ses oreilles :
— Rien à ajouter !
— Le conducteur et le passager avaient la peau noire. Comme le gamin retrouvé dans la voiture de Kevin Fourvèdre et celui découvert dans le bois ! assena Alicia Cornet.
— Je... En effet, colonelle.
Prononcez son grade, lui en avait coûté. Mais il n'aurait jamais fait le rapprochement si elle ne le lui avait brandi sous le nez.
— Major, je possède une double casquette. Je me suis formée au profilage des Serial Killer aux États-Unis et suis une spécialiste des crimes à connotation raciste. Martin Fourvèdre, le grand-père de Kevin, est un ami personnel du général qui chapeaute la région Provence-Alpes-Côte d'Azur ! Imaginez les pressions exercées sur la brigade de recherche si le juge l'avait chargée de l'enquête. Quant à la conférence, j'ai pris les devants. Je vous rassure, idolâtrer les médias n'est pas ma tasse de thé. Mais la diffusion de nos résultats permet aux électeurs de me connaître. Si mes conclusions dérangent la famille Fourvèdre au point qu'elle fasse intervenir ses relations haut placées et, croyez-moi, elles sont nombreuses, me remplacer créerait un tollé dans l'opposition. Vous comprenez ?
L'espace vital de Castellane se rapetissait de seconde en seconde.
— Oui, murmura-t-il.
— Voyons ce que nous pouvons tirer de ces trois incidents. Rameutez votre équipe à la salle de réunion.
Pendant que la colonelle initiait Castellane au Cluedo, son bras droit s'était activé. Il avait étalé une dizaine de palettes censées apporter de la hauteur – symboliser le pouvoir ne mange pas de pain ! avait dit Alicia. Il avait ensuite accroché cinq tableaux blancs sur le mur du fond, accouplé trois tables pour former un long rectangle, disposé six chaises face aux

tableaux, et avait installé son matériel informatique à gauche de l'estrade.
— Je vous en prie, asseyez-vous, fit Alicia en se hissant sur une palette.
Le grand Duduche – trente ans, estima Charlotte –, cheveux roux frisés, lunettes rondes à monture verte, buste penché en avant, se tenait au garde-à-vous. C'est lui qui avait placé le micro, allumé la sono et réglé le larsen, le reconnurent Berthier et Castellane.
Ils recrutent chez les héros de bandes dessinées, déplora l'adjudant-chef.
Un de ces gars biberonnés au numérique, railla le major.
Il affiche un début de scoliose, regretta Charlotte.
— Je vous présente le lieutenant Jean-Luc Peyre, enchaîna Alicia. Jean-Luc effectuera nos recherches sur Internet et centralisera vos informations. Cela implique que vous les lui transmettiez ! Il en exposera une synthèse lors de nos réunions quotidiennes. Oubliez son grade et appelez-le par son prénom. Il ne s'en formalisera pas et ça nous fera gagner du temps. N'est-ce pas, Jean-Luc ?
— Correct ! fit le lieutenant.
— Moi, c'est Charlotte.
Berthier allait donner le sien, mais le visage impassible de Castellane l'en dissuada.
— Merci, Charlotte !
Alicia Cornet se déplaçait vers la gauche de l'estrade quand un gars casqué, les bras surchargés de cartons fumants, un sac en plastique suspendu au doigt, entra dans la pièce.
— Ah, voilà les pizzas et les canettes ! Jean-Luc, tu gères la distribution ?
La mozzarelle et le houblon, les deux mamelles des réunions improvisées.
Alicia reprit :
— Les trois premiers tableaux serviront à afficher les éléments à notre disposition. Un pour chaque évènement dans

l'ordre chronologique : la camionnette des compagnons d'Emmaüs..., l'accident dans lequel est impliqué Kevin Fourvèdre..., l'enfant retrouvé dans le bois de l'Adrech.

Elle traça un trait horizontal sur le quatrième :
— Celui-ci concernera nos pistes de travail. Nous inscrirons dans la partie supérieure les objectifs prioritaires et, dans celle du bas, les points à vérifier en fonction de nos avancées. Nous afficherons les éléments communs aux trois affaires sur le dernier tableau. Il risque d'être étriqué, mais nous devrions recevoir sous peu celui que j'ai commandé.

Alicia s'empara de trois tas de photocopies posés sur le bureau de Jean-Luc et en remit un à chacun :
— Voici les photographies et les rapports transmis par le pôle scientifique et le médecin légiste. J'ai accéléré le mouvement pour les obtenir ! Les deux enfants ont le même âge et sont d'origine africaine, comme les compagnons d'Emmaüs dans la camionnette. C'est peut-être une coïncidence, mais nous ne pouvons ignorer la piste d'actes à connotation racistes... Un dernier point : vous êtes affectés à ces affaires. Vos collègues géreront le tout-venant. Mais nous ferons appel à eux si l'enquête nécessite des effectifs supplémentaires. Bien, je vous propose d'afficher sur les tableaux les éléments qui vous paraissent pertinents. Ne vous occupez pas du voisin. Nous trierons les doublons avant de fixer les objectifs. Charlotte, messieurs, au travail !

Greta avait surestimé les capacités physiques de son ami. Il avait ralenti le pas et s'arrêtait de plus en plus souvent pour commenter le paysage vallonné. Malgré son manque d'entraînement, il avait dit oui sans hésiter quand elle avait proposé cette excursion. Mais le détour de cinq kilomètres pour visiter l'église de Saint-Jean-Baptiste avait sonné le glas de la balade. Encore deux heures de marche soutenue avant de rejoindre la voiture. Il ne tiendra pas jusque là, jugea Greta. La vue panoramique du haut de la crête se passerait de leur émerveillement.

Ils pique-niquèrent à l'ombre d'un bouleau. Pain complet, fromage, tomates, brugnons.

— Une pause bienvenue ! souffla l'homme.

— Je vais monter en haut des rochers, annonça Greta en désignant la pente abrupte de l'autre côté du chemin. Repose-toi, on reviendra sur Redortiers faire du stop.

À mi-parcours, elle remarqua une masse inerte dans l'ombre d'un bloc de calcaire. Les restes d'un tronc calciné par la foudre ? Mais aucune végétation ne poussait sur ce sol minéral. Une branche arrachée provenant du plateau en contre-haut du ravin et transportée par une bourrasque ? De nature curieuse, Greta s'approcha.

Des photographies recouvraient les trois premiers tableaux. Chacun y était allé de ses préférences. Friand de reportages animaliers, Berthier avait punaisé un aigle royal en train de planer au-dessus de la camionnette. Alicia fit preuve de diplomatie pour retirer les clichés sans intérêt, se montra d'une douceur extrême en écartant les hypothèses invraisemblables. Elle tenta un résumé :

— Commençons par Emmaüs. Grand A : Ali et Moussa se sont viandés tout seuls. Par distraction – on sait grâce à Charlotte que Moussa possédait du shit – ou suite à une engueulade qui se serait envenimée. Même si les deux amis étaient *culs et chemises*, pour reprendre l'expression de la directrice du centre.

Alicia vida sa tasse de café.

— Grand B : on les y a aidés. La scientifique n'a pas repéré les traces d'un autre véhicule aux environs du carrefour. Mais peut-être un piéton ou un cycliste se trouvait-il dans les parages ! Quoiqu'il en soit, je souhaiterai un minimum de certitudes à ce sujet.

— Je vais briefer le maréchal des logis-chef. C'est le référent des *voisins vigilants*, informa Charlotte.

— Pourquoi faites-vous cette tête, major ? demanda Alicia.

— Je me méfie des civils. Ils nous encombrent de rapports peu pertinents, mais souvent calomnieux.

— Vous proposez autre chose ?

— Non !

— Alors, activez le protocole. Sur un éventuel trafic de drogue sur la contrée, qu'avez-vous appris ?

— D'après le divisionnaire à la tête du commissariat de Manosque, c'est plus chaud que vous le pensiez, major, dit Charlotte en se tournant vers Castellane. Les Serrets ont connu deux opérations de police de grande envergure. En 2014, nos collègues ont arrêté le chef de la bande, ses lieutenants et des petits revendeurs. Leurs remplaçants ont subi le même sort en 2018. Suite à ça, les jeunes de la cité ont mis le feu à des dizaines de voitures et de conteneurs à poubelle. Ils n'ont pas apprécié qu'on s'en prenne à leur bizness.

— Et sur Théo Lanfranqui ?

La colonelle se souvenait déjà de leurs noms ! fut impressionné Castellane qui avait du mal à retenir ceux de ses collègues qu'il croisait pourtant tous les jours.

— Comparé aux caïds de Medellín, du menu fretin sans envergure ! déclara Charlotte. Les investissements promis en 2016 dans le cadre du *contrat-ville* se sont volatilisés entre deux ministères. Le nouveau boss n'a eu qu'à lever le petit doigt pour le recruter. Les autres dealers écoulent la marchandise au pied des appartements de la cité, mais Théo donnait rendez-vous à un nombre restreint de clients chez Frédéric Tissot, le jeune homme retrouvé à l'arrière de la Golf.

— Pourquoi restreint ? fit préciser Alicia.

— Il vendait à des notables qui craignaient pour leur réputation, ou pour leur vie, s'ils se déplaçaient aux Serrets. Frédéric Tissot possédait un hôtel particulier dans le vieux Manosque. Théo habitait chez lui depuis son départ du domicile familial. Sans payer de loyer. Ça lui permettait d'honorer les échéances de sa voiture.

— Major, vous n'avez pas pris la peine de rencontrer les parents de Claire Béniac et de Frédéric Tissot. Pourquoi ?

— Notre visite à ceux de Théo et… – Quentin, lui souffla Charlotte – n'ont rien donné. J'ai laissé en suspens. Mais je comptais passer à l'hôpital dès qu'ils seraient rétablis.

— Quand le seront-ils ? s'impatientait Alicia.

Castellane avait fait preuve de négligence. Il bafouilla en remuant la tête :

— Je…, je ne sais pas.

— Renseignez-vous, je vous prie. Et allez voir leurs parents. Je ne vous apprendrai rien, mais un petit rappel s'impose. Si quatre-vingt-quinze pour cent des pistes échouent, gardez-vous d'écarter les restantes !

Alicia, un – Castellane, zéro.

Des vibrations glaciales flottaient dans la pièce. Le major et la colonelle se préparaient à envoyer leurs missiles, mais Charlotte calma le jeu en écrasant un moustique venu se ravitailler. Un consensus comme un autre !

Alicia poursuivit :

— Moussa Atangana se droguait. S'approvisionnait-il chez Théo Lanfranqui ? Charlotte, vous retournerez à la compagnie d'Emmaüs éclaircir ce point. En tout cas, il ne devait pas être l'unique amateur de haschich parmi les compagnons. Précisez-leur que nous nous fichons de leur consommation personnelle. Seul le dealer de Moussa nous intéresse.

— Compris ! lança Charlotte.

— Cela ne mènera à rien, dit Castellane. Vous connaissez beaucoup de camés sur Courthezon qui se taperaient quatre heures de voiture pour se procurer une barrette alors qu'un cortège de trafiquants pollue les rues d'Avignon ?

— S'ils sont en manque, oui. Ou si Moussa était lui-même un petit revendeur qui se fournissait chez Théo pour ne pas éveiller l'attention de nos confrères du Vaucluse !

Alicia, deux – Castellane, zéro, pensa Berthier. La brigade avait intérêt à se serrer les coudes si elle ne voulait pas rester sur le banc de touche !

— Jean-Luc, relate-nous ce que tu as appris sur Léa Grimberg ?

Silencieux et assis devant son ordinateur durant la réunion, le lieutenant se leva pour rejoindre Alicia.

— Avant de travailler dans un cabinet médical et d'y séduire Kevin Fourvèdre, Léa Grimberg était sous la coupe d'un certain Marco Lugani. Elle donnait dans la prostitution de luxe et officiait dans des palaces de la Côte d'Azur.

— Marco Lugani vient de purger dix ans pour proxénétisme, annonça Alicia. Il est sorti de prison le mois dernier et s'est réinstallé dans son appartement à Nice. Comme il n'a pas profité de son séjour aux Baumettes pour valider une reconversion professionnelle, il doit reconstituer son harem. A-t-il contacté Léa ? Se seraient-ils fâchés et l'aurait-elle envoyé promener alors qu'elle avait embaluchonné un bel et riche héritier ? J'aimerais le savoir. Sur ma demande, le commandant de la brigade de Nice va convoquer Marco Lugani dans ses locaux. Major, nous nous y rendrons pour l'interroger. Un Choucas nous prendra à sept heures.

Castellane écrivit « Choucas » sur un bout de papier qu'il glissa devant Charlotte. En retour, elle dessina une olive avec des pales.

Des gouttes de sueur humidifiaient le visage écarlate de Castellane. Il venait de comprendre le moyen de transport envisagé :

— Pardon, colonelle, c'est vraiment indispensable la virée en hélicoptère ?

— Vous avez six heures à perdre en bagnole ?

Charlotte et Berthier écarquillèrent les yeux. Jusqu'à présent, Castellane s'était débrouillé pour esquiver les balades aériennes. Mais là, il était coincé.

— Jean-Luc, continue avec Kevin Fourvèdre.

— Après Le Sacré-Cœur, un collège de Digne, Kevin a atterri au pensionnat du Lycée Sainte-Catherine-de-Sienne, à Aix-en-Provence. J'ai contacté la directrice de l'époque. Kevin était un élève agité, cherchant des crosses avec ses condisciples. Ni doué pour les études ni un cancre. Après le bac, il a mis quatre ans pour obtenir un DEUG économie et gestion ! Après ça, sa grand-mère l'a envoyé aux États-Unis se former au management. Même si son diplôme américain est sans réelle valeur, il a appris l'anglais ! Depuis son retour en France, il dirige le pôle communication et s'est fait connaître par ses frasques. Chahut dans les ruelles du centre-ville en état d'ébriété. Remontée du Cours Mirabeau en marche arrière, bains de minuit dans la fontaine de la Rotonde et injures sur agents de la force publique. Des collègues ont trouvé de la cocaïne sur lui à l'occasion d'un

contrôle routier. Sans les relations de ses grands-parents, il croupirait en cellule !
— Léa Grimberg lui avait-elle mis le grappin pour effectuer une ascension sociale en brûlant les étapes ? Nous devons éclaircir ce point.
— Tout ça est bien gentil, colonelle, fit Castellane, mais vous m'avez servi tout un speech sur les occupants de la camionnette, noirs comme les deux enfants. Vous avez évoqué votre stage de profileuse, votre spécialité sur les crimes racistes. Et vous nous demandez de nous intéresser à un proxénète de deuxième zone, d'une prostituée en cour de recyclage, d'un minable issu de la haute. Avant toute autre considération, nous devons comprendre pourquoi ces gosses ne dormaient pas dans leur lit à quatre heures du matin !
Alicia, deux – Castellane, un !
La colonelle mordit ses lèvres. Pour se contrôler, estima Charlotte.
— D'après l'adjudant-chef, les appels à témoin n'ont rien donné. À moins qu'une cartomancienne ne me révèle leur identité, je suis incapable de répondre à votre question !
Alicia poursuivit sur un ton moins cassant :
— Connaissez-vous les suprémacistes blancs ?
Castellane n'en revenait pas. La colonelle les prenait pour des demeurés !
— Ces descendants du Ku Klux Klan sévissent aux États-Unis ! déclara Castellane.
— Ils ont fait école ! Nos services de renseignements suivent deux mille fanatiques d'extrême droite, dont les membres de l'OAS. En 2020, la DGSI a déjoué cinq tentatives d'attentats !
— Mais l'OAS, c'était pendant la guerre d'Algérie, s'étonna Berthier.
— Ils ont repris le nom et les idées, expliqua Alicia. Des dizaines de groupuscules fleurissent en France. Certains comptent quelques individus. D'autres, une centaine. Comme chez les Guinness en Angleterre, des milices s'en-

traînent à l'abri des regards dans des propriétés privées. Le château d'Auterot qui appartient à Viviane Fourvèdre, la femme du sénateur, est devenu une base de premier plan. Obtenir des informations sur cette famille et ceux qui gravitent autour est une priorité. Venez tous sur l'estrade.

Alicia profita du mouvement pour s'emparer d'une chemise rouge posée sur le bureau de Jean-Luc.

— Examinez ces photos prises par la scientifique, dit-elle en les affichant sur le premier tableau. Sur celle-ci, la camionnette est couchée sur son flanc gauche. La chaussée bloquait donc la portière d'Ali Sabal, le conducteur. Sur celle-là, un pompier cisaille la ceinture de sécurité de Moussa Atangana coincée avec le choc. Sur cette dernière, ses collègues extirpent Moussa du véhicule par la portière côté passager. Major, ouvrez le rapport du capitaine Thorens à la page deux et lisez-nous le paragraphe surligné en jaune.

Castellane n'appréciait guère ce genre d'exercices. Ça lui rappelait les quolibets de ses camarades d'école lorsqu'il récitait une poésie. Mais il s'exécuta :

— Le passager était bloqué sur le siège du milieu, à cause de sa ceinture. Je suis allé chercher une cisaille et…

— Merci, major. Que vous inspirent cette note du capitaine Thorens et les photos que nous venons d'examiner ?

— Berthier pivota vers Charlotte, qui se tourna vers Castellane, qui marmonna ce que les deux autres ressentaient sans oser le formuler :

— Rien !

Alicia se résigna à expérimenter une séquence pédagogique :

— Moussa Atangana n'a pas réussi à s'extraire de la camionnette pour échapper aux fumées, soupira-t-elle. Le pompier précise avoir cisaillé la ceinture du milieu. Je vous rappelle que ce genre de véhicule possède trois places à l'avant, comme ceux de la gendarmerie.

Castellane regarda Charlotte et Berthier. Ils buvaient les paroles d'Alicia comme du petit lait. Évidemment qu'on

pouvait s'asseoir à trois ! Cette lieutenante-colonelle allait-elle leur expliquer à quoi servaient les clignotants ? faillit-il se moquer avant qu'elle reprenne :
— Major, êtes-vous déjà monté en tant que passager dans l'une de ces camionnettes ?
— Bien sûr, répondit Castellane.
Il attendait une question piège sur le Code de la route.
— Où vous installez-vous ?
— Près de la fenêtre. Pour éviter de gêner le conducteur dans ses manœuvres. Et inhaler de l'air frais quand les fumées de cigarette envahissent la cabine.
— Et vous autres ? toisa-t-elle Charlotte et Berthier.
— Pareil, répondirent-ils en même temps.
— Où voulez-vous en venir ? fit Castellane.
— À la présence d'un troisième passager qui aurait réussi à sortir par la porte de droite ! Berthier, sur le rapport du légiste à la page trois, lisez le texte surligné en rouge.
Berthier s'empara du deuxième document :
— Ali affichait une alcoolémie de 0,8 g Moussa de 1,2. Tous deux digéraient un magret de canard.
— Ils ne se sont pas contentés d'un jambon-beurre en cours de route, mais se sont arrêtés dans un restaurant, reprit Alicia. Ils y ont commandé le plat du jour. Berthier, retrouvez l'établissement qui proposait du canard le samedi 25 septembre. Et demandez si un troisième personnage les y accompagnait ! Pour résumer : l'adjudant-chef téléphone à toutes les gargotes, en commençant par celles de Simiane. Charlotte, vous partez à Courthezon. Le major vous considère comme un as du volant. Mettez le gyrophare, et pied au plancher !
Trois – Un. Set et match ! Ils en restèrent bouche bée, même si Castellane bredouilla un « Qu'attendez-vous ! » à ses deux adjoints.
Charlotte et Berthier couraient vers leur nouvelle mission quand Dubosc et Delage, l'air affolé, pénétrèrent dans la pièce :

— Major, on a un troisième gosse sur le carreau !
— Une fille, précisa Dubosc. L'homme et la femme qui l'ont découverte patientent devant l'église de Redortiers.
— Je vous accompagne, dit Alicia en boutonnant sa veste. Arrivé dans la cour, Castellane lui tendit les clés du break.
— Je n'aime pas conduire les automobiles, lança-t-il.
Alicia prit place derrière le volant. Le major était-il moins macho qu'il en avait l'air ? En tout cas, il connaissait la région mieux qu'un GPS !
Elle se gara près de l'église. Le couple de randonneurs était assis sur les marches en pierre, devant le porche. Ils commencèrent à raconter leur histoire, mais Alicia les interrompit. Ils donneraient des explications tout en les conduisant à l'endroit de leur funeste découverte.
La colonelle examinait déjà le corps de la fillette étendu entre deux ravines quand Castellane la rejoignit tout essoufflé.
— Elle a dû dégringoler du sentier et se stabiliser dans ce creux, estima-t-elle.
Était-elle tombée toute seule ? La question aurait pu se poser. Mais comme les deux autres gamins, elle avait la peau noire.
— Major, prévenez la scientifique. Je fais venir un hélico !
Le docteur Thorens et trois techniciens arrivèrent quarante minutes après. En descendant les ravines, ils repérèrent des traces de sang sur plusieurs rochers, prélevèrent des échantillons. La thèse de la dégringolade se confirmait.
— En dehors des hématomes, un classique, la fillette est fracturée de partout. Les os et le granit, ça ne fait jamais bon ménage ! rigola Thorens.
Alicia insista pour recevoir un compte-rendu dans l'heure suivante. L'état de la petite avait sapé son sens de l'humour.
Castellane et Thorens avaient mené leurs précédentes enquêtes avec minutie, sans précipitation. Les cadavres n'allaient pas disparaître, blaguaient-ils. Mais cette femme, un

ouragan capable de réquisitionner un porte-avion pour récupérer une sardine suspecte, ne plaisantait pas !
Les gendarmes hélitreuillèrent le corps, et Thorens monta à bord de l'appareil. Il entreprendrait l'autopsie de la gamine dès leur arrivée à l'hôpital de Forcalquier.

Berthier trépignait d'impatience dans la cour. Il aborda Alicia et Castellane dès leur sortie de la Mégane :
— J'ai trouvé le restaurant. Un troisième homme y accompagnait Ali et Moussa.
Comme l'avait supposé Alicia, un établissement avait proposé du magret de canard ce samedi-là. Une serveuse les avait reconnus sur les photos. Sa description du troisième protagoniste, vague et contradictoire, évoquait un SDF en train de tirer la tronche !
— Charlotte a dû arriver à Courthezon, dit Alicia. Transmettez-lui ces informations. Et prévenez les journalistes que nous tiendrons une conférence de presse, demain à midi.
Une notification retentit sur son téléphone.
— Major, on va à l'hôpital de Manosque. Les deux jeunes sont en état de parler.
Claire Béniac et Frédéric Tissot avaient bien supporté leurs multiples opérations. D'après l'infirmière en chef du service de chirurgie, ils rejoindraient un centre de rééducation d'ici une quinzaine de jours. Les séances de kiné dureraient au moins un an, mais ils ne pâtiraient pas de séquelles.
Quand Alicia et Castellane entrèrent dans sa chambre, Claire Béniac, figée devant la glace de sa penderie, contemplait avec horreur ses traits creusés. Pâle et décoiffée, elle n'aurait pas dépareillé dans un film de morts-vivants. Elle sortait avec Frédéric et devait s'installer chez lui après le déménagement de Théo Lanfranqui prévu le mois prochain. Théo avait trouvé un petit appart dans la vieille ville, à deux pas de l'église. Il leur procurait le shit que Frédéric et elle consommaient. Mais ils ne touchaient pas aux drogues dures. Elle avait vu pour la première fois Quentin Vigneau

en montant dans la Golf. Théo et Frédéric le connaissaient du collège. Le samedi soir, ils avaient déboulé dans une grande baraque avec piscine, près de Forcalquier. Théo avait apporté de quoi défoncer un régiment. Ils étaient partis vers trois heures et demie du matin. Elle s'était écroulée sur la banquette, sa tête sur les genoux de Frédéric, et ne s'était rendu compte de rien. Alicia et Castellane visitèrent ensuite son petit ami. Ses yeux sur le point de se fermer, Frédéric Tissot perdait le fil d'une fiction. Charlotte éteignit le téléviseur accroché au mur. Encore sonné par les anesthésies successives, il confirma d'un débit fastidieux les propos de Claire. Théo ne payait pas de loyer, mais leur fournissait gratuitement la dope. Frédéric avait l'habitude de l'accompagner dans ce genre de fêtes. Théo abreuvait les noceurs. Il espérait que l'un d'entre eux lui procurerait un vrai boulot – attaché commercial, directeur d'une succursale. Il avait fière allure lorsqu'il portait un costard. Par rapport aux dealers de la cité des Serrets, il écoulait de petites quantités, mais vendait le gramme à un prix supérieur. Sa marge compensait. Les rapports entre Théo et Quentin dépassaient le cadre amical. Frédéric les connaissait du collège, il était au courant de leurs attirances tactiles. Sans être exclusives, elles duraient depuis des années. Ils étaient tous défoncés en repartant de Forcalquier. Sauf Théo, toujours clean. Il respectait les limitations de vitesse, car il craignait de se faire arrêter avec du shit dans sa voiture. Frédéric ne l'avait jamais entendu parler de Léa Grimberg ou de Kevin Fourvèdre.

Les deux gendarmes traversaient le parking quand Castellane demanda :

— On interroge leurs parents ?

— Je me rallie à votre opinion, major. Ils ne nous apprendront rien de plus. On rentre.

Charlotte pénétra dans la salle de réunion comme une furie. Sans prendre la peine de s'excuser, elle interrompit Alicia et Castellane qui relataient à Jean-Luc leur visite à l'hôpital :
— Je vous jure, je vais lui en coller une !
— De qui parles-tu ? se retourna Castellane
— Du maréchal de France ! Ce fouille-merde a ouvert un colis qui m'était destiné. Soi-disant, il n'avait pas vu mon nom sur l'étiquette. Tout le monde va savoir que j'ai reçu un survêtement.
— Et alors ? ne comprenait pas Alicia.
— Il est noir. Ça va cancaner dans tous les bistrots !
La colonelle se tourna vers Castellane. Au lieu de sermonner Charlotte, le major se contenta de la regarder en haussant les épaules. Tricourt faisait l'unanimité, et l'adjudante ne méritait pas qu'on se moque de sa coquetterie. Point final.
— Sinon, je sais qui est le troisième homme ! annonça Charlotte après une grande respiration.
Elle avait demandé si quelqu'un avait changé de comportement, et la directrice avait mentionné la disparition inexpliquée d'Edmond Chiotti. À tour de rôle, les compagnons disposaient du week-end. Personne ne s'inquiétait de leur absence avant la distribution des feuilles de route, en début de semaine. Edmond Chiotti les avait rejoints six mois auparavant. Ali et Moussa l'avaient ramené au centre après l'avoir trouvé pétri de froid dans Avignon. Son occupation principale se résumait au tri des cartons. Mais de temps en temps, il participait à la restauration des meubles, ou donnait un coup de main pour récupérer des objets chez des particuliers ou lors des grands encombrants.
— Êtes-vous sûre qu'il est notre homme ? demanda Alicia.
Charlotte lui tendit un livre de Victor Hugo. Alicia l'examina sans comprendre.

— Le tampon, sur la première page, c'est celui de la bibliothèque de Simiane. J'ai vérifié : madame Lucette Granville, la propriétaire du mas que Ali et Moussa ont vidé, ne l'avait pas rendu.
— Ce livre était dans la camionnette ? s'enquit Castellane.
— Jusqu'à ce que Edmond s'en empare. Je l'ai trouvé en fouillant sa tente. J'ai récupéré une photo prise lors de l'anniversaire d'un compagnon. C'est lui, le montra-t-elle du doigt.
— Jean-Luc, sors un agrandissement de son visage et lance un avis de recherche national. Ce type a disparu il y a deux jours. S'il fuit à pied, il a parcouru une centaine de kilomètres. Mais s'il a fait du stop...

Alicia se coupa elle-même en apercevant Dubosc et Delage entrer dans la salle.

— Major, un motard vient de déposer ce courrier, dit Dubosc en lui remettant une enveloppe.

Castellane les renvoya à leurs vagues occupations avant de résumer le rapport du légiste à propos de la fillette :

— Thorens confirme les traumas multiples... Mais pas d'organes prélevés... Et aucun signe d'agression sexuelle ou de traces de sperme sur son corps et ses vêtements. Comme les deux autres gamins elle avait ingurgité du Zolpidem. Elle était donc dans les vapes au moment de sa mort... Thorens fait remarquer une progression dans le matériel utilisé. Pour le gosse de la Béhème, les hématomes et les ecchymoses proviendraient de coups de bâton. Son décès est dû à une fracture des cervicales. Celui du bois de l'Adrech a eu le crâne, la mâchoire et les membres supérieurs fracturés. On l'aurait frappé avec un genre de gourdin clouté, d'où les lacérations sur tout le corps. Pour la fillette, le nombre de fractures explose et son buste est profondément entaillé à trois endroits différents, comme si l'assassin avait utilisé une hache.

— Un bâton, un gourdin clouté, une hache, un acharnement croissant. Un serial killer en herbe gagne de l'assu-

rance ! Ce type possède une collection d'armes du moyen-âge et il a décidé de s'en servir ! lança Charlotte.
— Dans le cas de la gamine, Thorens emploie l'expression « comme si », rappela Alicia. Cela n'exclut pas la dégringolade sur les rochers, mais clôt la piste du live-streaming !
— Vous pouvez nous expliquer ? demanda Charlotte.
— Depuis une dizaine d'années, La Thaïlande et les Philippines sont devenues des destinations à risque pour les pervers. Les autorités de ces pays ont pris la mesure de l'image déplorable qu'ils offraient au reste du monde. Mais le live-streaming a compensé la baisse sensible du tourisme sexuel. Confortablement installés chez eux, les pédophiles raquent entre vingt et soixante dollars pour assister en direct à des sévices ou des viols sur des enfants de cinq ans.
— Cinq ans ! n'en revenait pas Charlotte.
— C'est une moyenne. Les plus âgés ont dix ans, les plus jeunes quelques mois !
Castellane brisa le stylo bille qu'il tenait en main.
— Et les parents laissent faire ? s'indigna Charlotte.
— Les agresseurs font partie de la famille, expliqua Alicia. En commençant par les pères ! Suivent les oncles ou les cousins. Ça paraît inconcevable, vu de chez nous, mais pour ces gens, quelques dizaines de dollars représentent des semaines de survie. Les Européens et les Américains constituent l'essentiel de la clientèle. Prochainement, nous lancerons en collaboration avec la police nationale un grand coup de filet. Trois cents cibles !
— En quoi ça concerne notre affaire ? s'interrogeait Castellane.
— En juin 2019, à Singapour, j'ai assisté à une réunion organisée par la France. Des représentants de vingt-quatre pays y ont participé. Depuis, la lutte contre cette forme d'exploitation enfantine s'est amplifiée. L'absence de preuves matérielles, comme des cassettes ou des fichiers vidéos, réduisait à néant nos efforts pour contrer le live-streaming. Heureusement, la loi a évolué : l'identification d'une

connexion et d'un paiement sur Internet suffit désormais à engager des poursuites. Mais les trafiquants sont les rois de l'adaptation. Quand ils ont compris que le rapport bénéfice / désagrément du tourisme sexuel et du live-streaming tournait en leur défaveur, ils sont revenus aux bonnes vieilles soirées de proximité ! Tout ce joli monde se réjouit. Le cash supplante les versements en ligne, les clients ne courent plus le risque de fréquenter des systèmes carcéraux parmi les plus violents et corrompus de la planète. Alors je me suis demandé si l'on n'avait pas violé et torturé les trois gosses dans une propriété privée devant une bande de timbrés !

Les trafiquants ne se contentaient plus d'exercer leurs pratiques répugnantes sur des continents lointains peuplés d'individus paupérisés, incultes, manipulables. Le sordide avait franchi nos frontières ! réalisèrent Charlotte et Castellane, effondrés sur leurs sièges.

Fresnes

J'aurais dû prendre deux ans. Mais le juge considéra ma carrure de gorille, ma gueule de bouledogue et le motif du vol. Le plaidoyer de mon avocat inspiré de la Belle et la Bête constitua des circonstances aggravantes. J'ai donc passé soixante-douze mois à la prison de Fresnes.

En descendant du fourgon, la noirceur des façades et la taille des bâtiments m'ont retourné l'estomac. Nul besoin de visiter l'intérieur pour remballer mes illusions de colonie de vacances !

Ma cellule mesurait neuf mètres carrés. À mon arrivée, un type occupait la couchette inférieure. Quand j'ai posé mon sac sur celle du milieu, il m'a laissé la sienne. J'ai d'abord cru à une brimade octroyée aux novices. Par la suite, il m'a expliqué qu'il craignait que je lui écrabouille le paletot. À cause de mon poids !

D'une façon générale, la cohabitation s'est déroulée sans anicroche. Il parlait peu et passait la plupart du temps sur sa couche à lire des revues, ce qui me convenait. Un jour, il me conta sa mésaventure : « Je travaillais dans une station-service. Le dimanche, j'étais le seul employé. Alors j'ai proposé à mes copains des pleins à moitié prix. Ils faisaient des économies et je mettais leur pognon dans ma poche. Comme un con, j'ai élargi ma clientèle. La femme du patron avait changé de coiffure et je ne l'ai pas reconnue ! »

Un gars gentil, mais pas très malin. Cela dit, il a dû penser pareil de moi avec mon histoire de bague !

Au bout d'un mois, un troisième gus s'est installé, incarcéré pour vol de sac à main. Je n'aimais pas les lâches qui dépouillaient les petites vieilles. Quand je me suis aperçu qu'il avait piqué mon paquet de biscuit et ma tablette de chocolat, j'ai rétréci son tour de cou. Il fabriquait ce qu'il voulait avec les autres détenus, mais il avait intérêt à respecter mes affaires s'il souhaitait grappiller une bouffée d'oxygène !

Pour tenir le coup, je m'imposais une discipline de fer. Je me suis inscrit à la salle de sport. Mais les biceps ne peuvent rien contre l'ennui, un fléau qui te rattrape en quelques semaines et te broie les méninges. Certains se suicidaient, la plupart dégringolaient dans la dépression ou la drogue. Dépendance, trafic, manque, violence. Le quotidien du taulard !

Un jour, le directeur nous a proposé une initiation au yoga. Il avait fait nettoyer un ancien atelier de mécanique, fermé à cause des outils qui disparaissaient et du nombre en nette progression de crânes fracassés par des clés à molette. En sous-vêtements, ma serviette de bain sur l'épaule, j'ai saisi cette occasion de me changer les idées. Le yoga m'a sauvé la vie. Une heure le matin, une heure l'après-midi. Je ne sais ce que je serai devenu sans cette pratique.

J'aurai traîné dans la cour. On s'y baladait jusqu'à vingt-cinq à la fois. La surconcentration de mauvaises graines y favorisait les bagarres. Pour éviter que ça dégénère, l'administration nous a demandé de tourner en rond, les uns derrière les autres. Ça a diminué les passages à l'infirmerie. Et pénaliser les échanges ! Les dealers n'écoulaient plus leurs cames, mais ils ont eu une idée géniale. Au lieu de marcher sur une seule file indienne, ils en ont organisé plusieurs dans le sens de la longueur. Durant ces aller-retour incessants, nous tendions la main vers le gars qu'on croisait pour recevoir ou donner des stupéfiants, des clopes, des lames de rasoir. Tout ce que les visiteurs, les avocats, les membres du personnel pouvaient introduire dans l'enceinte.

La douche était pliée en trois minutes. J'avais à peine le temps de me rincer qu'un système automatique coupait l'arrivée d'eau. Le fordisme version carcérale. Certains jours d'hiver, une pluie glaciale raidissait mes épaules. J'ai gueulé. Puis tu t'habitues. Et tu te grouilles. À se demander s'ils ne le faisaient pas exprès pour accélérer la cadence !

Certains avaient peur des rats. Nos geôliers employaient des insecticides au rabais et ces bestioles se reproduisaient comme des lapins. Moi, ils m'indifféraient. J'ai connu un type qui en avait mis un dans une cage en bois qu'il avait fabriquée, à l'atelier de menuiserie. Il avait dit qu'elle servirait à stocker son courrier. Des lettres, il n'en recevait jamais ! En taule, même un rat peut pallier le manque d'affection.

L'insécurité était quotidienne. Mais une fébrilité contagieuse s'empara des esprits quelques mois après mon arrivée. L'administration pénitentiaire avait fait construire un emplacement en béton pour y monter une guillotine. Fresnes deviendrait la seule prison de France habilitée pour les exécutions capitales. Même si je n'étais pas concerné, l'abolition de la peine de mort a maintenu la veuve – c'est comme ça qu'on l'appelait – muette. La perpétuité, c'est long. Mais tout de même moins définitif qu'une décapitation !

Tenir ou en finir. Durant mes six années de détention, vingt-trois types se sont suicidés. La plupart se pendaient avec un drap accroché à un barreau de la fenêtre. Ils ne prévenaient personne et passaient à l'acte pendant la nuit, ou quand leurs colocataires s'absentaient. D'autres amassaient suffisamment de médocs pour une overdose. Certains utilisaient des revolvers. Comme quoi les pots-de-vin aveuglaient les matons pendant les fouilles !

La violence, retournée contre soi ou destinée aux autres, était monnaie courante. Souvent, elle provenait des attentes à répétitions. Le surpeuplement créait des files interminables aux parloirs. Quand on sait à quel point les visites d'un proche ou d'un avocat sont précieuses, seuls les rapports officiels s'étonnaient des tensions. Même pour la bouffe, on patientait pendant des heures. La cause de ce foutoir ? Une organisation déplorable et une volonté de nous faire chier pour le plaisir. Les repas parvenaient tièdes en cellule. Pour rigoler, parce il était préférable d'en rire que de crier sa haine, j'ai appelé ça la chaîne du froid. Pour nous conserver, donnez-nous des bains glacials, de la bouffe encore congelée, des radiateurs en panne. Les surveillants se plaignaient de leur sousnombre, du manque de répit. Nous, on se contentait d'activer la soupape. Pour se réchauffer !

En fonction de ses revenus annexes, un maton passait du docteur Jekyl à Mister Hyde. Tu leur filais un backshish, ils t'obtenaient des douches régulières, allongeaient tes durées de parloirs, te transféraient dans une cellule sans casse-pieds, te rapportaient de l'extérieur tabac, alcool, nourriture, revues pornos. Tu ne leur versais rien, ils te retiraient ton slip pour te fouiller, égaraient tes demandes de boulot et le courrier que tu expédiais à ton avocat – ou l'inverse. En dehors des réflexions désobligeantes, pour te faire accélérer le mouvement, ils te coinçaient contre un mur, et c'était parti pour une séance de gestes professionnels maîtrisés – des coups de poings, de pieds ou de matraque sans hématomes ! Cela dit, j'en ai esquinté trois à la fois et on ne m'a plus jamais provoqué.

Un après-midi, j'ai accompagné mon pote, le vendeur d'essence pas chère, à la bibliothèque. L'ambiance calfeutrée m'a plu. Assis devant des tables recouvertes de manuels scolaires, des types prenaient des notes ou se concentraient sur des exercices. D'autres, installés dans des fauteuils, lisaient d'une façon imperturbable. Le détenu responsable des emprunts – un poste respecté et envié – m'apprit que nous disposions de cinq mille ouvrages, livres et revues diverses. Un univers infini dont j'ignorai quelle rangée attaquer s'offrait à moi.

Il m'a conseillé de commencer par des nouvelles avec de l'action. Je me suis lancé dans les récits de voyage, les romans intimistes..., et j'ai fini par aborder l'histoire, la philosophie, l'économie. Mon existence a changé lorsque j'ai compris que je pouvais passer des examens. Mon CAP d'électricien en poche, j'avais interrompu ma scolarité. Mais j'avais quelques atouts. Grâce à la prof d'anglais, celle pour qui nous prenions le risque de glisser d'une branche pour l'apercevoir en tenue d'Eve, je parlais un anglais correct. En fait, j'étais doué pour les langues. Je me suis mis au russe pour lire Dostoïevski dans le texte original, et j'ai copiné avec deux types bilingues pour apprendre l'arabe et l'espagnol. L'un était d'origine marocaine, une affaire de shit. L'autre venait de Colombie, la même version coke.

Plusieurs centaines de détenus travaillaient, d'autres se formaient. Les activités nous changeaient les idées. Quant à moi, la lingerie me rapportait un peu de blé. Dans une interview, une élue avait claironné à propos des taulards : « Le boulot les réhabitue aux règles, donne du sens à la peine et encourage leur réinsertion ! » Tu parles !

Toujours est-il que des gars préparaient leur sortie. Suivant leurs envies et leurs capacités, ils s'inscrivaient pour passer des CAP ou des BTS. Plombier, couvreur, menuisier... En dehors des classiques, un brave type qui avait photocopié des billets pour égayer ses fins de mois souhaitait devenir gardien d'immeuble. Un autre, couturier ! L'atelier le plus couru était celui de cordonnerie multiservice. À première vue, ça paraissait bizarre qu'autant de gus envisagent de se recycler dans la semelle. Le directeur pensait à juste titre que nous rencontrerions des difficultés à nous réinsérer. En apercevant une minuscule boutique où un artisan imperméabilisait des grolles, fabriquait des plaques minéralogiques ou dupliquait des clés, il s'était dit que nous pourrions ouvrir ce genre de petit commerce sans avoir à avancer une grosse somme.

Le versant chaussure n'avait rien de motivant. Mais les plaques minéralogiques, ça en intéressait un paquet. Quant à apprendre à reproduire toutes sortes de clés, c'était une formation que je comptais mettre en application dès ma libération !

À la fin de ma deuxième année de détention, j'ai passé mon bac, et j'ai obtenu divers diplômes durant les quatre suivantes. Une maîtrise de droit pénal. Un BTS d'électronique – mon envie de départ quand j'étais ado. Un CAP de plombier-chauffagiste. Et le fameux CAP de cordonnerie multiservice !

Mes choix peuvent paraître illogiques, mais ils correspondaient à mon projet de vie, pour reprendre l'expression de la femme qui essayait de nous orienter au mieux. Avec mes nouvelles compétences, les gens m'appelleraient pour réparer leur installation électrique, leurs tuyauteries, leurs chaudières. Ma formation de serrurier me permettrait de reproduire leurs clés. Et si la virée se terminait en garde à vue, je me défendrais sans me coltiner un commis d'office inexpérimenté. Même si certains exerçaient correctement leur boulot, on pouvait toujours tomber sur un branquignol !

4

mardi

Castellane pénétra dans la cour de la gendarmerie à six heures précises. Assise sur les marches et parée de son nouveau survêtement, Charlotte l'attendait. Il lui tendit la main pour l'aider à se relever :
— Allez, Charlotte, petites foulées pour commencer.

Ils traversèrent Banon encore endormi et rejoignirent une route abandonnée.
— Comment te sens-tu ?
— Ça va, major. Mais ne comptez pas sur moi pour entretenir la conversation !

Charlotte haletait comme un bœuf conduit à l'abattoir, mais elle tenait le coup. Son embonpoint n'avait en rien altéré la détermination dont elle faisait preuve lorsqu'elle avait pris une décision, se réjouit Castellane.

Au bout de trois kilomètres, le major s'arrêta devant une maisonnette délabrée. Les deux baies du rez-de-chaussée avaient perdu leurs vitres. Cassées lors d'une initiation au lancer de cailloux, sourit Charlotte qui découvrait le lieu.

Au-dessus de la porte, les carreaux encore valides d'une enseigne en céramique mentionnaient « E. ME N R ». Que vendait-il Édouard MEuNieR, ou Étienne MEsNouR, ou Eugène MEiNoiR ? se demanda-t-elle. Du miel, du fromage, des santons de Provence ?

Une plateforme bétonnée et bordée d'une rambarde avait servi de parking à cette boutique excentrée qui n'avait jamais séduit un repreneur. Avec un peu d'imagination, l'endroit ressemblait à une piste de danse.

Castellane rappela le programme :
— On se repose cinq minutes, on s'étire, on enchaîne avec les pompes et on rentre.

Allongés sur le ciment, ils exécutaient des ciseaux, les jambes de Charlotte en version rase-motte, mais un bruit assourdissant souleva le mélange de poussière et de feuilles étalé sur le sol.

Un Choucas atterrit sur la plateforme, un gendarme ouvrit la porte de la cabine et Alicia fit signe au major de la rejoindre.

Son casque sur la tête, les yeux fermés, Castellane serrait les poings. Cet enfer durerait quarante minutes. Idem au retour. Il commençait de grandes respirations abdominales lorsque la voix hachée d'Alicia résonna dans ses oreilles :

— Ils sont arrivés plus tôt que prévu. Ne vous inquiétez pas pour votre tenue, j'ai pris votre uniforme, dit-elle en lui montrant un sac de sport posé à ses pieds. Vous vous changerez sur place.

Ils survolèrent les Préalpes de Nice. La Méditerranée grossissait à vue d'œil, comme si le pilote allait s'écraser dans l'eau.

— Détendez-vous, major, le quai dispose d'une piste.

À leur sortie de l'hélicoptère, un jeune lieutenant les attendait. Il jeta un œil aux galons de Castellane et demanda :

— Bonjour, colonelle. Le voyage s'est bien passé ?

— Parfait ! répondit Alicia en s'engouffrant dans un monospace.

— Cette Peugeot 5008, vous l'avez reçue quand ? s'informa Castellane.

— En janvier.

Ben voyons !

Dix minutes de gyrophare plus tard, ils pénétraient dans la gendarmerie de Nice. Ils descendirent au sous-sol, traversèrent un couloir ténébreux, et le lieutenant désactiva la serrure magnétique d'une porte blindée.

— On a installé Marco Lugani dans cette pièce. En cas de problème, vous enfoncez le bouton rouge, sur la table.

Il s'apprêtait à prendre congé, mais Alicia le retint par le bras :

— Restez avec nous, lieutenant. Ça évitera un échange de comptes-rendus.

Cheveux bruns gominés coiffés d'un feutre blanc. Veste à gros carreaux. Chemise en soie bleu-turquoise. Chaussures jaunes avec des semelles de plusieurs centimètres. Marco Lugani arborait le look d'un petit caïd des années soixante-dix ! Ce type se prenait pour *Huggy les bons tuyaux* (l'indic dans la série Starsky et Hutch), se retint de rigoler Castellane. Léa Grimberg avait enrichi ce gigolo, réprouva Alicia.

— Monsieur Lugani, je suis la colonelle Cornet et voici le major Castellane. Depuis votre sortie de prison, avez-vous contacté mademoiselle Léa Grimberg ?

Marco Lugani afficha un air étonné.

— Pourquoi voulez-vous que je revoie cette grue ?

— Afin qu'elle retravaille pour vous ? proposa Alicia.

— Certainement pas ! Aucune fille gaulée comme elle ne m'a rapporté aussi peu !

— Comment ça ? fit Castellane.

— Léa faisait fuir les clients. Dès qu'elle croisait un beau gosse blindé aux as, elle essayait de lui mettre le grappin. Elle voulait se caser et dépenser sans compter.

— Elle a porté son dévolu sur Kevin Fourvèdre ? tenta Alicia.

— Connais pas.

— Ils envisagent de se marier, précisa Castellane.

— Tant mieux pour elle !

— Que faisiez-vous dans la nuit de samedi à dimanche dernier ? obliqua Alicia.

Marco Lugani passa en revue une sorte d'agenda mental. Ce type consultait un emploi du temps de ministre ! ironisèrent les deux gendarmes d'un haussement de sourcils.

— J'ai dîné avec Bernard au Zorzetto, dans la vieille ville. Sa nouvelle copine et Brigitte nous ont rejoints et nous sommes allés danser à l'Oméga, une discothèque à deux pas du restaurant. On en est ressorti vers quatre heures du matin. Pourquoi me demandez-vous cela ?

— Parce que Léa Grimberg et son fiancé ont été victimes d'un accident mortel au même moment, répondit Castellane.
— Mais je n'y suis pour rien ! s'enflamma Marco.
— C'est ce que nous allons vérifier, promit Alicia. Lieutenant, du papier et un stylo, s'il vous plaît.

Après un aller-retour express à l'accueil, le gendarme déposa des feuilles blanches et un bic quatre couleurs sur la table.

— Monsieur Lugani, notez sur cette page les identités des personnes qui vous chaperonnaient au restaurant et à la boîte de nuit. Ainsi que leurs adresses !
— Je ne les ai pas en tête ! essaya de gagner du temps le souteneur.
— Leurs noms suffiront.

Ils traversaient la salle d'attente quand Alicia agrippa le bras du lieutenant :
— Avez-vous récupéré son téléphone en le cueillant ?
— Oui, colonelle.

Elle lui remit la feuille avec les renseignements donnés par Marco Lugani.
— Les numéros de ses amis doivent figurer dans son appareil. Vérifiez son alibi avant de le relâcher. Restaurant et boîte de nuit compris. S'il est bien allé danser, je veux savoir à la minute près quand il a quitté l'établissement. Vous percutez ?
— Oui, colonelle.
— J'ai inscrit mon mail, sur la feuille. Vous m'enverrez la liste des témoins avec leurs coordonnées. Mais avant de vous mettre en branle, trouvez-nous un chauffeur. L'hélico nous attend !

Son patron lui ayant intimé de couvrir la série d'incidents qui perturbait le Pays de Banon, Lucas Dessange plongeait à bras le corps dans les archives de la Gazette, stockées au rez-de-chaussée. Cet ancien garage abritait une multitude d'étagères. Classés par ordre chronologique, y reposaient les exemplaires de chaque parution depuis la création du journal, en 1945.

Lucas avait étalé une dizaine de doubles pages sur la longue table plantée au milieu de la salle. Un fauteuil à roulette lui permettait d'aller d'un article à l'autre, une photocopieuse de repartir avec ceux qui l'intéressaient.

Il s'était renseigné sur les membres de la famille Fourvèdre, un nom que les Banonais avaient entendu plusieurs fois dans leur vie, même si la plupart ne savaient à quoi il correspondait. Avocat de formation, Martin Fourvèdre, le grand-père de Kevin, l'unique sénateur des Alpes-de-Haute-Provence et le maire de Digne-les-Bains, s'était présenté en 1989. Ses réélections validées dès le premier tour, il régnait sur le chef-lieu du département. Il gérait sa ville avec adresse et ses adversaires, de gauche ou de droite, s'échinaient en vain à lui opposer des arguments convaincants. Ses discours, panachés d'idées de tous bords, renvoyaient une personnalité tempérée. En 1998, il avait conquis un fauteuil au Palais du Luxembourg. Mais avant de s'impliquer en politique, il avait trempé dans le monde des affaires en travaillant pour une usine de cosmétique. Il y avait rencontré Viviane, la fille du propriétaire. Elle lui avait procuré deux bambins, ainsi que les relations et la fortune dont disposait sa famille. Le couple, soixante-douze et soixante-quatorze ans, rechignait à rendre leurs couronnes, que ce soit celles de maire, de sénateur ou de cheffe d'entreprise.

Leurs enfants étaient restés à l'ombre des projecteurs. L'aîné, atteint de dysphasie mixte, résidait dans une aile du château d'Auterot avec son infirmière attitrée. Quant au cadet, le géniteur d'Audrey et de Kevin, Viviane l'avait nommé responsable de l'exportation, une étape incontournable avant de prendre la relève. Mais il s'était vite rendu compte que sa mère – une santé de fer dans un gant en titane – ne lâcherait les rênes qu'une fois emmurée dans le caveau familial. Lors d'un séjour à Bangkok, un coup de foudre pour une interprète l'avait convaincu d'abandonner son clan et son héritage hypothétique.

Les grands-parents avaient recueilli leur bru et leurs deux petits-enfants. La presse à scandales se désintéressait d'Audrey et de son élevage de chevaux. Par contre, Kevin faisait souvent la Une. Plus pour ses excès de vitesse, ses nombreuses conquêtes féminines et sa consommation de drogue que pour ses capacités d'entrepreneur.

Une famille sur le déclin, mais encore puissante, résuma Lucas.

Il se pencha ensuite sur cette enquêtrice envoyée par Paris. Les archives de la Gazette ignoraient Alicia Cornet. Il monta dans la salle de rédaction et se connecta à Internet. Ce que le journal ne mentionnait pas, les bases de données auxquelles il était abonné le lui fournirent.

Il dénicha un article du Monde sur la représentativité du genre féminin au sein de l'armée. Reçu major à Saint-Cyr, Alicia Cornet représentait un exemple d'insertion. D'origine paysanne, elle laissait entrevoir que l'ascenseur social, malgré les chroniques de nombreux observateurs, n'était pas en panne. Médiapart lui apprit qu'elle avait participé au démantèlement d'un réseau de trafiquants. Ces types prélevaient des organes sur des enfants d'Amérique latine.

Sa hiérarchie ne l'avait pas parachutée à Banon par hasard, supputa Lucas avant de regarder l'horloge murale suspendue au-dessus de la porte. Il disposait d'un quart d'heure pour rejoindre le point presse et écouter ce qu'elle avait à dire.

L'alarme de son téléphone interrompit Alicia Cornet, en pleine discussion avec Castellane.

— Midi pointe son nez, major ! reprit-elle. Je récapitule : vous présenterez la découverte du troisième corps. Où, par qui, l'hélicoptère... Noyez-les sous les détails. La distance jusqu'à la route, la forme du rocher, la météo... Je me charge d'établir le lien avec les deux autres gamins et de répondre aux questions.

Castellane se rendit devant le pupitre. Crispé comme un écolier appelé au tableau, il suivait du doigt son texte de peur d'en perdre le sens en loupant un mot. Voir ces hommes et ces femmes noter ces éléments anecdotiques lui procura néanmoins un plaisir qu'il éprouvait pour la première fois. Il était devenu le centre d'intérêt d'une corporation qui se croyait supérieure grâce aux flots d'informations qu'elle détenait avant le commun des mortels.

Alicia le relaya :

— Mesdames et messieurs, comme vous l'avez compris grâce aux explications du major Castellane, nous venons de découvrir le corps d'une fillette. Son décès est probablement lié à ceux des deux garçons, mais nous ne disposons à l'heure actuelle d'aucun indice déterminant.

Alicia fit une pause, le temps de lever son bâton à frapper les imbéciles :

— Plusieurs d'entre vous se sont renseignés sur mon parcours et en ont tiré des extrapolations indignes de votre profession. Ces soi-disant scoops ne mentionnent que des pistes infondées. Vous parlez d'atteinte à l'intégrité sexuelle et de trafic d'organes, mais les corps des enfants n'ont pas subi de sévices ou de mutilations. Dans un souci d'efficacité, arrêtez de propager des informations dont le seul but consiste à ébranler la tolérance et à stimuler les différences. D'autre part, je sollicite l'esprit de justice de nos concitoyens en lançant un nouvel appel à témoins. Si vous avez aperçu dans la région un ou plusieurs individus en compagnie d'un garçon ou d'une fille de type africain durant ces derniers jours, contactez nos services. Je terminerai en vous demandant, mesdames et messieurs ici présents, de nous aider avec les moyens de diffusion dont vous disposez. Le lieutenant Peyre vous attend à la grille. Il vous remettra des photos des enfants. Nous devons les identifier sans tarder. Je vous remercie de votre attention.

Lucas acheta une carte Michelin dans une librairie. Son déménagement dans les Alpes-de-Haute-Provence datait de l'année précédente. On ne pouvait lui reprocher sa méconnaissance du moindre bois, du moindre rocher ou du numéro de chaque vicinale. Démissionner du Provençal lui avait coûté quelques nuits blanches à tergiverser. Il perdait la proximité de la mer, l'agitation stimulante de Marseille et les moyens d'un journal régional. Mais il gagnait la vue sur la montagne de Lure par la baie vitrée de son salon grand comme deux fois son ancien appartement. Et la responsabilité d'être le rédacteur des faits de société, un poste qu'il n'aurait jamais obtenu au Provençal. À part le manque criant d'activités culturelles, son installation à Banon le satisfaisait.

Parvenu chez lui, il décrocha l'impression sur toile de Mark Rothko, un cadeau de ses collègues marseillais pour son pot de départ, qui trônait au-dessus du buffet, et scotcha la Michelin à la place. Assis sur le tapis d'inspiration cubiste, devant la table basse sur laquelle il avait l'habitude d'écrire, il pourrait ainsi visualiser l'ensemble de la région rien qu'en levant la tête.

Il chercha sur la carte l'intersection où la camionnette d'Emmaüs avait fini sa trajectoire et y enfonça une punaise de couleur rouge. Avec des jaunes, il matérialisa les lieux où l'on avait retrouvé les enfants. En prenant du recul, il remarqua qu'elles étaient alignées. Les deux extrémités – l'endroit de l'accident de Kevin Fourvèdre et les rochers où les deux randonneurs avaient repéré la petite fille – se tenaient à équidistance du bois de l'Adrech. Comme si le meurtrier avait parcouru le trajet en ligne droite en décidant de tuer un gamin tous les neuf kilomètres ! Lucas n'était pas un expert en criminologie. Les faits divers, même romancés par un écrivain talentueux, ne l'avaient jamais passionné. Mais cette représentation du plus court chemin pour relier trois points interpela son esprit logique. Les gendarmes n'avaient pas évoqué cette étrangeté. Pour cacher au coupable qu'ils avaient découvert sa névrose géométrique ? Ou alors, convaincus de connaître la région sur le bout des doigts, ils n'avaient pris la peine de se référer au bon vieux Bibendum et étaient passés à côté du phénomène !

Il démarra sa moto, se laissa guider par son GPS et rejoignit en premier la portion de départementale sur laquelle deux compagnons d'Emmaüs avaient rendu l'âme. Leur véhicule s'était renversé à proximité d'un carrefour avec une route secondaire. Si une tête brûlée avait surgi de la droite en imposant sa priorité, cela expliquait le coup de volant d'Ali Sabal et la déstabilisation de la camionnette. Mais comment retrouver le chauffard maintenant que ses victimes décoraient le cimetière ?

Il se rendit sur le lieu où Kevin Fourvèdre et trois autres personnes avaient perdu la vie. L'inspection des traces de pneus sur le bitume le laissait sur sa faim quand une idée lui traversa l'esprit. Il allait calculer le temps nécessaire pour effectuer la totalité du parcours.

Vingt-huit minutes plus tard, il béquilla sa Honda, grimpa au sommet du ravin et se retrouva sur un sentier qui bordait un plateau boisé. Vues d'en haut, les vagues de calcaire, telle une cascade, chutaient vers la route de Redortiers. Qu'une personne se soit éreintée à hisser la petite à mi-pente était improbable. Elle était donc tombée du sentier et avait rebondi de caillou en caillou. L'avait-on poussée ? Que faisait-elle sur ce sentier ? Quel nom portait-elle ? Des questions auxquelles les gendarmes n'avaient apporté de réponses.

Lucas effectua une recherche sur son smartphone. L'accident de Kevin Fourvèdre s'était déroulé à dix-huit kilomètres. D'après GOOGLE, un individu lambda les couvrait en trois heures trente. Un temps trop long puisque Denis Tricourt, le maréchal des logis-chef prêt à fournir des informations contre un cassoulet, lui avait appris que les trois gamins étaient morts quasi au même moment. L'assassin s'était donc servi d'une voiture. Dix-huit kilomètres à pied, vingt-et-un par la route. En respectant les limitations de vitesse, Lucas avait mis une petite demi-heure pour atteindre Redortiers. En roulant à fond et sans être gêné par la circulation, rarissime à quatre heures du matin, le meurtrier aurait réduit la durée du trajet à une quinzaine de minutes, estima-t-il. Mais s'ajoutait le temps pour transporter et cacher le deuxième gosse dans le bois de l'Adrech, où un cueilleur de champignons l'avait trouvé sous un arbre déraciné, et revenir à son véhicule. Ces approximations le contrarièrent.

Il retourna à Banon, et emprunta la départementale qui menait à l'Adrech. Un kilomètre après le parking de l'hôpital, il abandonna sa moto sur le bas-côté de la route. Parvenir jusqu'au tronc lui prit un quart d'heure. Si un type surentraîné avait couru comme un dératé et roulé le pied au plancher, son record pour effectuer les trois forfaits s'établirait à une cinquantaine de minutes. Quelle marge d'erreur se permettaient les légistes lorsqu'ils déterminaient l'heure d'un crime ? se demanda-t-il. Cinquante minutes, ce n'était pas rien !

L'assassin aurait gagné du temps s'il avait utilisé une moto de cross – pas une grosse Honda Goldwing taillée pour l'autoroute, comme la sienne. Mais il n'aurait pu transporter les corps sur sa selle monoplace. Il conduisait une voiture. Ne revenons pas là-dessus. Supposons qu'il ait récupéré les trois gosses dans un endroit où il leur avait donné rendez-vous, imagina Lucas. Leur avait-il proposé de l'argent pour passer la soirée avec lui ? Ils les emmènent sur le sentier. La lune prodigue ses rayons, mais la fillette glisse et se fracasse le crâne. Le type panique, tue les deux gamins restants, en dépose un ici même, et l'autre dans la BMW de Kevin Fourvèdre. Mais pourquoi se donner autant de mal au lieu de laisser les corps sur les rochers ? Par peur qu'on les relie entre eux ? N'importe quoi ! Si ça se trouvait, trois criminels s'étaient associés. Chacun son gosse. Voilà qui simplifierait les choses !

Lucas arpentait la clairière en énonçant ses hypothèses farfelues quand il remarqua une surface grisâtre sur le sol. Il s'agenouilla et ramassa dans sa main un mélange de cendres, charbon de bois et terre. Pressé par le temps, l'assassin en aurait-il perdu en allumant un feu de camp ? Pour se réchauffer ? Pour éclairer les lieux ? En signe de ralliement ? Cette étendue herbeuse grande comme son salon, protégée de la pluie et du soleil par le feuillage des arbres, constituait un abri ouvert sur l'extérieur. Cela avait-il compté pour attirer les gamins ? Lucas s'allongea sur le dos. Dans un film de science-fiction, un champ de force prémunirait cet endroit paisible des forces invisibles qui grouillaient entre les graminées ! Et si le premier meurtre s'était déroulé ici ? Il ferma les yeux et imagina la scène.

L'assassin, appelons-le Babar, a rendez-vous avec le gosse. Pour éviter qu'on ne remarque son véhicule sur le bord de la route, il se gare sur le parking de l'hôpital. Il use ses semelles sur le goudron pendant un kilomètre, pénètre dans le bois et attend. Le froid s'invitant à la fête, il allume un feu et chauffe du lait dans une casserole. Le gamin arrive. Ils échangent des banalités entre deux gorgées de chocolat chaud. Le petit se sent en confiance. Il est sorti de chez lui en pleine nuit pour le rejoindre. Ils ont terminé un paquet de biscuits et Babar roule un pétard. Il le propose au gosse, débouche une bouteille de vin. Le môme se retrouve dans les vapes, lui sur une autre planète. Le feu faiblit, mais ils n'ont pas le courage d'aller chercher du bois. Collé contre son dos pour se réchauffer, le gamin s'endort. Ce contact donne à Babar de mauvaises pensées. En les concrétisant, il réveille l'enfant, qui se débat et lui dit ses quatre vérités. Il a peur que cet esclandre musclé alerte un promeneur même si, à cette heure-là, les ramasseurs de champignons les ont déjà digérés ! Il le frappe avec une branche..., et le silence retrouve ses droits. Mais les conséquences de son geste inconsidéré l'effraient. Il éparpille les braises à grand coup de lattes, remballe son matériel du parfait campeur, trimballe le gosse jusqu'à ce qu'il aperçoive un semblant de caverne et s'en va. N'importe quoi ! rigola Lucas. Mais voyons la suite : Babar rejoint sa voiture en courant. Il fonce comme un dingue pour s'éloigner de la scène du crime. Il croit être sorti d'affaire quand un gamin traverse la route. Il le percute, s'arrête, s'apprête à le charrier sur le bas-côté, mais entend un bruit de moteur. Il remonte dans sa caisse. Devant lui et dans son rétroviseur, des lumières grossissent. Deux véhicules en sens contraire se rapprochent. Il allume ses phares. La voiture en face de lui zigzague, l'autre conducteur, affolé, se plante contre un arbre. Babar estime la situation : le passager de la BMW, celui qui a transpercé le pare-brise, gît sur la chaussée. Il installe le gosse à sa place, remonte dans sa bagnole et repart ni vu ni connu.

Il roule au hasard quand une envie subite de vidanger le stress accumulé se présente. Il se gare près de Redortiers et emprunte le sentier qui longe le bois. Paysage sublime pour initiation genre Compostelle. L'obscurité l'empêche de l'apprécier, mais ce n'est pas le problème. Il urine dans le sens du vent, continue de marcher pour évacuer ses remords, confronte sa libido avec ses pulsions autodestructrices et percute une masse sombre qui dégringole sur les rochers en contrebas. Il dévale entre les cailloux et, ô surprise, découvre la fillette. Jamais deux sans trois, pense-t-il en remontant dans sa voiture qui s'est transformée en soucoupe volante !

Lucas frotta ses paupières. Par une sorte de conduit de cheminée sans chapeau, à travers les ramures du hêtre majestueux déployées au-dessus de lui, un nuage traçait sa route dans l'infinie grandeur de l'univers. À l'évidence, les faits ne s'étaient pas déroulés ainsi. Comme lui, les flics nageaient dans le brouillard. Rien d'étonnant quand autant d'incohérences se réunissaient en un laps de temps aussi court. Vers quatre heures du matin, trois enfants noirs se baladent dans des endroits différents et y meurent simultanément. Un sacré problème d'espace-temps à résoudre !

Ses réflexions s'embourbaient lorsqu'il remarqua une branche cassée. Et une deuxième, un peu plus haut. En y regardant de plus près, un engin soumis à l'attraction terrestre semblait avoir causé une trouée dans le houppier de l'arbre... Et si les gosses, des fans du père Noël, s'étaient crashés avec leur traîneau ?

La bidoche coûtait une fortune ! L'espèce humaine était-elle contrainte d'emprunter pour boucler ses fins de mois ? s'était demandé Edmond en relisant la somme inscrite sur le ticket de caisse. Le salaire que leur versait Emmaüs suffisait à payer les clopes et quelques tournées. Pour l'hébergement, une vraie pension complète, la dirlo s'occupait des aspects financiers. En contrepartie, les compagnons préparaient les repas, mettaient la table, débarrassaient et faisaient la vaisselle.

Que se serait-il passé s'il était retourné à Courthezon ? Il se serait arrangé pour gagner l'atelier, sans se faire remarquer, aurait plié quelques cartons, aurait fait semblant de s'intéresser aux conversations qui auraient tourné autour de l'accident pendant le dîner. Qu'il ait pu s'extraire de la camionnette avant qu'elle prenne feu, alors qu'Ali et Moussa avaient perdu connaissance, relevait du miracle ! Mais ce style de phénomène, on le gardait pour soi. Il aurait visionné un téléfilm dans la salle commune, pour se changer les idées. Mais les compagnons auraient encore évoqué le sale coup du sort qui avait frappé Ali et Moussa.

Il aurait prétexté une grosse fatigue et aurait rejoint sa tente. Allongé sur le lit de camp, il aurait ouvert le livre qu'il avait chapardé, mais l'aurait refermé dès la première page tant les larmes auraient brouillé sa vue.

Rentrer aurait été la bêtise du siècle, il aurait fini par craquer. Avoir loupé le car lui avait évité de se retrouver en taule. Planqué au milieu des arbres, il pouvait se lamenter autant qu'il le voulait, sans le regard d'un inquisiteur prêt à lui extorquer des aveux par n'importe quel moyen.

Cela dit, la présence de ses potes lui manquait. Il compta ses sous, trente-huit euros, en dissimula vingt sous une pierre couverte de mousse et partit en direction du centre-ville. Ce soir, fini de ruminer seul dans son coin. Le premier bistrot venu ferait l'affaire.

Entre de vieux tubes des années quatre-vingt crachés par Radio Nostalgie et les clients qui vociféraient d'une table à l'autre, les bières défilaient dans un brouhaha impressionnant. En revenant des toilettes, Edmond bouscula un jeune type qui jouait au billard. Les quolibets sur sa dégaine et sa démarche titubante fusèrent de toute la salle. Pressé de finir son verre, il n'en avait cure.

En voulant s'asseoir, ses fesses glissèrent sur le skaï du tabouret, son coude renversa le bock qui patientait sur le zinc.

Un type l'aida à se relever et Edmond fit signe au rouquin bouclé jusqu'aux épaules qui régnait derrière son comptoir de le resservir.

— Tu as assez bu pour ce soir ! répliqua le barman.

Edmond gronda qu'il allait tout casser. Menace peu crédible, vu son gabarit et son état. Mais à cause du mauvais effet sur la clientèle, deux gaillards le traînèrent à l'extérieur. Le blond le maintint contre un pylône, à quelques mètres de l'établissement, et le brun lui vociféra en pleine bouille :

— Va cuver ailleurs et ne remets plus les pieds ici !

Ailleurs ! Ça voulait dire quoi ? En ville, pour se faire chopper par les flics et finir en cellule de dégrisement ? Revenir dans le bois pour une nouvelle nuit à la belle ? Là-bas, personne ne lui chercherait des poux. Mais l'urgence consistait à trouver un banc, de préférence avec une table, afin de grailler peinard ! Voilà ce qu'il envisageait quand un type le percuta.

Ou l'inverse.

Lucas déambulait dans Banon, son esprit se nourrissant de multiples scénarios. Le dernier : l'assassin avait animé un stage de survie pour préadolescents difficiles – comme aux États-Unis – et déplaçait les corps de ces victimes avec une brouette électrique !... Il considérait un jeu de piste avec de sournois vampires quand un type le percuta.

Ou l'inverse.

— Tu ne peux pas faire attention ! beugla un barbu, les cheveux en bataille.

Ses frusques dégageaient une forte odeur de transpiration et de vinasse.

— Pardonnez-moi, dit Lucas, en remarquant une bouteille éclatée sur le trottoir.

— Tu crois peut-être que j'ai gagné au Loto ? s'énerva le gars.

Du picrate dans du plastique ne valait pas le coup de marchander. Lucas retira dix euros de son portefeuille et les lui tendit :

— Pour le dédommagement. Et encore toutes mes excuses.

Le type regarda le billet, et le froissa comme s'il suspectait Lucas de l'avoir imprimé avant de le mettre dans sa poche. Il clama avec un grand sourire :

— C'est pas tous les jours qu'un gars te file de quoi acheter trois Villageoise !

Cette appellation d'origine incontrôlée réveilla le disque dur de Lucas. Le « maréchal » avait parlé d'une bouteille de cette marque retrouvée à proximité de la clairière. Aurait-elle appartenu à cet homme qui avait du mal à garder l'équilibre ?

— Des pâtes à la bolognaise, ça vous dirait ?

Lucas le fit asseoir sur l'une des deux chaises disposées autour de la table de la cuisine. Deux sièges, c'était peu. Mais comme il ne recevait personne, à part le patron de La Gazette qui venait le seriner pour qu'il rende ses articles dans les temps et qu'il amadouait avec un café, c'était suffisant. Quand il revint avec les couverts, Edmond avait retiré une bouteille de son sac à dos. Il en ôta la capsule, remplit leurs verres et trinqua.

— Waouh ! s'écria Lucas.

Il alla recracher dans l'évier la gorgée qui lui brûlait l'œsophage et Edmond se mit à rire. Dégurgiter cette pi-

quette aura permis de le détendre, pensa-t-il en avalant de l'eau.
— Si tu as le palais et l'estomac fragile, passe ton tour ! se moqua Edmond.
Lucas apporta les spaghettis et déboucha un Mont-Ventoux. Ce n'était pas un grand vin, mais :
— Autre chose que la Villageoise ! déclara Edmond, en connaisseur.
Lucas montra la sauce tomate et le parmesan :
— Allez-y, servez-vous. Vous habitez Banon ?
Edmond aurait dû la fermer. D'habitude, il déclinait les discussions à rallonge basée sur l'intime, mais le manque de communication depuis l'accident l'emporta. L'invitation tombait à pic. Ce type habillé comme un fossoyeur n'avait pas la tête et l'arrogance d'un flic, se rassura-t-il.
— On est arrivé samedi. Mais Ali et Moussa sont morts.
— Des amis à vous ?
— Sans eux, je ne sais pas ce que je serai devenu. Je traversai une sale passe quand ils m'ont amené chez Emmaüs.
— Que faisiez-vous dans le coin ?
— Une vieille venait de clamser. On a vidé sa baraque, et on a mangé dans un super resto ! On est reparti en roulant tranquille. C'est qu'on avait picolé. Et le pétard de Moussa, c'était du costaud ! Je me suis même mis à chanter avec les autres. C'est vous dire ! On avait parcouru une quinzaine de kilomètres lorsque j'ai aperçu à travers ma fenêtre une moto qui fonçait sur un chemin pourri. Ils étaient deux sur la celle. Ali et Moussa ne les avaient pas vus arriver. J'ai hurlé comme un taré et Ali a donné un méchant coup de volant. La moto est passée de justesse, mais la camionnette s'est renversée. Quand j'ai repris connaissance, je reposai sur Moussa, qui était au-dessus d'Ali. Ils étaient toujours dans les vapes et la ceinture de sécurité de Moussa était bloquée. J'ai bien essayé de la retirer, mais avec la fumée dans la cabine, c'était pas tenable. J'ai réussi à ouvrir la portière. Malheureusement, elle s'est refermée pendant que je sautai à terre. Le feu

a pris juste après. J'ai voulu appeler les secours, mais j'ai pas de téléphone et le coin était désert. Alors, j'ai commencé à marcher. Quand j'ai entendu les sirènes, je me suis caché.
— Pourquoi ? demanda Lucas en ravitaillant Edmond.
— Ils m'avaient proposé de les aider contre un billet, mais je n'aurais pas dû les accompagner. C'était pas prévu !
Le bonhomme se ramassa sur son siège. La peur d'enfreindre le règlement intérieur devait tétaniser les compagnons pour qui le centre représentait leur dernière chance de survie, estima Lucas.
— Et après ?
— J'ai acheté du pâté dans une épicerie, je me suis fait engueuler par des types et me suis retrouvé dans un bois. J'ai allumé un feu, j'ai mangé, j'ai picolé et me suis endormi.
Lucas apporta du fromage et une autre bouteille. Edmond possédait une sacrée descente. Il devait le maintenir à flot s'il voulait la suite du récit :
— Et vous avez découvert le gamin en vous réveillant.
— Ça alors, tu bullais aussi dans le bois ?
— Non, mais je visualise la scène.
Edmond vida son verre d'un trait.
— T'imagines le choc ! Qu'est-ce qu'il foutait là, ce gosse ? Je ne me souvenais pas l'avoir amené avec moi. Encore moins l'avoir tué ! Alors je l'ai traîné par les pieds jusqu'à ce que je trouve une cachette. Avec tout ce remue-ménage, j'avais loupé le car pour Avignon. Depuis, je zone dans le coin en me posant des questions.
— Vous devriez raconter votre histoire aux gendarmes.
— On m'a condamné pour agression sur mineur, il y a une dizaine d'années. En fait, un p'tit con essayait de me voler mon téléphone. J'en possédais un, à l'époque. Mais qui allait croire un type comme moi... Je ne veux pas retourner en taule ! Si t'as pas de gros bras, c'est l'enfer ! Bon, je vais à la cabane. Ça me fait du bien de marcher. Merci pour le repas.
Edmond parti, Lucas donna un coup de fil avant d'allumer son ordinateur.

l'antiquaire

On m'a libéré le 16 avril 1988. Au bout de deux mille cent quatre-vingt-onze jours. À une heure près, le verdict du juge. J'avais perçu l'équivalent de douze mille euros en transpirant à la lingerie. La plupart des détenus claquaient l'intégralité de leur salaire en clopes, drogue, bouffe ou fringues. Moi, à part deux survêtements pour la pratique du yoga et du sport, je n'avais rien dépensé. Au final, je disposais de dix-sept mille euros. Pour plus de clarté, je convertis les francs de l'époque en euros constants.

Je me suis installé à Strasbourg. Pourquoi Strasbourg ? J'avais inscrit les noms d'une vingtaine de villes sur des bouts de papier. Je les ai glissés dans une chaussette et j'ai tiré au sort !

Mes premières démarches consistèrent à louer un box, acheter une fourgonnette dans un état correct et me procurer du matos. Un bon artisan utilise de bons outils ! rappelait le responsable de l'atelier cordonnerie. En dehors du véhicule, j'ai englouti le gros de mon budget dans une tailleuse de clés. Mille cinq cents euros d'occasion. Certaines activités méritent une précision au micron.

J'ai fait tirer un monceau de prospectus détaillant mes services. Durant trois jours, je les ai coincés sous des essuie-glaces. Mon plan était d'une simplicité à toute épreuve. Je regardais si mes clients exhibaient des pierreries, des statuettes, des objets faciles à transporter, pas des colonnes en marbre ! Si rien ne me tentait, je me contentais d'encaisser les travaux effectués. Mais si je repérais un truc intéressant, je revenais pendant leur absence.

L'un des rares avantages de la prison, c'est qu'on y rencontre toutes sortes de gens. Si tu cherches quelque chose de spécial, tu trouveras toujours un gars qui connaît Machin qui a entendu qu'Untel... Bref, j'avais l'adresse de Jeannot Le Change, un receleur. Ça ne se passait pas comme dans les films, avec un type qui expertise tes diamants à travers une loupe et t'en propose dix pour cent du prix. Jeannot tenait une caverne des particuliers. Il ne possédait pas l'âme d'un bénévole, mais n'était pas un arnaqueur. Il préconisait la camelote à rapporter, suivant les attentes de la clientèle, les évolutions du marché. Il travaillait dans le troc dès l'âge de quatorze ans et savait de quoi il parlait. Tu lui fournissais la marchandise, il te refilait la moitié de ce qu'il avait récupéré, le jour même de la transaction. En cas d'embrouille – une chalande qui repère son collier et appelle les flics –, il sortait un courrier signé de la main d'un individu bidon qui l'avait soi-disant laissé en dépôt-vente. Avec une photocopie de sa carte d'identité, s'il vous plaît !

Jeannot faisait équipe avec Dédé La Trame, le roi des papiers officiels. Dédé contrefaisait aussi des billets, mais les types de la banque de France avaient l'intention de pourrir le métier. Ils introduiraient sous peu des micro-lettres invisibles à l'œil nu, des hologrammes sujets aux variations de lumière, des fibres tricolores incrustées dans la texture.

Je n'ai jamais eu de gros besoins. Entre mes revenus d'artisans et mes heures non déclarées, j'avais rendu ma piaule et résidais dans un pavillon muni d'un grand garage. J'y stockais les invendus en attendant de m'en débarrasser.

Ce petit manège dura sept ans. Mes économies me permettaient presque d'acquérir un studio en centre-ville. La pierre me paraissait un placement sûr. Une façon de conjurer la peur de se retrouver sans rien et de crécher sous un pont.

Il me manquait trente-mille euros pour concrétiser mes envies de devenir proprio quand un type que j'avais connu en taule sonna à ma porte. Fredie Le Passe, un petit gabarit, portait des cheveux noirs coiffés en brosse. Ce jour-là, il était vêtu d'un costume chic et tirait une valise à roulettes, comme s'il sortait d'un train ou d'un avion.

— Tu reviens d'un mariage ? je lui ai demandé.

— Je m'habitue à mon futur statut. Je vais toucher le gros lot ! Devenir riche, se dénicher une belle nana, les deux principaux ressorts auxquels se suspendaient les prisonniers afin de ne pas sombrer.

Après quelques apéros pour fêter ces retrouvailles et se remémorer notre séjour à l'ombre, Fredie en vint au but de sa visite :
— Je fais appel à tes talents de serrurier. Cinq clés pour la semaine prochaine. Même si elles présentaient des difficultés particulières, ça me laissait le temps de les reproduire.
— Et d'électronicien. Tu devras neutraliser une alarme.
Écouter son plan ne m'engageait à rien :
— Raconte.
Deux ans auparavant, Fredie avait travaillé comme vigile chez un antiquaire de Strasbourg. Le dimanche après-midi, la vente était réservée aux clients allemands, qui avaient l'habitude de régler leurs achats en grosses coupures.

Un instant, j'ai cru qu'il allait me proposer une attaque à la Robin des bois, avec remise du butin — billets, boucles d'oreilles, colliers, bagues, montres — par les séquestrés eux-mêmes. Mais il m'expliqua que le pognon dépensé par nos frangins d'outre-Rhin restait dans un coffre jusqu'à l'ouverture des banques, le lundi matin. Nous le récupérerions dans la nuit du dimanche.

Sa valise à plat sur le sol, il en débloqua la fermeture centrale et extirpa une barre de pâte à modeler qu'il déposa sur la table.
— Voici le moule pour le rideau de fer. La clé est dedans.
Il répéta la même opération avec ceux de la porte d'entrée, du boîtier, de l'alarme et du coffre.
— Si tu possèdes déjà toutes les clés, quel est le problème ?
— J'y suis allé, il y a quinze jours. J'ai galéré tu peux pas savoir. Le type qui les a polies a travaillé comme un sagouin ! Mais passons... J'allais bloquer le système lorsque j'ai remarqué deux fils qui partaient du boîtier. Ils n'y étaient pas quand je trimais à dé-

placer ces foutus meubles. Ils sont reliés à une sorte de calculette fixée au mur. Je me suis renseigné : une fois que tu as tourné la clé, tu as trente secondes pour entrer un code à huit chiffres. Sinon, ça prévient direct le commissariat central. Deux minutes leur suffisent pour débarquer ! Tiens, j'ai pris des photos et j'ai récupéré les notices de cette saloperie. Ces bidules électroniques, j'y comprends rien !

Fredie travaillait à l'ancienne. Il était né crocheteur et finirait ses jours avec un trousseau dans chacune de ses poches.

– Tu réfléchis et on en reparle vendredi. Quoi que tu décides, j'aimerais des clés qui fonctionnent !
– Un coup à combien ? je demandais.
– Ça dépend des semaines. Disons entre soixante et cent mille. Fifty/fifty !

Le lendemain, j'ai regardé les documents qu'il m'avait laissés. D'après le schéma, le courant arrivait par le fil bleu. Mais ça ne voulait rien dire. Des installateurs inversaient les couleurs pour nous compliquer la vie. Ça semblait le cas vu que le positif du transfo était positionné en haut, comme le fil rouge sur la photo. De toute façon, les risques paraissaient minimes. Si l'alarme se déclenchait, une trentaine de secondes suffirait pour rejoindre la voiture de Fredie et se tirer. Mais si les Dieux – et mon raisonnement – guidaient ma pince, ça me donnerait la possibilité de financer l'achat d'un deux-pièces. À quoi servaient les études si on ne les mettait pas en pratique ?

Il était trois heures du matin quand Fredie s'est garé près de la place Broglie. La neige enveloppait Strasbourg d'un fin manteau blanc. De là à flâner en attendant l'ouverture du marché de Noël ! On portait des vêtements noirs, des gants et des cagoules. La ville avait sombré dans une léthargie qu'apprécient les types dans notre genre.

Pénétrer à l'intérieur du magasin d'antiquités fut un jeu d'enfant. En dehors de l'alarme, sensible aux mouvements, je repérai deux caméras infrarouges fixées au plafond. L'une filmait l'entrée de la boutique, l'autre couvrait la partie de la salle où se tenait le coffre. Fredie avait l'air surpris par cette installation de dernière minute, et j'ai pensé que son sens de l'observation s'était émoustillé depuis sa sortie de taule. Si j'avais été plus malin, je me serais demandé pourquoi l'antiquaire avait investi dans cet équipement dernier cri pour sécuriser quelques dizaines de milliers d'euros !

Dressé devant le boîtier, Fredie attendait mon signal pour enfoncer la clé. Quant à moi, ma pince coupante hésitait entre le fil bleu et le rouge. Je me serais bien passé de cet exercice à pile ou face, mais le nombre de combinaisons dépassait l'entendement. Impossible de trouver le bon code dans un laps de temps si court. Ou alors, avec un ordinateur ultra rapide du futur !

J'ai pris une grande respiration, j'ai sectionné celui censé alimenter le dispositif et j'ai fait signe à Fredie de tourner la clé. Comme convenu, il s'est dirigé vers le coffre et je suis sorti pour surveiller la rue. Je trouvais le temps long. Mais ça sous-entendait du pognon en pagaille.

Fredie est parti chercher sa voiture pendant que je refermai la porte et la grille.

L'adrénaline nous maintenait en alerte pendant un coup. Elle mutait en une béatitude lénifiante lorsqu'il était réussi. En tout cas, pour moi.

Mais le stress a vite repris du poil de la bête !

Je montais dans la bagnole lorsque les flics sont arrivés. Fredie démarra sur les chapeaux de roues. S'ensuivit une poursuite dans les rues de Strasbourg. On longeait les quais de l'Ill à cent au compteur. Ils sont quand même parvenus à notre hauteur. Ils essayaient de nous doubler pour nous couper la route, mais une Dauphine a déboulé de la droite. La conductrice avait la priorité et ne raffolait pas des cascades sur la neige. Résultat des courses : un carnage ! Fredie a freiné comme un malade, la Peugeot, partie en tête-à-queue, est montée sur le trottoir avant de s'encastrer dans une boîte aux lettres. Tout en écrasant son klaxon dans un ultime espoir de différer la réalité, la femme a emplafonné la voiture de police.

Quand je me suis tourné vers Fredie, l'arête de la boîte aux lettres lui avait fendu le crâne. Comme je l'ai dit, Fredie travaillait à l'ancienne. Sans ceinture de sécurité !

Je ressentais des piqûres sur le visage. Savoir si elles étaient dues à l'éclatement du pare-brise ou à un essaim d'abeilles perturbé par le changement climatique, je m'en fichais. J'ai pris le sac de Fredie et suis allé voir la femme. Sa tête reposait sur le volant, le sang rougissait ses joues. Elle n'y pouvait rien si les flics effectuaient leur boulot sans trop se préoccuper des dommages collatéraux. J'ai cherché autour de moi une cabine pour appeler les secours, mais le mugissement des sirènes m'a démotivé. J'ai fait gaffe à ne pas glisser sur les trottoirs poudreux pendant que je me carapatais chez moi.

Je disposais de quelques heures pour récupérer l'essentiel avant de mettre les voiles.

5

mercredi

Charlotte et Berthier pénétrèrent dans la salle de réunion. Suivie comme son ombre par un Saint-Bernard, Alicia se déplaçait d'un tableau à l'autre.
— Je peux savoir ce que fiche ce clébard dans mes pattes ? s'énerva-t-elle.
Charlotte se précipita pour le retirer de l'estrade. Elle attacha sa laisse à un pied de table et le caressa avec tendresse :
— Mon Basilou, ne te sauve plus sans avoir fini ta pâtée. Allez, assis ! Et pas un bruit quand maman travaille.
Le chien posa aussitôt son arrière-train sur le sol, ses yeux implorant le pardon de sa maîtresse. Charlotte avait mis deux heures pour le dresser ! applaudit Berthier.
— Je croyais que tu avais choisi Albert, le chiot tout blanc, s'étonna Castellane.
— Franchement, major, vous me voyez avec un caniche ?
Personne n'imaginait Charlotte se coltiner un genre de nain !
Alicia leur demanda de s'asseoir. Sur la table traînaient plusieurs exemplaires de La Gazette. Ils découvrirent le titre de la Une : « Trois enfants largués d'un avion ». En page deux, un article signé d'un certain Lucas Dessange argumentait cette théorie.
Berthier se racla la gorge, Charlotte prit un air ahuri et Castellane commença à rire.
— On peut savoir ce qui vous amuse, major ? fit Alicia.
— Ce type raconte n'importe quoi pour faire parler de lui.
— Même si son hypothèse paraît absurde, comment avons-nous pu manquer cet alignement ? Cette question, mes supérieurs sont en train de se la poser ! Nous avons intérêt à trouver une excuse béton si nous voulons éviter de passer pour des rigolos et qu'on nous retire l'enquête. Je ne plai-

sante pas, les enjeux font monter la pression et je peux vous assurer que votre notation s'en ressentira ! Je vous écoute.
— Du sol, on ne pouvait s'en apercevoir, dit Charlotte.
— Et comme le budget investissement a baissé, on a fait l'impasse sur le drone et la mise à jour des cartes de la région, ajouta Berthier.

Les poings serrés, Alicia s'apprêtait à justifier ses médailles en kick-boxing, mais elle réussit à se contrôler :
— Les six postes informatiques équipés de Google Maps et Google Earth, des logiciels *gratuits* que n'importe quel bambin en maternelle sait utiliser, vous avez eu peur de passer dans un monde parallèle en les activant ? Quelle faute ai-je bien pu commettre pour me farcir des bouseux pareils ?

Les joues de la colonelle exsudaient une exaspération colorée. À juste titre, pensa Castellane. Si un journaliste de deuxième zone avait repéré la ligne droite formée par les corps des gamins, ce manque d'observation de la part de gendarmes expérimentés était inexcusable. Elle avait beau diriger l'enquête, toute la brigade serait sur la sellette.

Il tenta de rattraper le coup :
— Nous avions remarqué l'alignement, mais en informer la presse aurait créé une psychose générale et des réactions démesurées. Les familles auraient annulé leurs réservations d'avions de peur qu'un fêlé balance leurs enfants de la carlingue. Cela aurait pénalisé l'économie des transports, celle basée sur le tourisme, etcétéra, etcétéra.
— Admettons, soupira Alicia. Mais qu'avons-nous amorcé par rapport à cette piste ?

Silence généralisé.
— Nous sommes passés à côté de cette ligne droite. Mais qu'aurions-nous dû entreprendre dans le cas contraire ? relança Alicia.
— Référencer les compagnies qui empruntent ce tracé, tenta Charlotte.
— Jean-Luc s'en est occupé. Aucun couloir aérien ne correspond. Nous sommes couverts de ce côté-là.

— Il reste les avions privés, dit Berthier.
— Exact. Mais pour demander aujourd'hui les plans de vol ou un récapitulatif des données radars en faisant croire que nous l'avons effectué hier, nous devrions inventer une machine à effacer les mémoires !
— Ça existe dans les films de science-fiction, déclara Charlotte.
— La SF se contrefout du quotidien des gendarmes ! tança Alicia.
— Restons sur l'idée de réunir des preuves suffisantes sans éveiller l'attention, intervint Castellane. Comme nous suspections le personnel au sol de complicité, nous avons surveillé l'aérodrome le plus proche. Mais nous avons préféré mobiliser les membres de la brigade sur des pistes plus prometteuses. Quant aux signatures radars, on y a pensé, mais le pilote de l'avion avait forcément volé à basse adulte pour ne pas se faire repérer. Cette démarche inutile aurait alerté les assassins.
— Tiré par les cheveux, mais ça se tient. Jean-Luc, sors la liste des aérodromes en les classant selon leur distance par rapport à Banon. L'un d'entre vous jurera-t-il qu'il en a visité un, sans rien remarquer de particulier ?
— Je... Si personne ne dit le contraire, je m'y collerai, dit Charlotte.
— Celui de Redortiers est le plus proche, précisa Jean-Luc.
— Bien ! Hier, Charlotte est passée y jeter un œil, mais ça n'a rien donné ! Et d'autres éléments ont nécessité toute notre attention.
Alicia lança un regard inflexible à Berthier et à Castellane. Son courroux foudroierait les cafteurs. Quant à Jean-Luc, il avait toute sa confiance.
— Lucas Dessange a raison de soulever le problème du timing, continua-t-elle. Le rapport du légiste mentionne que la fillette est décédée à quatre heures du matin, avec une marge d'une vingtaine de minutes. Le journaliste a chronométré la

durée du trajet. À pied et en moto. Aucun de nous n'y ayant pensé, on s'y colle ! Je veux les temps exacts, avec options sportifs de haut niveau et pékins de base ! Et soyons clairs sur ce point, nous avons déjà vérifié. Mais comme pour les aérodromes, nous ne souhaitions pas affoler le criminel. Ça marche ?

Les trois sous-officiers opinèrent du chef, chacun estimant sa part de négligence, d'incompétence.

— Restons sur ce sujet. Notre journaliste préféré pose une question qui ne nous a même pas effleuré l'esprit : comment l'assassin a-t-il pu commettre ces trois meurtres en un laps de temps aussi court ?

— Et s'ils étaient plusieurs et avaient tout organisé de façon à nous pommer, avança Berthier.

— Examinons l'hypothèse de l'adjudant-chef, ratifia Alicia.

— Des dealers de Manosque ont voulu faire un exemple, proposa Charlotte. Ils repèrent trois de leurs guetteurs en train de revendre de la dope en douce. Pour endiguer la propagation de ce manque à gagner, ils les emmènent autour de Banon, chacun dans une voiture différente, et les tuent à la même heure avant de repartir.

— En ce qui concerne la fillette, le rôle de guetteuse n'existe pas encore dans les cités ! Mais explorons votre idée. Pourquoi se seraient-ils donné autant de mal ? Une telle opération nécessite six personnes : un type chargé de surveiller le gamin et un conducteur par véhicule, le tout sur quarante kilomètres en courant le risque de tomber sur un barrage.

— Quarante kilomètres, c'est avec des gars de Manosque, dit Berthier. S'ils viennent des quartiers nord de Marseille, c'est deux heures par l'autoroute, avec un éventuel contrôle aux péages !

Personne ne chercha à approfondir l'allusion de Berthier aux quartiers nord.

— Si des trafiquants décimaient trois membres de leur bande, ils devraient rendre des comptes aux familles des victimes et subiraient des représailles, enchaîna Alicia. Un gang rival serait susceptible d'éliminer la concurrence. Mais ces types ne gaspilleraient pas leur temps à élaborer un stratagème pour dérouter la police. Au contraire, ils voudraient faire savoir au monde entier qu'ils sont les nouveaux rois du quartier. Une autre idée ?

— Si nous partons du principe qu'ils étaient plusieurs, on pourrait imaginer une soirée satanique, avec sacrifices au programme ! Et quand ces gentlemen rejoignent leurs pénates, les organisateurs nettoient les taches.

— Charlotte, vous regardez trop de séries basées sur la peur et l'hémoglobine ! Cela dit, Jean-Luc approfondira si des confréries diabolico-sexuelles sévissent dans la région.

— On devrait se mettre à la place des gamins, proposa Castellane.

— Développez, major !

— Retirer trois enfants de la circulation dans un laps de temps restreint est compliqué. Ça demande une organisation et des moyens importants : repérage de leurs habitudes, trois voitures et six individus, comme vous l'avez dit. Et leurs parents auraient signalé leur disparition. Or, depuis quatre jours, personne ne s'est manifesté !

— Et vous en concluez ?

— Que les kidnappeurs ont enlevé des orphelins ! Dans un foyer de l'enfance avec la complicité du personnel.

— Ou si les gosses participaient à un jeu de piste version scouts, les gentils moniteurs se sont transformés en monstres. Habitués à ne pas recevoir de leurs nouvelles, les parents vaquent à leurs occupations sans s'inquiéter, ajouta Charlotte.

— Jean-Luc, imprime la liste des foyers de la région et regarde si des fanatiques des feux de camp ont planté leurs tipis dans le coin. Major, un autre élément compléterait votre approche ?

— Si nous validons l'hypothèse de plusieurs assassins intégrés dans une organisation, cela conforte le fait que nous

ayons tenu la presse à distance. Alerter les membres du groupe aurait été contre-productif.
— Bravo ! Autre chose ?
— Trois gosses, noirs, sans papiers sur eux, battus à mort, mais sans traces d'agressions sexuelles. J'écarterai la coïncidence, car...
— Ça renforce la piste d'un crime raciste, le coupa Charlotte.
— Et nous ramène aux Fourvèdre et à leurs occupations souterraines, ajouta Alicia. Jean-Luc, envoie la vidéo du château d'Auterot.
Le lieutenant tira les rideaux des fenêtres, déplia un écran portable et alluma un vidéoprojecteur.
Berthier et Charlotte se sourirent : ils aimaient le cinéma.
— Un drone a tourné ses images la semaine dernière, expliqua Alicia... Voici une vue de la bâtisse..., et du parc... Sur la gauche, on aperçoit les installations d'un parcours de santé... Faites attention à ce qui va suivre !... Là, le type en treillis qui pousse une brouette !
Le survol de la propriété s'interrompit, laissant place durant une dizaine de secondes à un plan fixe sur des brins d'herbe.
— Il portait un fusil d'assaut en bandoulière, dit Berthier.
— En effet. Mais quelqu'un a-t-il remarqué ce que contenait la brouette ?... Jean-Luc, remets ce passage...
— On dirait des cercles sur un panneau, émit Charlotte.
— C'est une cible, précisa Jean-Luc. Il en transporte plusieurs.
— À quoi est dû l'arrêt des images ? demanda Castellane.
— Un autre homme a descendu le drone, répondit Alicia. Qu'en pensez-vous, major ?
— Des fusils d'assaut, des cibles, un parcours du combattant... Pour un peu qu'ils disposent d'une salle de musculation, ça ressemble à un site d'entraînement pour milices privées.
— Ben, ça alors ! lâchèrent Charlotte et Berthier.

— J'ai appelé le commandant Fossard, un spécialiste des groupuscules d'extrême droite qui travaille au bureau de lutte antiterroriste de la gendarmerie nationale, dit Alicia. Une trentaine de types se retrouvent au château d'Auterot un week-end sur deux. Toujours les mêmes, parfois un néophyte. Zlotan Vocović, l'homme qui poussait la brouette, et Drago Vishani, celui qui a tiré sur notre drone, les encadrent. L'année dernière, un agent de Fossard a réussi à infiltrer la bande. Sa couverture est tombée et il a dû abandonner la mission. Mais il a appris que les organisateurs de cette milice recrutaient parmi les marginaux autour de Marseille. Des petits délinquants, des désœuvrés, des jeunes du front national déçus par la respectabilité recherchée ces dernières années par certains dignitaires du parti... Ils leur offrent un emploi et un cursus idéologique en prime. Ce beau monde s'accorde sur les menaces que l'islam fait peser sur leurs valeurs. Du lever au coucher du soleil, on leur serine l'épouvantail de l'immigration et ils se préparent pour le Grand Soir ! C'est ainsi qu'ils nomment le jour où ils se soulèveront pour anéantir nos démocraties.

— Ces militaires d'opérette ne vont pas ébranler la république ! railla Berthier.

— J'en conviens. Malheureusement, une centaine de ces groupuscules se propage sur notre territoire ! Si la plupart ne comptent que quelques membres, certains en revendiquent plus de cent. C'est le même ordre de grandeur dans les autres pays européens. Si nous avions continué leur surveillance, dans les années 2000, nous ne serions pas en train de nous plaindre de leur montée en puissance.

— C'est à dire, colonelle ? demanda Charlotte.

— En 2015, la DGSI a déjoué cinq attentats. Ils se tiennent à carreau depuis, mais le pire est à venir !... Des professionnels les entraînent. Les deux instructeurs d'origine serbe, celui que vous avez vu sur les images et celui qui a flingué le drone, sont d'anciens soudards soupçonnés d'avoir participé à un nombre conséquent d'interventions souterraines. Jean-Luc, quelques exemples !

— Les mercenaires travaillent pour des gouvernements, des rebelles ou des entreprises privées. Ils gardent des mines de diamants, forment des unités d'élite, appuient les opérations logistiques des armées régulières ou de la police, servent de garde du corps à des personnalités, organisent des coups d'État, tuent des opposants... Même si certains arborent des motivations idéologiques, tous répondent à l'appât du gain. Parmi eux, le français Bob Denard. Après ses nombreux putsch menés entre 1975 et 1995, il a essayé de prendre le pouvoir aux Comores ! Dans un autre registre, on a soupçonné les subordonnés du Britannique Simon Mann de pillages et de viols en Guinée équatoriale. Mais ces têtes d'affiche cachent la forêt. Ils agissent dans plusieurs pays africains : Angola, Bénin, Liberia, Mozambique, Nigeria, Sierra Leone, Zaïre. Le célèbre groupe Wagner, basé en Russie, aurait envoyé mille deux cents hommes en Libye pour soutenir le maréchal Haftar et renverser le gouvernement d'union nationale dirigé par Fayez el-Sarraj. Ils sévissent actuellement au Mali !

— C'est plus qu'un bataillon ! s'éberlua Charlotte.

— Ça donne le tournis et une idée de leur pouvoir ! clama Alicia. Par le passé leur a manqué la discipline d'une armée régulière, mais dorénavant, des officiers en retraite ou d'anciens légionnaires les encadrent. Ces types sont dangereux ! Continue, Jean-Luc.

— Au cours de la décennie précédente, ces groupes ont créé des entreprises afin de louer leurs services en toute légalité. Vestiges de l'apartheid, plusieurs sociétés sont basées en Afrique du Sud. D'autres, comme Lancaster 6 DMCC et Opus Capital Asset Limited, ont domicilié leur siège social à Dubaï ou à Malte. Quant à la réaction des pays occidentaux, l'ONU fait appel à eux ! Cela explique l'absence de condamnation malgré leurs nombreux dérapages.

— Quoiqu'il en soit, nos deux baroudeurs sont des racistes hors classe, ajouta Alicia. Mais avant de les convoquer, ce qui éveillerait l'attention du sénateur Fourvèdre, nous allons regarder s'ils flânaient dans le coin la nuit des trois meurtres et les jours précédents.

— On fait comment ? s'immisça Castellane.

— Jean-Luc, envoie la photo de leur véhicule… Les Zastava ne courent pas les rues ! Essayez les stations-service, les caméras de vidéosurveillance, les amateurs de voitures anciennes.

— Nos effectifs ne sont pas extensibles à l'infini, rappela Castellane.

— Que chacun devienne malin pour cent ! Et relancez vos amis du protocole *civils vigilance* !

Aux commandes d'un Spad, Lucas Dessange effectuait un vol de reconnaissance au-dessus des lignes allemandes. Le Baron rouge sortit d'un nuage comme par magie et piqua sur lui en tirant une salve avec sa mitrailleuse. Le moteur prit feu, l'équipier de Lucas se transforma en passoire. Lucas sauta du biplan, mais son parachute s'enroula en torche. Manfred von Richthofen, le buste hors du cockpit, un pinceau dans une main, célébra sa victoire en ajoutant une croix noire sur la carlingue de son Fokker.

Lucas se réveilla en sursaut au moment où il percutait le sol. Après ce pitoyable atterrissage, il dévora des œufs au bacon sur la table du balcon et remit ses idées en place. La plaine vallonnée se noyait dans l'horizon brumeux lorsqu'il énonça des questions essentielles.

Pour quelles raisons les trafiquants avaient-ils employé un avion ?
Parce que ce moyen de transport était le plus rapide. Ils auraient pu utiliser un hélicoptère, mais ces engins étaient le comble de la discrétion. Concevoir qu'un Airbus ou un Boeing ait pu servir effleurait l'internement. Oublions ! Un Transall de l'armée de l'air impliquerait des militaires. Un sacré scoop, digne du Pulitzer, rêvassa Lucas. Mais si des généraux étaient compromis, les maigres ressources d'une page de chou locale s'assécheraient sans parvenir à le prouver !
Restaient les avions privés. Cela supposait que les ravisseurs en possédaient un. Ou pouvaient en disposer. Tout le monde n'avait pas les moyens de dépenser cinquante à quatre-vingt mille euros pour un modèle d'occasion.

La flotte française avoisinait les six mille exemplaires. Comment retrouver celui qui avait servi ? Lucas n'en avait pas les capacités. Et s'il partait plutôt des aérodromes, de petite taille et de préférence dans le coin ? Le plus proche se situait à Redortiers. Il irait le visiter.

Pourquoi avaient-ils balancé les enfants en vol ? Pour s'en débarrasser ! Mais ils auraient pu s'y prendre après. Ou avant, ce qui aurait évité un voyage superflu. Pour compromettre quelqu'un ? Les gamins s'écrasent chez cette personne qui sera impliquée lorsqu'on les découvrira ! Mais les bois, les rochers et la départementale appartenaient au domaine public. Pour alléger l'avion ? Admettons l'apparition d'un problème. Une fuite d'essence se déclare, l'hélice se bloque, la foudre détériore le fuselage, etc. L'appareil perd de l'altitude, ils jettent les gosses comme on le ferait d'une montgolfière avec des sacs de sable. S'ils voulaient franchir le dénivelé de la montagne de Lure, c'était la seule solution envisageable.

Ce qui l'amena à se demander :

Combien étaient-ils à bord ?
Le pilote s'accrochait à son manche pendant que l'engin piquait vers le sol. Un autre kidnappeur avait donc réalisé le sale boulot. Ou deux. Mais ce n'était pas obligatoire pour surveiller trois gamins d'une dizaine d'années assommés ou drogués. Ou ligotés. Demander au maréchal s'ils avaient des marques aux poignets !

S'ensuivit une charade à tiroirs :

Les trafiquants s'étaient-ils scratchés ou avaient-ils réussi à atterrir ? À quel endroit ? Un complice était-il venu les chercher ?
Les réponses jouèrent à cache-cache.
L'aérodrome de Redortiers. Sa piste la plus prometteuse. La seule à sa portée ! Une visite s'imposait. Mais avant cela, un rendez-vous l'attendait.

L'adjudante déboula en courant dans le bureau de Castellane :
— Major, un type trafique je ne sais quoi sur votre moto. On se le choppe ?
— Il est en train de l'essayer.
— Vous l'avez mise en vente ? s'étrangla Charlotte.
— Je ne l'utilise plus et elle prend de la place.
— Vous rigolez ! On peut ranger six bagnoles dans le garage et nous sommes les seuls à nous en servir !
Pour le moment ! pensa Castellane. Berthier et sa passion des grands espaces ne disparaîtraient pas d'un claquement de doigts ! Quant à Charlotte, le régime l'obnubilait, elle risquait de péter un câble s'il lui demandait de virer son Alpine. Récupérer la piaule de Tricourt afin d'aménager un duplex pour Berthier résoudrait en partie le problème. Mais quels arguments servir au maréchal afin qu'il répande ses phéromones ailleurs ?
— Viens, la colonelle nous réclame, se défila-t-il.
Assise sur un coin du bureau de Jean-Luc, Alicia semblait accablée par la malchance.
— Léa Grimberg n'est plus de ce monde, annonça-t-elle.
Charlotte fut la première à réagir :
— Flûte !
— On ne saura jamais ce qui s'est passé, regretta Castellane.
— Ni si elle avait subi une pression de la part de Marco Lugani, bien qu'il ait affirmé le contraire, ajouta Alicia.
— Nous gaspillons notre temps avec ce type ! intervint Berthier. Même s'il vous a menti en déclarant qu'il se fichait de son ancienne pouliche, pourquoi aurait-il manigancé cet accident au lieu de la flinguer dans une ruelle obscure ?
— L'adjudant-chef a raison, dit Charlotte. Kevin et Léa auraient dormi à l'abbaye sans la cuite de Kevin. Et Théo revenait d'une fête en compagnie de ses amis.

Alicia approuva.
Mais le gosse s'était pourtant retrouvé dans la BMW !
— J'offre une pizza royale au premier qui apporte un début d'explication !

Midi ! L'estomac du maréchal nécessitait un approvisionnement régulier. Denis Tricourt n'était pas un mauvais bougre. Son embonpoint et son air affable régnaient sur l'accueil de la gendarmerie. À cinquante-six ans, soit à deux ans de la retraite, ses supérieurs et les toubibs chargés des visites médicales n'espéraient plus le voir courir ou sauter des obstacles pour coffrer un délinquant ! Son univers s'ornementait de plaisirs simples : un bon repas, une partie de pétanque entre copains, des blagues pendant des apéros à rallonge. Et si on le désaltérait en s'acquittant de l'addition, il déballait dès le troisième verre le moindre détail entendu d'une oreille pour captiver son auditoire.

— On reprend un pichet, maréchal ?
— Pas de refus !

Tricourt se lâcha. Un motard et une panthère coupaient les virages sur la D950. Trois inconnus avaient rempli le réservoir d'une Zastava du côté de Volx. D'anciens mercenaires animaient une colonie de vacances dans un château. La colonelle – une sacrée belle femme ! – avait réquisitionné un hélico pour aller interroger un certain Marco Lugani. Des dealers officiaient sur Manosque, comme ce Théo Lanfranqui mort dans la Golf.

Le patron de La Gazette avait raison. Une invitation à déjeuner déliait les langues !

Lucas laissa un billet de cinquante sur la table, grimpa sur sa Honda et prit la direction de Redortiers.

La route serpenta entre des bois de châtaigniers avant de débouler sur un plateau. D'un côté, un champ en friche. De l'autre, deux pistes herbeuses se rejoignaient en formant un L. Lucas estima leurs longueurs à trois et cinq cents mètres. Il rangea sa moto devant un chalet, la salle d'enregistrement. Un panneau mentionnait les horaires d'ouverture. À quatre heures du matin, les hôtesses d'accueil pionçaient sous leur couette, regretta Lucas.

Il regarda la carte. Avant de partir de chez lui, il avait remplacé les punaises par des croix. Des jaunes pour l'emplacement des corps, et une rouge pour l'aérodrome sur lequel il se trouvait. Les deux jaunes les plus septentrionales et la rouge composaient un triangle isocèle déporté vers l'est. Il pivota en direction des rochers. Les kidnappeurs y avaient balancé la fillette. Mais cela avait-il été suffisant ? L'altitude de la montagne de Lure les avait-elle amenés à rebrousser chemin ? Connaissaient-ils déjà cet aérodrome ? Un pilote se renseignait forcément sur les terrains d'atterrissage d'urgence s'il comptait survoler des montagnes, imagina-t-il. Quant au bruit, celui d'un avion au moteur en berne équivalait aux sifflements d'un planeur. Pas de quoi réveiller les habitants de la seule habitation visible, une ferme distante de sept cents mètres.

Il longea un mobile-home inoccupé, et arpenta les pistes en recherchant des traces de pneus. Mais l'examen de l'herbe, jaunie et aplatie par endroit, ne lui permit pas de statuer entre un usage récent ou intensif durant l'été.

Il allait faire demi-tour lorsqu'un scintillement à travers les feuillages attira son attention. Il contourna une rangée de hêtres et se faufila entre six rondins disposés en cercles. Une salle de réunion en plein air ! sourit-il.

Il se retrouva devant la façade d'un bâtiment en briques haut d'une dizaine de mètres et muni d'une porte suffisamment large pour laisser passer un avion de tourisme. Les propriétaires avaient négligé de cadenasser la chaîne qui joignait les battants métalliques. Il força de tous ses muscles pour les entrouvrir. Alternance de taules ondulées et de panneaux en plexiglas salis par les intempéries, le toit diffusait une lumière crépusculaire. Il inventoria un établi avec des outils, un palan suspendu sur la poutre faîtière, un tonneau rempli d'une huile noire comme du charbon. Il ne s'attendait pas à trouver les ravisseurs ligotés et prêts à lui raconter leurs méfaits, mais une petite pièce à conviction oubliée par inadvertance l'aurait encouragé !

Il sortit du hangar, jeta un œil sur une fourgonnette en décomposition et alla s'asseoir sur un rondin.
Il alluma une clope.
Si les kidnappeurs avaient atterri sur cet aérodrome à cause de problèmes mécaniques, ils avaient réussi à en repartir. Avec ou sans l'aide d'un comparse. Mais s'ils avaient terminé leur trajet en voiture, un troisième luron était venu les chercher. Dans ce cas, quel sort avaient-ils réservé à l'avion ? Fondu dans une cuve d'acide ou dans une forge ? Enfoui dans une ancienne mine souterraine ?
Son intime sentiment ne priverait pas la théorie du largage de passer à la trappe. En remontant sur sa moto, il afficha l'air maussade du type qui y croit encore tout en hésitant à jeter l'éponge.

Après avoir déjeuné avec Lucas Dessange – un gars sympa, à l'écoute et qui ne chipotait pas sur les pousse-café –, Denis Tricourt rejoignit son appartement pour piquer un roupillon.

En principe, seuls les gendarmes en couple occupaient des deux-pièces. Ou, comme Berthier, des logements plus grands s'ils avaient des enfants. Mais la brigade ne comportait que huit membres quand Tricourt s'était engagé le jour de ses dix-huit ans, en 1983. Il avait gardé ce privilège.

Le maréchal déploya les bras au-dessus de sa tête. Dans la dernière circulaire du ministère de l'Intérieur, un expert préconisait quelques mouvements de gymnastique après la sieste. Mais le devoir se rappela à son bon souvenir. Il descendit au rez-de-chaussée et se rendit à la salle de réunion.

Tricourt n'avait pas l'habitude de côtoyer autant de galons. Il se posta devant Alicia, se redressa, et se lança :

— Ma colonelle, je…

— Colonelle suffira, Tricourt. Vos contacts ont-ils réagi ?

— J'ai activé mes réseaux ! s'enorgueillit le maréchal.

Les fameux civils citoyens à qui il avait rendu service, il en remplissait des cars entiers, ricana Castellane.

— Georges, un copain bouliste a aperçu une voiture. Elle ressemblait à une Zastava. Il ne le jugerait pas sur la tête de sa sœur, mais parierait bien l'apéro sur ce coup !

Castellane reluqua la grimace consternée d'Alicia. On ne côtoyait pas tous les jours la version originale du gendarme de Saint-Tropez.

Quant à Charlotte, elle n'avait toujours pas digéré qu'il ait ouvert son colis :

— Il l'aurait vu en buvant un Pastis, cette Zastava ?

— Il s'était arrêté à la station Total, sur l'aire de Manosque ! se renfrogna Tricourt.

— Celle sur l'A51 ? le fit préciser Castellane.

— Oui, en allant vers Gap.

— Il a parlé des passagers ? demanda Alicia.
— D'après lui, ils étaient trois. Celui qui a rempli le réservoir portait une casquette. Il n'a pu décrire son visage. Les deux autres sont restés dans la voiture. Comme il était positionné derrière eux, il ne les a pas vus de face. Mais il a regardé la plaque pour savoir si un gars du coin possédait cette caisse. Elle était immatriculée dans le Vaucluse.
— C'était quand ? demanda Charlotte.
— Le vingt-deux septembre. Georges s'en est souvenu parce que les deuxièmes et les quatrièmes mercredis du mois, il va déjeuner avec sa sœur chez leur mère.
— Merci, Tricourt, pensa conclure Alicia.
— Roger, un compagnon de chasse, a croisé deux types sur une moto. Le conducteur confondait la départementale avec un circuit et le passager avait une panthère accrochée sur son blouson ! ajouta le maréchal. Roger voulait porter plainte, mais il n'a pas eu le temps de lire la plaque. Je peux y aller ?
— Avant de lancer le cochonnet, laisse-nous les numéros de téléphone de tes deux copains, dit Castellane.

Tricourt parti, Berthier s'adressa au major :
— Vous y croyez à cette histoire de panthère ?
— C'est le logo d'une marque spécialisée dans les vêtements pour motard. Des types en combinaison de chez Furygan qui roulent la manette en coin pour se viander dans un virage, on en ramasse à la pelle !
— Ceci ne va pas nous aider ! déplora Alicia. Berthier, demandez au gérant de la station-service s'il dispose de caméras. Si oui, rapportez les vidéos du vingt-deux septembre... Tout de suite !

Elle tourna la tête vers Castellane :
— Que pensez-vous du compte-rendu de Tricourt ?
— Votre théorie sur les deux mercenaires du château s'étoffe.
— Jean-Luc, ça a donné quelque chose les mœurs de Kevin Fourvèdre ?

Le lieutenant leva les yeux de son écran :
— J'ai consulté ses comptes Facebook et Instagram. On le voit dans des fêtes, au resto, sur la plage aux bras de jeunes femmes ravissantes. Jamais les mêmes, jusqu'à ce qu'il rencontre la sublime Léa Grimberg. Les garçons et les petites filles n'excitent pas sa libido.

Alicia auscultait le plafond comme si les fissures dessinaient un rébus qui, une fois décodé, donnerait la solution.

— On reste au point mort, déclara Castellane.

— Un chocolat chaud avec des viennoiseries, ça vous dirait ? proposa Alicia.

Charlotte pénétra dans la salle de réunion comme un ouragan :
— Edmond Chiotti s'est présenté à l'accueil. Il désire parler à un responsable.
Alicia et Castellane se levèrent d'une simultanéité toute militaire.
Edmond patientait sur le banc près de la machine à café. Les coudes sur les genoux, sa tête reposait entre ses mains.
— Monsieur Chiotti, veuillez me suivre ! ordonna Alicia.
Elle retourna à la salle de réunion, Edmond derrière elle, Castellane fermant la marche.
— Asseyez-vous, je vous prie.
Edmond s'exécuta, elle indiqua à Castellane de prendre place à ses côtés et s'adressa à Jean-Luc :
— Installe la caméra et fais-moi signe dès que tu es prêt.
Jean-Luc vérifia l'angle de prise de vue…
Et Alicia entama une causerie au bord du procès :
— Nous sommes le mercredi 20 octobre 2021. Il est treize heures dix. Je suis la lieutenante-colonelle Alicia Cornet et vais mener en présence du major Patrick Castellane l'interrogatoire de monsieur Edmond Chiotti, soupçonné du meurtre d'un enfant retrouvé dans le bois de l'Adrech. Je précise que le suspect s'est rendu de lui-même à la gendarmerie de Banon. Monsieur Chiotti, nous vous écoutons.
Le cérémonial – la caméra, les deux représentants de l'ordre installés devant lui comme un mur infranchissable, le ton protocolaire de la femme qui dirigeait d'une main de fer son petit monde – ébranla Edmond. Avait-il commis la bourde du siècle en venant leur parler ? Mais combien de temps aurait-il tenu dans la cabane avant que quelqu'un le dénonce et qu'on le traite avec moins de civilités ? Un séjour en cellule comportait des avantages, se rassura-t-il. Avec le froid qui s'annonçait et son pécule proche de zéro, il se réchaufferait et souperait à l'œil.

— Je commence par quoi ?
— Par le début, l'encouragea Alicia.
— J'avais pas vraiment envie de me chopper un tour de rein en transportant des armoires, mais Ali et Moussa ont dit qu'ils me donneraient cinquante euros si je les aidais à vider une baraque. Comme j'avais déjà claqué ma paie, je suis monté dans la camionnette...
Les trois compagnons avaient mangé dans un restaurant. Ils en étaient repartis vers treize heures quarante-cinq. Ali roulait à sa main. Moussa avait allumé un joint et Edmond avait ouvert la bouteille de gnôle récupérée chez la vieille. Ils fredonnaient sur un tube d'une chanteuse africaine quand une moto était arrivée de la droite.
— Elle fonçait sur nous. Mais le temps que je réagisse...
— Et vos deux copains ? demanda Alicia.
— Ils ne pouvaient la voir. J'ai poussé un cri et Ali a tourné le volant pour les éviter.
— « Les » éviter ?
— Un passager enserrait le pilote de ses bras. Il portait une veste en cuir rouge avec un félin orange cousu au dos. Je m'en souviens parce que, lorsque la camionnette s'est couchée, ils ont frôlé le capot.
— Vous pourriez reconnaître la moto ?
— Elle était noire. Avec un coffre à l'arrière.
— Qu'avez-vous fait après ?
— Ali et Moussa s'étaient évanouis. J'ai essayé de les extirper du véhicule. Mais la ceinture de Moussa était bloquée et Ali était coincé sous Moussa !
La fumée avait envahi la cabine. Il avait réussi à en sortir, mais la camionnette avait pris feu. Sans téléphone à disposition, il avait renoncé à appeler les secours. Et comme aucune voiture ne se pointait à l'horizon, il s'était rendu à Banon.
— Nous aurions dû vous croiser lorsque nous sommes allés sur les lieux de l'accident ! intervint Castellane.
— J'ai eu peur en entendant les sirènes. Je me suis planqué.

— Ce vent de panique a soufflé le livre de madame Granville dans votre poche ? ironisa Alicia.
— Il traînait sur la route. Je l'ai ramassé.
Edmond regardait par la fenêtre les platanes dressés sur la place. Il risquait de ne plus en voir avant un moment.
— Continuez, dit-elle.
— J'ai repéré un arrêt de bus dans le centre-ville, mais le prochain car pour Avignon était prévu le lendemain matin. Alors je me suis procuré des victuailles et j'ai recherché un coin peinard. En route, j'ai rencontré des jeunes en train de festoyer. Ils m'ont fait comprendre que je les gênais et je me suis enfoncé dans un bois. Comme ça commençait à cailler, j'ai allumé un feu et me suis tapé un sandwich aux rillettes avec la Villageoise. J'ai dû m'écrouler sur les coups de minuit. En me réveillant, vers cinq heures du mat, j'ai vu le corps d'un gamin. En m'agenouillant, j'ai réalisé qu'il ne respirait plus. J'ai dispersé les cendres et suis allé le planquer sous un arbre, qu'on ne me colle pas sa mort sur le dos ! Depuis, je crèche un peu plus loin, dans une cabane de gosses !
— Pouvez-vous nous parler de votre incarcération en 2006 ? lança Alicia.
Edmond baissa les yeux. Ces gens avaient les moyens de fouiller dans les antécédents de n'importe qui. Un ex-condamné, ils lui étalaient sa poisse sur le museau avant de le placarder.
— Ça se passait dans le métro, à Paris, dit Edmond. On était collés les uns contre les autres. Je faisais de mon mieux pour rester debout. Devant moi, une grande brune se tenait à la barre. Je l'ai bousculée plusieurs fois. Mais c'est un type en costard qui lui a mis la main aux fesses. Je l'ai vu ! La femme s'est retournée et m'a giflée. Un flic en civil zonait dans la rame. Il m'a infligé une clé au bras. J'ai même pas eu le temps de m'expliquer qu'il m'éjectait du wagon à l'arrêt suivant. Il m'a conduit au poste. Trois mois ferme, j'ai pris. Et quand je suis sorti, mon patron m'a fait comprendre que, dans ma branche, c'était inutile de rechercher du travail.

— Quel métier exerciez-vous, monsieur Chiotti ?
— Chauffagiste. Je gagnais bien ma vie. Je possédais un appartement. Et des économies ! Mais j'ai fini par tout bouffer. Le pognon a tendance à s'évaporer lorsqu'on a perdu son boulot ! Quand Ali et Moussa m'ont ramassé à Avignon, j'étais prêt à bouffer mes tripes !
— Vous auriez pu déménager et trouver un autre employeur. Ou changer de profession, dit Castellane.
— L'histoire avec mon téléphone a fait déborder le vase. Un jeune a voulu me le piquer. Je l'ai rattrapé, mais il a gueulé que je l'agressai. Le juge a considéré que c'était une récidive. Un an de prison, ça vous détruit un homme. Quand je suis revenu chez moi, j'osai pas en sortir. Et je me suis mis à boire.
— Monsieur Chiotti, je vous place en garde à vue. Vous pouvez faire appel à un avocat.
Edmond regarda tout à tour Alicia et Castellane d'un air ahuri. Un gars comme pouvait-il s'offrir les services d'une toge ?
— On vous présentera un commis d'office. Major, conduisez monsieur Chiotti en cellule.

Depuis sa visite à l'aérodrome, Lucas ruminait le bilan de ces derniers jours. Il avait cheminé sur des pistes foireuses et échafaudé des scénarios improbables. Le super détective qui devait époustoufler de ses déductions lumineuses les gendarmes aguerris de la brigade ne la ramenait plus. Cela dit, l'envie d'écrire l'histoire d'Edmond le titillait. Ce brave gars brisé par la vie fuyait son passé. Lui rendrait-il service en le publiant ?

Attablé sur la terrasse du Café de l'Union, il buvait un deuxième verre de vin. Ses réflexions butaient sur tout et n'importe quoi lorsqu'un bûcheron viking lui adressa la parole :

— Vous êtes Lucas Dessange ?

Lucas détailla sa musculature. Lui avait-il causé du tort ?

— C'est moi.

— Votre papier sur les lignes droites et les sauts sans parachute m'a interpelé. Vous êtes le seul à y avoir pensé et je crois que vous avez raison. Je vous paye un verre ?

Le type n'avait rien d'un roi mage, mais s'appelait Balthazar ! Lucas lui exposa son cheminement :

— Mon domaine de prédilection, c'est l'économie écologique. Mais le rédacteur de La Gazette estimait qu'un article sur la vie sulfureuse de Kevin Fourvèdre boosterait les ventes. Ou j'y allais à reculons, ou je prenais la porte ! Bref, j'ai entrepris des recherches sur la famille Fourvèdre et sur l'accident qui a causé les morts de Kevin, de sa copine Léa Grimberg, et du premier gosse, également dans la voiture. Puis un cueilleur de champignons a signalé le cadavre d'un gamin dans le bois de l'Adrech et une randonneuse a découvert celui d'une fillette entre des rochers, près de Redortiers. Les trois enfants étaient noirs, du même âge et l'état de leurs corps indiquait une maltraitance carabinée. J'ai beau ne pas m'intéresser aux faits divers, ces similitudes m'ont interpelé et j'ai acheté une carte. En punaisant les endroits où on les avait retrouvés, j'ai remarqué leur alignement. J'ai chronométré les temps de trajet entre les différents lieux et me suis rendu compte de l'impossibilité de les rejoindre dans les délais mentionnés par les gendarmes. Que ce soit en voiture ou en moto. C'est ce qui m'a amené à imaginer un largage des gosses par avion et à dénicher un aérodrome dans les environs. Ma rencontre avec Edmond Chiotti a confirmé mon hypothèse. Mais voilà, je n'ai pas repéré la moindre machine volante à Redortiers !

— Tu m'y conduis ? proposa Balthazar. À deux, on a moins de chance de louper un détail !

Ils longèrent les deux pistes, et en arrivèrent à la même conclusion : rien n'indiquait l'utilisation récente de l'une ou l'autre. Ils pénétrèrent ensuite dans le hangar, regardèrent dans tous les recoins, étagères et armoires à disposition comprises. Retourné à l'extérieur Balthazar explora le bois qui ceinturait le bâtiment. Que ce soit sur les côtés ou derrière, la densité des arbres excluait la dissimulation d'un avion.

— Qu'en pensez-vous ? demanda Lucas, impressionné par la méticulosité avec laquelle Balthazar avait fouillé les lieux.

— S'il a atterri sur cet aérodrome, il en est reparti ! Une odeur d'huile brûlée imprègne l'intérieur du hangar, mais je ne saurais dire si l'on y a effectué des réparations ces jours derniers.

— Ma théorie s'appuie sur le fait qu'ils étaient en carafe. Sinon, ils n'avaient aucune raison de se débarrasser des enfants. À moins d'un jeu pratiqué par des vicieux !

— Ces types ne se divertissent pas, Lucas. Ce sont des trafiquants. Le bizness avant tout. Suivant l'ampleur de la panne, un avion se répare. Soit avec les moyens du bord, soit en faisant venir les pièces de rechange.

— Quand vous parlez de trafiquants, vous pensez à des organes, à du sexe, à…

— Tu as un ordinateur ? le coupa Balthazar.

— J'en utilise trois ! rigola Lucas.

— J'effectuerai des recherches pendant que tu écriras un article sur Edmond. Je l'ai vu devant la gendarmerie. Ce pauvre type s'est rendu, comme tu le lui as conseillé. Mais si personne ne le défend, il va en prendre plein la poire. On achète des pizzas avant de s'y mettre ?

La ferme

Après ma mésaventure strasbourgeoise, j'ai refait le coup de la chaussette, mais en zappant tous les départements au-dessus de la Loire. J'ai tiré le Vaucluse ! Un paysan sympa m'a loué un gîte et j'ai effectué une sorte de retraite ascétique ; repos, lecture et remise en question de mes anciennes activités en vue d'un nouveau départ !

En me baladant en VTT sur un sentier, j'ai dérapé. Je me suis mal réceptionné et une douleur à la cheville m'a tétanisé quand j'ai posé le pied pour me relever. Il restait cinq kilomètres pour rejoindre le gîte. Les parcourir sans canne aggraverait l'entorse. J'ai ramassé deux bouts de bois et j'ai repris ma route en laissant le vélo sur place. Son aspect découragerait les chenapans jusqu'à ce que je vienne le récupérer.

Sans ma blessure, une heure m'aurait suffi, mais j'avançais comme un escargot. Les bâtons, moins pratiques à tenir que de vraies béquilles, se sont cassés ! J'ai perdu du temps à en tailler d'autres. Le crépuscule gagnait du terrain et j'ai cherché un abri pour la nuit. J'ai distingué les ailes d'un moulin, au milieu d'un plateau herbeux, en contrebas. J'ai galéré pour l'atteindre. Mais après, j'avançais sur du plat.

La charpente avait rendu l'âme. S'il pleuvait, je serais trempé jusqu'aux os. En longeant un petit bois, j'ai aperçu une bergerie. Qui avait un toit. J'ai contourné un enclos électrifié avant d'y pénétrer. Une trentaine de brebis somnolaient. Ma présence les indifférait et j'ai traversé le bâtiment pour rejoindre une échelle qui montait à une mezzanine. Les lattes étaient recouvertes de paille. Sur une cagette traînait un exemplaire de Tintin au Congo. Dans une boîte en carton, j'inventoriais une poupée en bois habillée d'un bout de torchon, un vieux jeu de cartes, un peigne avec la moitié des dents cassées, un miroir de poche fendu.

J'ai retiré ma veste et l'ai roulée en boule pour m'en servir d'oreiller. J'ai ensuite placé la cagette sous mon mollet afin de surélever ma cheville. Étendu sur la paille, j'ai ricané bêtement. Si quelqu'un résidait sur cette plateforme, il disposait de moins de confort qu'un détenu !

Je commençai à m'endormir quand le grincement des lattes me fit sursauter. Les yeux écarquillés d'une fillette m'observaient. Je m'attendais à ce qu'elle crie au secours, mais passé le moment d'étonnement, elle vint s'asseoir près de moi et regarda mon pied dénudé :
— Ça te fait mal ?
— Pas quand je suis sur le dos.
— Ça t'est arrivé comment ?
Je lui racontais ma promenade achevée par la chute.
— J'aimerais faire du vélo, elle dit.
— Tu pourrais en demander un à tes parents pour ton prochain anniversaire. Ou à Noël.
— J'ignore la date de ma naissance, mes parents sont morts et je ne crois plus au père Noël !
Fin des confidences. Elle s'est allongée, m'a souhaité bonne nuit et s'est endormie dans la seconde, comme si une rude journée de labeurs avait terrassé sa curiosité.

J'ai eu du mal à l'imiter. Pas à cause de la douleur, supportable, mais parce que je me demandais ce qu'une enfant de cet âge trafiquait dans ce lieu austère et isolé. Au bout d'une heure, j'ai fermé les yeux. La réponse attendrait le lendemain.

À six heures trente du matin, une voix âpre a résonné :
— Hadiya, grouille !

La fillette a bondi comme si elle avait reçu une décharge électrique. Elle a mis un doigt devant sa bouche pour me signifier de la boucler. La lumière qui passait par la porte entrouverte m'a permis de voir son visage. Sa peau, légèrement cuivrée, renvoyait une beauté surnaturelle, mais fragile.

Elle a descendu l'échelle et a suivi le type qui avait gueulé. Malgré sa sale tête, il aurait pu m'amener chez moi. Ou me filer un antalgique, le temps qu'un taxi vienne me chercher. Mais si je lui avais demandé de l'aide, j'aurais abandonné cette gamine qui dormait dans une bergerie.

Elle est revenue deux heures après, pour conduire les chèvres dans l'enclos. Elle a grimpé sur la mezzanine et m'a donné un cachet de Doliprane et un tube d'anti-inflammatoire entamé.
– Pour ta cheville, elle a dit avant de redescendre.

Je l'ai revue en fin de journée. Elle a ramené les brebis, a étalé de la luzerne sur le sol et s'est absentée jusqu'à vingt-deux heures. Dès son retour, elle a sorti une tranche de pain et un morceau de fromage de la poche de sa blouse. Elle m'a regardé manger, et a demandé :
– C'est dangereux dehors ?
Je ne comprenais pas le sens de sa question et lui en fit la remarque.
– Au-delà des clôtures ! elle précisa.
– Tu n'as jamais quitté cette ferme ? je me suis étonné.
– Pas depuis mon arrivée. Amadou est parti, mais j'ai eu peur de le suivre.

Elle m'a raconté son histoire. L'année précédente, l'oncle qui s'occupait d'elle après les funérailles de sa mère l'avait présentée à des Français. Il disait qu'elle n'avait aucun avenir au village. Les menaces d'attentat grandissaient et il n'avait pas le temps et les moyens de pourvoir à son éducation. Mais si elle suivait les deux Blancs, elle obtiendrait des diplômes, deviendrait quelqu'un d'important. Elle pourrait même diriger le Burkina Faso avec les compétences acquises en France !

Elle avait essayé de protester, mais la crainte d'échauffer son oncle l'avait emporté. Les Français l'avaient amenée à Aribinda où ils l'avaient enfournée dans un avion. Le pilote était déjà installé aux commandes et deux garçons de son âge se tassèrent sur la banquette en la voyant. L'appareil avait décollé, les types leur avaient donné des jus de fruits et elle s'était endormie.

Elle s'était réveillée dans une cuisine et avait trouvé Amadou à ses côtés, recroquevillé comme elle sur les tomettes.

Un homme coiffé d'un képi les avait contraints à se relever.
— Hadiya, Amadou, voici votre tuteur. Vous devez lui obéir si vous ne voulez pas avoir d'ennuis.
Il avait agité deux bouts de papier sous leur nez :
— Je détiens vos cartes d'identité. Ne vous avisez pas de vous enfuir, un juge vous enverrait en prison.

Celui qui allait devenir leur maître s'était levé pour remettre une enveloppe au complice des kidnappeurs. Le type au képi en vérifia le contenu et quitta les lieux, l'air satisfait.

Le fermier les avait amenés sur la mezzanine de la bergerie, dorénavant leur chambre ! Le lendemain, il leur avait expliqué ce qu'il attendait d'eux. Sa femme était malade. Hadiya préparerait les repas, s'occuperait du ménage, du linge, du repassage. Amadou effectuerait le travail de son fils qui avait rejoint une citadine.

Pendant un an, ils avaient exécuté les ordres, sans discuter. Un matin, Amadou avait déposé un baiser d'adieu sur la joue d'Hadiya. Depuis, elle cueillait les olives, nourrissait les bêtes, les trayait, transformait le lait en fromage… En plus des taches ménagères !

Elle avait pensé le rejoindre. Mais elle ignorait où il était et ne possédait pas son intrépidité. Pour lui faire peur, le fermier découpait des articles qu'il lui donnait à lire. Tous parlaient du sort de petites filles arrachées à leur terre natale pour être vendues dans des pays lointains... Crois-moi, tu as de la chance ! il la serinait. D'ici quelque temps, elle aurait peut-être le courage de s'enfuir. Le troisième enfant, elle n'a jamais su ce qu'il était devenu. Le cinquième jour, j'ai entendu un bruit de moteur. Le vieux partait en balade avec sa fourgonnette. J'ai saisi cette occasion de visiter la ferme. Ma cheville avait retrouvé une certaine souplesse. Je ne pouvais sauter ou courir, mais marcher me créait un simple élancement.

Je traversais la cour quand Hadiya sortit du bâtiment principal. Elle s'approcha avec de grands gestes, comme si j'étais cinglé. Elle me cria d'un air affolé :
— S'il te voit, il va te tuer.
Je l'ai prise dans mes bras et j'ai murmuré à son oreille :
— Celui qui me fera la peau n'est pas encore né !

Avec le recul, j'étais un brin présomptueux ! Toujours est-il que le vieux, parti au marché, reviendrait vers quatorze heures. Hadiya disposait de la matinée.

Elle me conduisit à la fromagerie et m'y transmit ses connaissances sur les levures et leur fermentation. Même si j'avais compris les procédés de fabrication en parcourant des revues, la clarté de ses explications m'impressionna.

Elle m'entraîna au poulailler, au four à pain, et nous gravîmes une pente d'où elle me montra les oliviers. Elle grimpa comme un singe au sommet du plus proche, cueillit des olives et m'en lança une.
— Trop vertes pour en extraire l'huile. Mais j'aime les goûter quand elles sont acides.
Elle ria aux éclats quand je recrachai la chair en grimaçant.

« Midi ! », elle annonça en regardant le soleil. Elle devait préparer le déjeuner et nous sommes allés dans la maison. Elle éplucha des patates sur le plan de travail, à gauche de l'évier. J'en ai profité pour visiter la pièce principale. Le fusil de chasse du vieux, sa bre-

telle suspendue à un clou enfoncé dans le plâtre, décorait la hotte de la cheminée. J'ai trouvé une boîte de cartouches dans le tiroir d'une commode sur laquelle reposait un ancien poste de télévision noir et blanc. J'ai demandé à Hadiya où créchait la fermière. Elle m'a fait signe d'attendre, le temps de mettre sur le feu la bassine bourrée de pommes de terre, de préparer une assiette avec un morceau de pain, du fromage, une pomme, de remplir une carafe d'eau.
— C'est pour elle. Viens, mais ne te montre pas.

Hadiya tenait le plateau sur lequel reposait le repas de la vieille. Nous montâmes à l'étage, et elle tapota à une porte avant de la pousser du pied. Je patientai dans le couloir, comme elle me l'avait recommandé, mais la femme ne pouvait me voir, son lit était tourné vers l'unique fenêtre. J'en ai profité pour jeter un œil. À part la télé, cette fois en couleur, la déco datait de la Première Guerre mondiale.

Hadiya sortit de la pièce, le plateau chargé des restes du petit-déjeuner, une tartine avec du beurre et de la confiture dépouillée d'une bouchée.
— Une louche de soupe suffit au repas du soir, elle me murmura dans l'escalier.
La vieille avait un appétit d'oiseau !

De retour au rez-de-chaussée, Hadiya me demanda de partir. Le fermier allait bientôt rentrer. Il piquerait une colère noire s'il m'apercevait dans sa baraque.

J'ai pris la direction du gîte où j'habitais, l'estomac noué d'avoir laissé la petite aux mains des Thénardier.

6

jeudi

Charlotte, Castellane et Basilou couraient le long de leur parcours préféré. Moins essoufflée que les premiers jours, l'adjudante engagea la conversation :
— Vous savez ce que Tricourt m'a dit ?
— Raconte !
— Qu'il porterait plainte si Basile continuait d'aboyer en pleine nuit ! S'il cherche les noises, il va les dégoter, cet abruti !
Le logement de Charlotte et celui de Tricourt étaient mitoyens. Demander à Charlotte de museler son chien, Castellane ne s'en sentait pas le courage et en revenait toujours aux deux mêmes questions : comment contraindre Denis Tricourt à déménager ? Dans quel endroit ?
— Ne t'en fais pas, on trouvera une solution.
— Mais je ne me bile pas, major ! J'ai acheté une perceuse et je vais changer toutes mes étagères de place. La sieste du maréchal pour digérer ses gueuletons, elle va en prendre un sacré coup !
Manquait plus que ça !

Alicia arpentait l'estrade, les poings serrés comme un boxeur sur ses gardes. Elle laissa l'équipe s'installer, et désigna plusieurs exemplaires de La Gazette posés sur la table de travail.
— Notre ami Lucas a encore frappé ! Vous avez lu l'article paru ce matin ?
Ils s'y collèrent, et Castellane résuma la situation :
— Il rabâche son hypothèse de l'avion pour disculper Edmond.
— Comme le procureur n'a pas mis monsieur Chiotti en examen, nous allons devoir le relâcher, ajouta Berthier.
Charlotte énonça le point qui la turlupinait :

— Comment a-t-il su pour la moto et la panthère ? Edmond est en garde à vue !
— Ils se sont rencontrés les jours précédents, tenta Castellane.
— Mais Edmond ne pouvait être au courant pour la Zastava ! s'énerva Alicia. Charlotte, amenez le maréchal Tricourt à la barre.

Mis sous pression, Tricourt déballa ses discussions de comptoir avec Lucas Dessange. Il lui avait appris qu'ils recherchaient une moto et une Zastava, et s'intéressaient à la famille Fourvèdre.

En intégrant la gendarmerie, on s'engage à défendre ses collègues, même si les évidences se bousculent au portillon. Question d'honneur ! Exemple : Tricourt. La brigade se traînait ce boulet depuis des décennies ! Mais comme on ne vire pas un type proche de la retraite, Alicia le consigna dans ses quartiers et demanda au major de lui infliger une punition à la hauteur de sa bêtise !

Ceci réglé, la réunion reprit sous sa houlette :
— Notre rencontre avec Marco Lugani n'a rien donné et les gendarmes de Nice ont confirmé son alibi. Léa Grimberg côtoie les anges sans nous avoir dit ce que faisait ce foutu gosse dans la Béhème. Elle n'a jamais fourni de gamins à ses clients – Jean-Luc les a appelés. Quant à ses amis, ils se comptent sur un seul doigt. Kevin Fourvèdre était un garnement hors d'âge, mais pas un détraqué sexuel. Même retirée sous la pression de ses grands-parents, je n'ai retrouvé aucune plainte déposée contre lui. Le trafic de drogue sur Manosque a débouché sur une impasse. Théo Lanfranqui n'est pas concerné par ce qui nous préoccupe. Edmond Chiotti n'a pas provoqué l'accident qui a coûté la vie à Ali Sabal et Moussa Atangana. Le célèbre maréchal Tricourt donne des informations à un gratte-papier qui nous fait passer pour des blaireaux en sous-entendant que nous avons coffré un innocent afin de dissimuler le pataugeage de l'enquête. Notre hiérarchie a rappelé à l'ordre le commandant Fossard pour

surveillance illicite du château qui appartient aux Fourvèdre. Le procureur m'a demandé où j'en étais et j'ai eu beaucoup de mal à lui présenter des résultats probants. Je ne sais que dire à la prochaine conférence de presse prévue dans deux heures... Ah, j'oubliais : le visionnage des cassettes vidéos de la station-service était superflu. La caméra orientée vers la pompe numéro huit, celle utilisée par le conducteur de la Zastava, était en panne ! Le record mondial des pistes en queues de boudin nous attend !
Un lourd silence s'ensuivit. Les dédales sans fin torturaient les esprits quand Charlotte mentionna une brèche :
— Lucas Dessange est proche de la vérité.
— On vous écoute, Charlotte !
— Pour le gamin découvert dans le bois et la fillette sur les rochers, on peut envisager qu'on les a abattus sur place. Mais pour l'enfant retrouvé dans la BMW, ça ne tient pas. D'après le légiste, les décès de Kevin Fourvèdre et du gosse se sont déroulés au même moment. Donc Kevin et Léa ne l'ont pas tué avant. Et s'ils le transportaient, pourquoi l'auraient-ils assassiné dans la voiture en courant le risque qu'il se débatte et provoque un carambolage ?
— L'accident a pourtant eu lieu, dit Berthier.
— Oui, mais avaient-ils une raison de l'embarquer en revenant du mariage d'Audrey Fourvèdre ? Nous avons vérifié les transmissions téléphoniques et informatiques de Léa et Kevin sur les deux dernières semaines. Toutes correspondent à des relations inscrites dans leurs répertoires. Et ils n'ont pas donné ou reçu d'appels et de SMS durant la journée du samedi. D'autre part, même s'ils ont changé d'avis juste avant de partir, ils avaient prévu de coucher sur place. Le gosse s'est donc retrouvé là par hasard. Pour quelle raison un enfant de onze ans s'est-il égaré sur cette route, à quatre heures du matin ?
— Nous nous posons tous la question depuis le début de cette affaire, Charlotte, rappela Castellane.

— Parce qu'il est arrivé du ciel, comme le prétend Lucas, insista Charlotte.

— Rien ne permet de l'affirmer, répliqua Alicia

— Trois gosses, six parents, douze grands-parents, des cousins, des frères et sœurs, des copains, des enseignants, des voisins... Personne n'a signalé leurs disparitions alors que des appels à témoins sont parus dans tous les journaux. Papier, radio ou télévisé ! Une seule explication tient la route : les enfants ne sont pas domiciliés en France et les ravisseurs les ont enlevés dans un pays étranger. Compte tenu de la couleur de leur peau, je miserai sur le continent africain ! Pour les faire venir, un petit avion suffit. Le pilote coupe le transpondeur, vole en rase-motte au-dessous des radars, et le tour est joué !

— Quelqu'un aurait éjecté les gosses ? tiqua Berthier.

— Lucas parle d'une panne. Elle a peut-être contraint les ravisseurs à larguer du lest. C'est plausible, soutint Charlotte.

— Si cette piste s'avère correcte, quel aurait pu être le futur de ces gamins ? demanda Castellane.

— On en revient aux mêmes ingrédients, major, répondit Alicia : le sexe, les organes, l'esclavage.

— Mais ça nécessite des acheteurs ! clama Berthier. Jusqu'à présent, aucune alerte n'a mentionné une affaire de ce genre dans notre région.

— Les gens concernés s'abstiennent d'utiliser des haut-parleurs ! Jean-Luc, répète les chiffres que tu m'as communiqués l'autre jour.

Le lieutenant cliqua sur un dossier.

— Commençons avec le médical : des dizaines de mômes sud-américains, vendus dix mille dollars aux trafiquants, ont fourni la matière première dans des opérations du rein facturées dix fois plus cher à des Américains. Dans le même genre : après moult mises en garde de l'Union européenne, le gouvernement du Kosovo a fini par ordonner l'arrestation du Dr Frankenstein, un toubib qui prélevait des organes sains sans anesthésie ! Passons à l'économie : selon Europol, dix mille enfants migrants non accompagnés ont disparu en Europe entre janvier 2014 et décembre 2015. En ce qui concerne notre beau pays, on a rapporté sept cents cas de travail et de mendicité sous la contrainte, de servitude domestique ou de prostitution au cours de ces vingt dernières années. Le glaçon qui cache l'iceberg ! D'après de récentes estimations, six à dix mille esclaves croupiraient en France !

Castellane, Charlotte et Berthier hésitaient à mettre les radiateurs en route. Même si des diplomates, des personnalités, des puissants se livraient à ces pratiques, penser que l'agriculteur du coin exploitait des gamins dans des conditions inhumaines donnait froid dans le dos.

— Ces salauds agissent en toute impunité ! s'indigna Charlotte. Ils font comment ?

— Ils trompent des familles en situation précaire, répondit Alicia. Ils font croire que des baby-sittings payeront les études, que les mômes rentreront au village en étant diplômés.

— Sans n'avoir jamais vu une salle de classe !

Alicia reprit après la remarque de Jean-Luc :

— Ils maintiennent une emprise psychologique, avec menaces d'un recours à la force, confiscation de leurs papiers d'identité, mariages forcés.

— Mais les gosses doivent bien finir par se rebeller et s'échapper de ce calvaire ! s'énerva Berthier.

— Ils ne maîtrisent pas la langue de leur pays d'accueil, si vous me pardonnez cet aphorisme. Ils subissent un matraquage quotidien et ont perdu leur assurance. On les a convaincus que personne ne les croirait s'ils en venaient à dénoncer leurs bourreaux. N'oubliez pas leurs conditions d'internement. Ils dorment dans des caves, des containers, les plus chanceux dans un couloir à même le sol. Leur quota de calories est réduit à sa portion congrue, ils s'épuisent dans des corvées interminables, certains travaillent seize heures par jour. Ils n'ont pas d'amis, pas de rapport avec

l'extérieur, si ce n'est des proches de la famille ou des complices. Ils sont coincés ! Mais si les maîtres se sentent menacés, entre autres par les filles qui atteignent leur majorité, ils les renvoient au pays. Ni vu ni connu. La France a aboli l'esclavage en 1848, mais la justice a attendu la loi de 2013 pour définir ces activités et commencer à les condamner !
— Quelle bande d'en..., fut coupée Charlotte.
— Jean-Luc, si on part du principe que les trois gosses venaient d'Afrique, regarde s'ils seraient passés par l'Italie. Ce pays sert de transit à ce genre de trafics. Et vérifie si nos deux mercenaires n'ont pas déstabilisé des gouvernements ou assassiné des opposants ces dernières années dans la région du Sahel.
— Pourquoi le Sahel ? demanda Berthier.
— La peau des Peuls présente parfois un panaché de brun clair et de rouge, se garda de développer Alicia. Réactivons la surveillance du château des Fourvèdre sans en avertir notre hiérarchie. Le parc est assez grand pour qu'un avion y décolle ou y atterrisse. Berthier, organisez une planque avec des gars sûrs. En toute discrétion et sans en parler au maréchal ! Charlotte, vous me ramenez le sieur Lucas Dessange. Il maintient six longueurs d'avance sur nous et j'aimerais comprendre comment il s'y prend ! Major, préparons la conférence de presse.

Lucas fumait une cigarette sur le balcon de son salon. Il s'imaginait emporté par un nuage aux quatre coins du monde, mais la démarche volontaire de Charlotte traversa son champ de vision. Cette jeune femme avait beau porter l'uniforme et un revolver de quelqu'un prêt à mourir – et à tuer ! – pour sauver la patrie, son visage d'une grande douceur dégageait une empathie peu commune pour son prochain. Elle était jolie, si on lui prêtait attention.

Elle tambourina à sa porte et le pria de la suivre. L'article avait sûrement énervé la reine de la gendarmerie ! pensa Lucas.

Durant le trajet, il essaya de converser, mais Charlotte avait retenu la leçon de la colonelle : un Tricourt dans la brigade suffisait. Elle le conduisit à la salle de réunion et le présenta à Alicia qui peaufinait son communiqué avec Castellane.

— Je vous en prie, monsieur Dessange, mettez-vous à l'aise.

Propos mielleux avant la tempête, supputa Lucas.

— Vous connaissez la peine encourue lorsque la divulgation de renseignements entrave une enquête de police judiciaire ?

Et voilà. Toujours le même refrain ! Il commença à débiter l'éternel laïus sur la liberté de la presse et d'opinion, l'information du citoyen, mais Alicia interrompit la plaidoirie :

— Comment en êtes-vous arrivé à vos conclusions ?

— En punaisant les emplacements des corps, j'ai remarqué leur alignement et leur équidistance. Cette élégance mathématique m'a incité à effectuer le trajet avec ma Honda. Avec une moto de trial, on gagnait une dizaine de minutes, mais on perdait l'option bagages. Alors, je me suis posé des questions !

Nous aussi, mais pas les bonnes ! jugèrent Alicia, Charlotte et Castellane !

— Seul un avion permet de parcourir les deux extrêmes en si peu de temps. En réfléchissant sur la cause du largage des gosses, j'ai conclu que l'appareil avait eu des problèmes de moteur et j'ai cherché un endroit où il aurait pu atterrir en urgence.

— Vous l'avez trouvé, cet endroit ? demanda Alicia avec l'air abattu de celle qui ne comprend pas comment elle a pu réussir ses examens en étant aussi cloche.

— J'ai visité l'aérodrome de Redortiers, mais rien ne permet d'affirmer qu'un avion s'y est posé.

— Et pour Edmond Chiotti, qui vous a appris son aventure dans le bois de l'Adrech ?

— Je l'ai rencontré par hasard. Il portait à sa bouche une bouteille de Villageoise. La même marque dont m'avait parlé Denis Tricourt.

Ce cher maréchal ! pensèrent les trois gendarmes.

— Je l'ai invité à dîner et il m'a raconté ses déboires. Ce type est innocent !

— Monsieur Dessange, c'est à nous d'en juger ! déclara Alicia. La Zastava, j'imagine que le maréchal des logis-chef Tricourt l'a mentionnée.

— Gagné ! persifla Lucas.

— Gardez-vous d'autres renseignements en réserve pour un prochain article ? Je vous rappelle que leur rétention vous conduira en cellule et vous pourrez dire adieu à votre carte de presse !

Des informations, il en avait. Mais Balthazar avait été clair : « Tu ne parles pas de notre rencontre et de nos recherches sur Internet. En échange, je t'avertirai avant de déclencher les représailles. » Ce type n'était pas un plaisantin. Après avoir donné plusieurs coups de fil, il était parti en mettant un doigt sur sa bouche. Motus et bouche cousue. Ce n'était pas une option !

— Non !

Que ce soit à cause de menaces proférées par un inconnu, par déontologie journalistique ou parce que leurs têtes ne lui revenaient pas, Lucas Dessange resterait muet comme une carpe. Alicia et Castellane l'invitèrent à quitter les lieux avant de rejoindre la cour et de monter sur l'estrade en ordre de bataille. Quitte à livrer un dernier combat, autant faire bonne figure.

— Mesdames, messieurs, commença Castellane, nous avons relâché monsieur Edmond Chiotti, qui s'était rendu de lui-même à la gendarmerie hier après-midi. Aucune charge ne pèse contre lui.

Une journaliste, le logo d'Europe 1 scotché sur le micro qu'elle tenait à bout de bras, demanda :

— Avez-vous d'autres suspects en vue ?

Surpris par la question, Castellane se tourna vers Alicia. Mais la colonelle tapait un message sur son téléphone. Elle semblait nerveuse, désemparée.

— Nous explorons plusieurs pistes. Mais vous le comprendrez aisément, nous ne pouvons en dire plus, déclara Castellane.

— Des avancées sur l'accident de monsieur Fourvèdre ? demanda un petit binoclard muni d'un enregistreur de poche.

Du coin de l'œil, Castellane aperçut Jean-Luc, un appareil photo en bandoulière, grimper sur le toit du garage. Le lieutenant cadra les personnes présentes sans se faire remarquer, et retourna à l'intérieur de la gendarmerie. C'était quoi, ce micmac ? s'interrogea Castellane avant de répondre :

— Léa Grimberg, la conductrice de la BMW est décédée. Les seuls rescapés, deux des passagers montés dans la Golf de Théo Lanfranqui, dormaient au moment des faits. Suite à un malaise, mademoiselle Grimberg a-t-elle changé de direction et par la même provoqué une réaction de panique chez Théo Lanfranqui ? Les traces de pneus, la position des véhicules et leur examen par nos services spécialisés n'ont permis aucune conclusion définitive. Je précise que les autopsies

des deux conducteurs n'ont pas révélé d'état alcoolique ou d'usage de stupéfiants.
— Connaissez-vous l'identité du gamin retrouvé dans la BMW ? demanda une grande blonde en tailleur.
— Que faisait-il dans cette voiture ? Soupçonnez-vous Kevin Fourvèdre d'agression sexuelle ? enchérit un petit gros de Libération.
— Un serial killer déambule-t-il dans nos rues ? s'inquiéta un marchand de peur.
Castellane croulait sous la pression. Cette foule en chaleur ne s'arrêterait pas avec des pincettes. Alicia s'approcha du micro :
— Kevin Fourvèdre n'est en rien mêlé aux meurtres récents commis dans les environs de Banon. Quant à l'hypothèse d'un tueur en série, elle est invraisemblable.
— Les enfants blancs courent-ils un danger ?
— Des compagnons d'Emmaüs sont-ils impliqués ?
— Envisagez-vous une vengeance des gens du voyage ?
La colonelle haussa le ton :
— Mesdames, messieurs, chacun à votre tour ! Je suis désolée de me répéter, mais nous ne considérons aucune communauté, qu'elle soit religieuse, politique, sociale ou raciale, comme victime ou coupable des faits énoncés. Colporter ce genre de ragots ou de fausses nouvelles sème le trouble parmi nos concitoyens. J'en appelle à votre civisme !
— Et la piste de l'avion ? lança un type en imperméable coiffé d'une casquette.
— Dans un récent article, monsieur Lucas Dessange a émis une hypothèse en ce sens. Bien qu'elle paraisse farfelue, nous y prêtons toute l'attention requise. Mesdames, messieurs, je vous remercie.
Loin de calmer la meute, l'intervention d'Alicia déclencha un flot d'interrogations. Les deux gendarmes retournèrent à l'intérieur, les laissant en suspens.
— Ils commencent à me courir ! s'énerva Alicia.

— Pareil, s'associa Castellane. Mais vous avez fait passer le message sur les Fourvèdre en disculpant leur petit-fils. Le sénateur et la capitaine d'industrie devraient nous lâcher la grappe.
— Je ne sais pas, major. Jean-Luc, tu as vérifié pour le type ?
— Oui, le portrait craché du colonel Lavallière.
— C'est qui ? demanda Castellane.
— Il faisait partie du jury lors de l'examen final de L'École de Guerre. Il a essayé de me coincer avec une question tordue. Heureusement, il était le seul.
— C'est un ancien de la Légion étrangère, un proche du sénateur, précisa Jean-Luc tout en désignant l'écran de son ordinateur. Regardez cette photo !

Le cliché montrait Martin Fourvèdre et le colonel Lavallière en tenues de chasse. Devant eux, une meute de chiens s'apprêtait à bondir sur des volatiles ; en arrière-plan, la façade du château exposait sa vingtaine de fenêtres.
— D'où provient-elle ? demanda Alicia.
— Je l'ai récupérée sur le Facebook de Viviane Fourvèdre, la femme du sénateur.
— Ce Lavallière pose un problème ? s'enquit Castellane.
— Il s'assure que les activités de son copain demeurent souterraines.
— Je croyais que Martin Fourvèdre combattait les idées extrémistes, dit Castellane.
— Dans sa jeunesse, il a fréquenté des royalistes avant de militer quelques années au Front national, l'éclaira Jean-Luc, le nez fourré sur son écran.
— Il dissimulera ses intentions tant que durera la préparation du Grand Soir, reprit Alicia. Je vous ai parlé des suprémacistes blancs. Ces types s'infiltrent dans les rouages du pouvoir. Non pour s'en emparer, mais pour le renverser. Faire partie du système permet d'avancer ses pions sans le crier sur les toits. En attendant, ils recrutent, forment idéologiquement et physiquement leurs troupes, s'organisent. Cas-

tellane, appelez Berthier. Dites-lui de stopper la surveillance du château d'Auterot. Si ses gars se font repérer, les blâmes vont pleuvoir sur nos têtes !
— Qu'est-ce qu'on fait, colonelle ? demanda Charlotte.
— On sollicite un miracle, un éclair de génie, une aide providentielle, on se bâfre et on passe l'après-midi à se détendre. Vous y compris, Castellane. Charlotte, j'ai ouï dire que votre grand-père avait gagné la course de côte de Lure et que vous connaissiez le tracé par cœur. En attendant que ces messieurs préparent le repas, ça vous dirait de me le faire découvrir ?
— Quelle voiture prend-on ?
— Votre Alpine en mode gyrophare !
— Yessss...

Sur les conseils de Jean-Luc, Castellane avait commandé des pizzas et deux bouteilles de Bardolino. Passer la journée à se prélasser, comme l'avait suggéré la colonelle, était exagéré. Mais une pause déjeuner conséquente remotiverait les troupes.

Les deux femmes pénétrèrent dans la salle de réunion en rigolant.

— Alors, cette balade ? demanda Castellane.

— Je n'ai jamais eu autant les chocottes ! Charlotte est la reine de l'asphalte ! résuma Alicia.

Charlotte rougissait comme une jeune aristocrate présentée à son premier bal quand l'adjudant-chef les rejoignit :

— Laborde et Veyrain vont bientôt arriver. D'après eux, personne ne les a repérés pendant qu'ils planquaient devant le château. Ils n'ont remarqué aucun va-et-vient dans la matinée.

— Assieds-toi, Berthier, dit Castellane. La quatre fromages avec un œuf miroir est pour toi.

Les cinq gendarmes échangèrent des blagues, les deux bouteilles y passèrent, Jean-Luc s'occupa du café..., l'ambiance se détendit.

Lucas dégustait un Ricard tomate à la terrasse d'un bar, une façon comme une autre de s'immerger dans la vie locale. Les Banonais et les Banonaises arpentaient le marché sur la Place de la République. Il compara la couleur des paniers à provisions et la fréquentation des étals, repéra un gars qui draguait une vendeuse indifférente à ses avances... Il commandait une deuxième anisette lorsque son smartphone vibra.

Il ouvrit un courriel :
Retourne à l'aérodrome avec Alicia Cornet. Une surprise t'attend !

Et un second, du même expéditeur :
Si tu es obligé de lui parler de notre entrevue, décris-moi comme un type de petite taille dans la quarantaine. Efface ce dernier message !

Cinq minutes plus tard, Alicia recevait un courriel :
Si tu veux résoudre ton enquête, accompagne Lucas Dessange.

Lucas s'arrêta devant la gendarmerie. Alicia courut vers lui :
— C'est quoi cette histoire ? Pour quelle raison devrais-je vous coller aux basques ?
Il lui montra le contenu du premier mail sur son téléphone :
— On vient de m'envoyer ce message. Ça mérite d'aller y jeter un œil, non ? Tenez, ce casque devrait vous aller. Mais si vous avez la trouille en deux-roues, prenons une de vos voitures.
Avoir peur après la série de virages en dérapages contrôlés en compagnie de Charlotte ? Elle enfila le casque, grimpa sur la selle et lui tapa l'épaule, le signe de démarrer. L'Alpine A 110, la Goldwing Honda... Allait-elle voler dans un

Rafale avant la fin de la journée ? Elle sourit en entourant le buste du journaliste avec ses bras.

Lucas s'arrêta devant l'accueil. Il avança jusqu'à une fenêtre, regarda à travers, et recommença avec celle située de l'autre côté du chalet. Comme lors de ces deux précédentes visites, aucune âme ne hantait l'aérodrome. Les activités en basse saison se résumaient à quelques vols le week-end, estima-t-il en retirant son casque.

— Vous apercevez quelque chose ? s'intéressa Alicia, restée près de la moto.

— Rien d'insolite.

Il se tourna vers les collines et dessina un L avec ses mains.

— On longe les pistes ?

Elle agréa en se demandant pourquoi elle musardait sur ce plateau inhabité. La balade aurait le mérite de la faire digérer !

En arrivant devant le hangar, Lucas remarqua la chaîne sur le sol. Il poussa un battant et Alicia le suivit à l'intérieur éclairé par la lumière du jour qui peinait à traverser les plaques de plexiglas.

— Merde ! lâcha-t-il.

Au centre reposait une voiture calcinée. Ils s'en approchèrent et aperçurent à travers le pare-brise deux cadavres assis sur les sièges avant. Leurs corps étaient brûlés, de la neige carbonique recouvrait leurs visages.

Lucas allait ouvrir la portière du conducteur, mais Alicia le retint par la manche :

— Ne touchez à rien ! J'appelle la scientifique.

L'hélico de la gendarmerie se posa à une trentaine de mètres du hangar. Quatre hommes en descendirent.

Le docteur Thorens avança vers Alicia :

— Avec vous, la monotonie a rendu l'âme ! plaisanta-t-il.

Les trois techniciens en blouses blanches effectuèrent les prélèvements habituels et photographièrent la scène sous tous les angles avant de sortir les victimes du véhicule.

Thorens les examina.

Il lâcha son rapport au bout d'une dizaine de minutes :

— L'assassin les a criblés de balles avant de les placer à l'intérieur de la bagnole. Il a ensuite versé de l'essence sur leurs vêtements et y a mis le feu. Les corps présentent des brûlures au troisième degré, mais il a épargné les têtes en les arrosant de neige carbonique. Nous avons retrouvé un extincteur dans le coffre. Vous désirez une autopsie ?

— Et des gros plans de leurs visages. C'est possible de retirer cette mousse ? Maintenant !

Après avoir photographié chaque type, elle envoya un Whatsapp à Jean-Luc avec les clichés en pièces jointes et demanda à Lucas de la ramener.

Le journaliste déposa Alicia devant la gendarmerie. Elle lui rendit son casque en disant :

— Si vous parlez des deux macchabées dans votre prochain article, je vous coffre pendant soixante-douze heures. C'est compris ?

— Que proposez-vous en échange de mon silence ?

Ce type ne manquait pas de culot, pensa-t-elle. Cela dit, il avait fait progresser l'enquête de façon incroyable. Trop incroyable !

— Monsieur Dessange, veuillez me suivre.

S'imaginant entrer dans le cercle des initiés, Lucas obéit. Mais, la porte franchie, Alicia s'adressa à Mourad Benchelli qui assurait la permanence :

— Brigadier, placez monsieur Dessange en garde à vue. Et apportez-moi son smartphone.

Benchelli pénétra peu après dans la salle de réunion. Il remit l'appareil à Alicia qui le transmit à Jean-Luc.

— Si je peux me permettre, colonelle, il est furieux et demande un avocat, dit Benchelli.

— Laissons-le mariner, ça va le calmer.

Elle tendit son propre téléphone à Jean-Luc :

— Lucas et moi avons reçu des courriels à quelques minutes d'intervalle. Essaye de trouver qui nous les a envoyés.

Et regarde si cette personne avait contacté notre copain journaliste auparavant.

Elle s'adressa à Castellane :

— Faisons le point avec Berthier et Charlotte avant de persécuter Rouletabille !

Berthier, Castellane et Charlotte assis derrière les tables, Jean-Luc devant son ordinateur, Alicia résuma sa balade en moto et la découverte des corps dans le hangar de l'aérodrome.

Les visages des deux mercenaires photographiés par Alicia s'affichèrent sur l'écran géant.

— Zlotan Vocović et Drago Vishani, confirma Jean-Luc

— Berthier, racontez-nous votre périple au château d'Auterot, dit Alicia.

— L'aspirant Morel et moi formions la première équipe. Nous sommes arrivés vers seize heures. Dubosc et Delage nous ont relayés de minuit à huit heures du matin.

— Charlotte, allez chercher Dubosc et Delage. Berthier, que s'est-il passé de notable durant votre tour de garde ?

— La Zastava a quitté le château vers vingt et une heures trente avec deux hommes à bord. Morel a pris des photos, mais le crépuscule a flouté leurs visages.

— Autre chose ?

— Une Mercedes est entrée dans la propriété une heure après. Sinon, rien.

— Vous avez noté l'immatriculation de cette Mercedes ?

Berthier sortit un carnet de sa poche.

— AS 564 BY

— Jean-Luc, trouve à qui appartient la...

Des bruits de pas interrompirent Alicia. Deux gendarmes vinrent se mettre au garde-à-vous. Charlotte les présenta :

— Voici Dubosc et Delage, les membres de la deuxième équipe.

— Ah, les fameux collectionneurs de timbres-poste !

Dubosc, sous le charme, allait lui proposer une consultation privée de ses albums, mais Alicia poursuivit :

— Messieurs, merci d'avoir retiré avec promptitude votre fourbi de ma chambre et accepté cette mission en dehors des clous. Asseyez-vous, je vous prie. Durant votre tour de garde, avez-vous remarqué quelque chose de suspect ?
— Rien du tout, déclara Delage.
— Jean-Luc, affiche une Zastava sur l'écran... Je me permets d'insister, fit Alicia à l'intention des deux gendarmes. Avez-vous aperçu une voiture semblable à celle-ci entrer dans la propriété ?
— Non, répondirent d'une même voix fluette les deux hommes.
— Jean-Luc, cette Mercedes ?
— Elle appartient à Charles Lavallière. C'est ce modèle.
Une 600 SEL noire releva la Zastava.
— Et celle-là ? reprit Alicia.
— Oui. Elle est sortie vers une heure du matin, souffla Laborde en voyant le visage de la colonelle s'éclairer.
— Messieurs, je vous remercie.
Les deux gendarmes quittèrent la pièce et Alicia se tourna vers Berthier :
— D'après Veyrain et Laborde, la Zastava n'a pas réapparu avant qu'ils ne reçoivent l'ordre de rentrer. En dehors du portail, avez-vous repéré un autre accès ?
— Avec Morel, nous avons longé le mur d'enceinte avant de nous installer près des grilles. À part une ancienne entrée de service condamnée avec des parpaings, nous n'avons rien remarqué.
— Major, qu'en concluez-vous ?
— La voiture dans la grange correspond à la Zastava des deux mercenaires ! Maintenant, se pose la question de...
— Qu'est-ce qui les a amenés à quitter le domaine vers vingt et une heures trente ? intervint Charlotte.
— Des propositions ? espéra Alicia.
— Pour aller au resto. Ou voir des copains, avança Castellane.

— Trop tard pour un dîner aux chandelles. On n'est pas à Paris ! rappela Charlotte.
— Des copains, ça m'étonnerait qu'ils en aient, ajouta Berthier.
— Et si on inversait la problématique, se lança Castellane.
— C'est à dire, major ?
— Au lieu de chercher la raison de leur sortie, demandons-nous pourquoi on ne les a pas exécutés à l'intérieur de la propriété.
— Ils ont électrifié le mur d'enceinte et disposé une vingtaine de caméras, détailla Jean-Luc. Trois maîtres-chiens effectuent des rondes aléatoires, des types gardent le portail en permanence. Cloîtré dans une pièce au rez-de-chaussée du château, un duo contrôle les écrans... Et un quatuor joue aux majordomes entre les étages. En tout, une douzaine de bonshommes armés jusqu'aux dents.
— Le meurtrier a contacté les mercenaires, dit Charlotte. Ses arguments les ont convaincus d'accepter une virée nocturne. Et de quoi se sert-on pour fixer un rendez-vous ?
— Jean-Luc, s'excita Alicia, trouve les opérateurs de ces deux guignols et récupère leurs transmissions SMS, mails, téléphoniques et réseaux sociaux. Je veux les noms de tous les gars à l'autre bout de la ligne ! Mais d'abord, affiche une carte du trajet entre le château d'Auterot et l'aérodrome de Redortiers.

Alicia s'approchait de l'écran quand Castellane déclara :
— Celui qui les a tués a laissé deux messages.
— Il a appelé la gendarmerie ? s'exalta Alicia.
— Non. Je veux dire par là que son mode opératoire n'est pas anodin. Il évoque une vengeance que rien n'arrêtera.
— Précisez votre pensée, major.
— Il les flingue avec un revolver et incendie leur voiture. Quand elle est cramée, il les dépose à l'intérieur, les arrose d'essence, les enflamme, mais protège leurs visages avec de la neige carbonique de façon à ce qu'ils restent reconnaissables. Sa mise en scène a pour but de prévenir ceux qui sou-

haiteraient reprendre leur bizness qu'ils subiront le même sort.
— Un genre de justicier masqué ? lança Charlotte.
— Le Zorro en question ne fait pas dans la dentelle, rappela Alicia ! Major, vous avez parlé de deux messages.
— Le deuxième nous est destiné. Il sait que nous ne pouvons légitimer ses actes. En brûlant la voiture, il élimine ses empreintes et ses traces d'ADN pour nous empêcher de le retrouver. Mais il indique à Lucas Dessange l'endroit où il a laissé les corps. En agissant ainsi, il nous avertit qu'il entreprend un grand nettoyage.
— Et donc ?
— Ce type a une dent en réserve contre les mercenaires. Il en est peut-être un, lui aussi, et les deux autres l'ont entubé par le passé. Ou un de ses proches a été victime de leur trafic et il leur présente la note.
— Ça se conçoit, major. Mais comment rechercher cet homme sans détenir le moindre indice sur son identité ?
Alicia apprécia moyennement le silence qui suivit.
Mais Jean-Luc lui fit signe de se tourner vers la carte. Il avait entouré le château d'Auterot et l'aérodrome de Redortiers de cercles rouges et zooma sur la route départementale qui les reliait :
— Avant de finir son épopée à Redortiers, la Zastava a traversé Séderon et Revest.
— Nous n'avons toujours pas la confirmation que la voiture dans le hangar est une Zastava ! rappela Castellane.
Devançant les ordres de sa patronne, Jean-Luc leva le doigt pour signaler qu'il était sur le coup.
Alicia se tourna vers Berthier :
— Envoyez une équipe visiter les habitants et les agences bancaires de ces deux villes. Avec un peu de chance, un insomniaque ou une caméra de surveillance l'auront remarquée.
— Ça nous sert à quoi ? demanda l'adjudant-chef d'un ton perplexe.

— Éventuellement à obtenir une description de l'assassin des mercenaires ! Et à justifier sur le rapport que vous allez préparer pour le procureur que nous avons enclenché le turbo. Mais ne mentionnez pas le château d'Auterot.
— Ça paraît compliqué.
— Débrouillez-vous ! Major, allons tirer les vers du nez de monsieur Dessange.

Lucas alternait l'apathie du type recroquevillé sur le banc de sa cellule avec l'exaspération de celui qui cherche en vain une issue. Quand le brigadier Benchelli lui ordonna de le suivre, il piétinait les tomettes devant les barreaux de la fenêtre.

Le gendarme le conduisit dans la salle de réunion. Comme un habitué des lieux, Lucas s'assit en face d'Alicia et de Castellane.

La colonelle entra dans le vif du sujet :

— Monsieur Dessange, on peut la faire courte et vous dînerez ce soir avec qui et où vous voulez. Mais si vous éludez mes questions, vous goûterez nos merveilleux plateaux-repas jusqu'à ce que le procureur vous mette en examen.

Lucas soupesa le pour et le contre. Balthazar lui avait demandé – *exigé* serait plus approprié – de mentir sur son physique et son âge si une confrontation avec les forces de l'ordre se présentait. En échange, il décrocherait l'exclusivité sur la fin de l'histoire. Mais ce n'était pas le Viking qui croupissait en garde à vue !

— Un type dans les deux mètres, balança-t-il. Une soixantaine de balais. Cheveux noirs, bouclés. Démarche lourdingue. Balthazar était détendu, mais pressé d'obtenir des informations.

— Sur quels sujets ? demanda Castellane.

— Les caractéristiques des avions de tourisme susceptibles d'accueillir quatre passagers. Leur vitesse de croisière, la longueur de piste nécessaire au décollage, leur autonomie. À un moment, il a regardé une carte de la Méditerranée avant de calculer des distances à vol d'oiseau. Il s'est aussi renseigné sur le nombre de Zastava immatriculées en France, sur Martin Fourvèdre et les stages de survie organisés dans son château. Il a donné plusieurs coups de fil et s'en est allé, vers une heure du matin.

— Avez-vous vu le véhicule dont il se servait ?

— J'ai entendu un scooter s'éloigner.
— Et le contenu de ses conversations téléphoniques ?
— Il recherchait d'anciens mercenaires. À un moment, il a noté un numéro, l'a composé et a dit à son interlocuteur que les Albanais allaient lui faire la peau. Il lui a donné rendez-vous avant de raccrocher.
— La personne a accepté ? se renfrogna Castellane.
— Je ne sais pas. En tout cas, Balthazar est parti juste après.
— Parlait-il avec un accent étranger ou particulier ? demanda Alicia.
— Juste un timbre d'un grave agréable. Il avait beau en imposer, j'avais le sentiment que ce gars tournait au ralenti avec son tempérament flegmatique. Rien ne laissait supposer qu'il se préparait à commettre un meurtre !
— Ses habits ?
— Jean, imperméable beige. Du passe-partout.
— Ses yeux ?
— Il portait des lunettes.
— De soleil ?
— De vue. Mais elles fonçaient à la lumière.
— Monsieur Dessange, vous pouvez rentrer chez vous, conclut Alicia.

L'adoption

Les jours suivants, je me suis défoulé. J'ai coupé des bûches pour plusieurs hivers et j'ai cassé un rocher de deux mètres cubes à coups de pioche. Il n'avait fait preuve d'aucune hostilité à mon égard, mais il me gâchait la vue quand j'étais assis devant ma porte. Bref, un sentiment de lâcheté malmenait mon engagement à ne pas me mêler des affaires des autres. « Pour être heureux, vivons cachés », disait Dédé La Trame en fabriquant les faux papiers dont nous avions besoin. Pour ranimer l'estime que je me portais, j'allais réconcilier action et anonymat.

Mais avant de passer aux actes, je devais me renseigner sur ce couple. Hadiya m'avait appris que l'homme vendait ses fromages et son huile d'olive à Gordes, le mardi matin. Située entre l'église et le château, la place principale grouillait de monde. Le charme de ce village pittoresque attirait les gens fortunés. Les prix affichés sur les étals s'en ressentaient. Mais je n'étais pas venu rédiger une étude de marché. Même si j'observais le bonhomme à une distance respectable, je me suis rendu compte que ses clients étaient des habitués. Ils lui prenaient sans hésiter une demi-meule de brebis ou un bidon de trois litres d'huile d'olive. L'huile, je n'en savais rien, mais Hadiya m'avait fait goûter son fromage. Le type maîtrisait le sujet !

Vers midi, il remballa la marchandise et le stand dans sa fourgonnette, et se dirigea vers un bistrot. Je lui emboîtai le pas. Je l'ai vu se taper trois Pastis dans une salle pleine à craquer. Les commerçants ambulants en bleu de travail et béret sur la tête avaient des allures de cul-terreux. Ceux vêtus de blouses grises, de quincailliers en soldes. Toujours est-il que je les ai entendus rigoler. Ses confrères semblaient l'apprécier.

Quand il est parti, je me suis attablé. J'ai commandé un Ricard et j'ai attendu que la salle se désemplisse pour me lever. Il restait trois types accoudés au comptoir. Le seul à l'avoir embrassé avait son âge. L'amitié ou le sang devaient les unir.

J'ai repris un Ricard et me suis tourné vers lui :
— Bonjour, le brebis de Roger est fameux.
— Le meilleur du coin !
— Je possède une fromagerie sur Paris et j'aimerais le contacter.
— C'est dommage, il vient de partir ! Personne ne va chez lui, depuis l'accident de sa femme. Le pauvre ! Repassez la semaine prochaine.

Respecter les us et coutumes s'est avéré déterminant. Je lui ai payé un verre et il a mentionné que l'épouse du fermier avait subi un AVC, trois ans auparavant. Alitée, elle peinait à articuler quelques mots et remuer ses membres.
— Ça a dû lui mettre un coup au moral ! j'ai lancé.
— Tu m'étonnes ! Roger a alors demandé à son rejeton de l'épauler. Ce p'tit con a déboulé en famille, mais la cohabitation a tourné au vinaigre ! Dans la tête de Roger, sons fils travaillerait à la ferme et sa bru allait s'occuper de sa femme. Elle a effectivement joué les auxiliaires de vie durant le week-end. Mais d'autres projets l'animaient. Dès le lundi matin, elle est repartie avec ses gosses. Le soir même, Roger s'est engueulé avec son fils. Il l'a traité d'ingrat, l'a menacé de le déshériter. En retour, le fils lui a reproché de ne penser qu'à sa pomme en n'envoyant pas la vieille dans un établissement spécialisé. Quant aux fromages, il n'avait qu'à employer un ouvrier agricole. Ils en sont venus aux mains et ne se sont plus revus après leur dispute. C'est Roger qui m'a raconté cette scène. Entre deux tournées !

J'ai signalé au serveur de remplir nos verres ! Et j'ai attendu que le gars reprenne des forces pour déclarer :
— C'est triste quand les membres d'une même famille se déchirent !

– T'as raison. Mais Roger n'acceptera jamais d'être séparé d'Yvonne, il n'y survivrait pas.
– L'exploitation, qu'est-elle devenue ?
– Roger assure la production tout en veillant sur son épouse. Chapeau, le gars ! Cela dit, il a pris un sérieux coup de vieux ces dernières années ! Combien de temps va-t-il tenir ?
– Quelqu'un d'autre pourrait l'aider ?
– Il a bien un frère. Mais le monde agricole et ce gars, ça fait deux. Sauf quand il encaisse ton pognon.
– C'est-à-dire ?
– Il est notaire. Une signature pour un lopin de terre, et badaboum dans son escarcelle !

Je résume : le fermier s'était fâché avec son fils unique, son frangin déclenchait une antipathie communicative, sa femme transpirait le sapin, mais il voulait la garder auprès de lui. Personne ne soupçonnait qu'il possédait une esclave – deux, si l'on considère la période où Amadou ne s'était pas encore affranchi.

Le contexte général prenait tournure. Mais cela n'expliquait pas comment Hadiya avait atterri chez le vieux. Ni comment j'allai l'en extraire.

Du sommet d'une colline, j'observais l'exploitation avec des jumelles. Le vieux et Hadiya rentraient les brebis quand une berline s'est garée dans la cour. Le conducteur a klaxonné pour annoncer son arrivée et le fermier a laissé la petite se débrouiller avec les bêtes. Un type en costard cravate est sorti de la voiture. Un diplôme en physionomie n'était pas nécessaire pour conclure qu'ils appartenaient à la même famille. Il avait la soixantaine et j'en ai déduit que le fameux notaire visitait à son aîné.

En se tournant vers le fermier, qui venait à sa rencontre, il était obligé d'apercevoir Hadiya se démener avec les brebis. La connivence entre les frangins élargissait mon horizon. Ce gars allait servir mes intérêts et ceux de la fillette.

Je devais me procurer un flingue, histoire d'être crédible. J'aurais pu utiliser la pétoire du vieux, mais ce n'était pas encore le moment. Je suis retourné au gîte et j'ai parlé au paysan qui me le louait. J'ai évoqué une envie de chasser un lapin ou deux, mais ne possédais pas de fusil. Qu'à cela ne tienne, il me prêterait le sien. Quant au permis, tant que je tirai sur ses terres sans dégommer son chien, on s'en passerait ! Cela dit, me présenter à l'étude avec une arme aurait été une grave erreur. Je devais agir en terrain neutre.

Le dimanche suivant, j'ai intercepté le notaire pendant qu'il grimpait à la ferme avec sa Volvo. Comme j'étais planté au beau milieu du chemin, il a baissé sa vitre et m'a demandé ce que je foutais alors que je tirai sur la poignée de sa portière. Je l'ai ensuite sorti de sa caisse avant de le plaquer au sol. Il s'est calmé rapide et je lui ai expliqué la situation. Hadiya m'avait raconté dans quelles conditions le vieux la maintenait en esclavage. Je n'étais pas un saint, loin de là, mais l'exploitation des gosses, ça me restait en travers et me faisait voir rouge ! Bien sûr, je comprenais ses difficultés : la ferme à gérer, sa femme malade, son fils qui s'était débiné. Et bien justement, il méritait de prendre une retraite anticipée. Mais comme il devait un an et demi de salaire à la petite, il allait nous céder sa propriété pour une poignée de riz ! Et lui, vu qu'il était notaire, il officialiserait la transaction. Et s'il ouvrait sa grande gueule, il rejoindrait son frangin en cellule longue durée pour avoir couvert ses méfaits. Fini les grosses voitures et les restos étoilés.

Il a bien essayé de critiquer les aspects peu orthodoxes de mon plan, de m'avertir des dangers que je rencontrerais lors d'un séjour en prison… Ses remontrances de cureton m'ont saoulé. Je lui ai mis le double canon sur la tempe et il a compris que mon sens de l'humour s'était émoussé. Quand je lui ai demandé s'il connaissait les trafiquants qui avaient amené Hadiya en France, il a répondu que son frère et lui avaient négocié avec un militaire dont ils ignoraient le nom. J'ai failli appuyer sur la gâchette, mais j'avais encore besoin de ce tocard. Je lui laissai deux semaines pour contacter le bureau des hypothèques et réunir les actes de vente antérieurs auprès de ses confrères. Les documents, nous les signerions à la ferme.

Mais avant cela, je devais régler l'identité d'Hadiya. La petite était née dans un village pommé du Sahel et le militaire mentionné par le notaire avait gardé ses papiers. J'aurais pu le rechercher, mais sans son nom, je ne voyais pas trop comment m'y prendre. Quant à l'oncle d'Hadiya, celui qui l'avait échangée pour quelques centaines de dollars, il représentait l'unique membre de sa famille encore en vie. D'après les souvenirs de la petite, il envisageait de s'installer aux USA, quand il en aurait les moyens. Le rapt de sa nièce avait payé son billet d'avion et il n'avait aucun intérêt à ramener sa fraise au Burkina Faso !

J'ai pensé adopter Hadiya, mais la commission aurait rejeté la demande d'un célibataire. Par contre, j'avais les contacts pour établir de faux documents sur nos liens de parenté. Je lui ai annoncé mes intentions, et elle m'a sauté au cou. Bien, je deviendrai le père d'une gamine de douze ans ! Bien sûr, je n'avais pu m'attendrir devant son premier regard, ses premiers pas, ses premiers mots, mais je comptais bien la protéger et compléter son éducation avec assiduité.

J'ai acheté un appareil photo, j'ai attendu que le vieux aille vendre ses produits pour tirer des portraits d'Hadiya, et je suis remonté une dizaine de jours à Strasbourg.

Avec les informations que je lui ai transmises, Dédé La Trame a conçu une histoire suffisamment plausible pour un officier d'état-civil croulant sous la paperasse ! J'avais rencontré Fatima, la mère d'Hadiya, lors d'un voyage au Sahel. On s'était acoquiné, mais quand elle m'avait annoncé son début de grossesse, j'avais pris la poudre d'escampette en l'abandonnant au milieu du désert. L'année dernière, j'avais reçu un courrier du chef du village. Il m'informait que Fatima avait rejoint le paradis. Il ne me demandait pas d'envoyer de l'argent, mais une photo de la petite traînait dans l'enveloppe. La regarder m'a remué au plus profond de mon âme, et je suis retourné au Burkina Faso. J'ai déclaré une reconnaissance paternelle et nous sommes rentrés en France l'année dernière.

Je suis reparti de Strasbourg avec un tas de papiers plus authentiques que des originaux. Dédé avait galéré avec certains tampons, mais son travail était parfait.

Et nous voilà, le notaire, le fermier, Hadiya et moi, réunis autour de la table de la cuisine. Le vieux était abasourdi. Son frère ne l'avait pas informé de mes démarches et je l'ai vu diriger son regard vers le fusil accroché dans l'autre pièce. Je n'ai pas eu à lui prouver que des malabars pétant le feu, je m'en étais coltiné jusqu'à cinq à la fois dans les couloirs de Fresnes.

Bref, il a signé. La ferme ne lui appartenait plus, mais il continuerait d'y travailler. Gratuitement ! Quant au pognon pour la vente de sa baraque, il a saisi qu'il n'en verrait jamais la couleur !

Grâce aux documents de Dédé, Hadiya est devenue ma fille. Son changement d'identité l'a chamboulée, mais mon projet « rattrapage accéléré » a enterré le pleur de ses racines. On a commencé par le français, et on a attaqué les autres matières. J'avais pour objectif de la rescolariser avec des enfants de son âge.

7

mardi 28

Les journées suivantes livrèrent un lot de consolation. Comme chaque matin, Castellane courait avec Charlotte :
— Tu as encore acheté un jogging ? Elle avait troqué son survêtement noir contre un gris.
— J'ai perdu mes trois premiers kilos, major ! Encore trois et je remettrais le bleu !
— Et quand tu arriveras à neuf, tu en porteras un rose, se moqua Castellane.
— C'est malin ! Au fait, Berthier vous a parlé ?
— De quoi ?
— De mon chien !
Aïe ! Berthier et Tricourt n'étaient pas les seuls que Basilou dérangeait avec ses aboiements nocturnes. La moitié de la brigade s'était déjà plainte auprès du major.

Son bureau était exigu et la grande salle avait perdu sa tranquillité d'antan. Castellane rameuta Charlotte, Tricourt, Berthier, Dubosc et Delage dans le garage.
— Je vous ai réunis afin que nous trouvions une solution satisfaisante pour chacun d'entre vous.
— Quel est le problème ? se marra Tricourt.
Charlotte le dévisagea avec des yeux de lynx. Dubosc et Delage se demandaient à quoi rimait ce séminaire improvisé. Berthier se doutait de quoi il s'agissait, mais il laissa Castellane répondre.
— Tricourt, tu as commis une bourde impardonnable, la colonelle veut ta mise à pied. Charlotte, ton clebs embête tout le monde. Berthier attend un heureux évènement et il va remuer terre et ciel pour obtenir un logement plus grand. Dubosc et Delage, l'utilisation d'une pièce au seul usage de votre collection de timbres est une tolérance de ma part.

Pendant le réquisitoire, les mines renfrognées remplacèrent les sourires moqueurs.

— Que proposez-vous, demanda Berthier ?

— Charlotte s'installera dans l'appartement au-dessus du garage. Tricourt déménagera dans le studio de Charlotte. Dubosc et Delage construiront un escalier reliant le logement de Berthier et celui que Tricourt va quitter. Et ils aménageront le grenier du bâtiment principal pour y stocker leurs fichues collections. Berthier gagnera deux chambres dans l'histoire, de quoi procréer à l'aise ! Charlotte pourra laisser sa voiture dans le garage et la surveiller au plus près ! Tricourt évite un blâme et partira à la retraite la tête haute. Dubosc et Delage, je n'ai jamais décompté vos temps libres, sinon vous n'auriez même plus de quoi acquérir une pince à épiler. Alors, potassez les b.a.-ba de la menuiserie ! Je vais fumer une clope. Et quand je reviens, je veux que tout soit réglé. Sinon, je vais vous pourrir la vie ! C'est bien compris ?

De leur côté, Alicia avait déniché des films parlés en peul et Jean-Luc avait mis à jour ses logiciels.

Voilà pour le côté positif.

Sinon, la brigade subissait une pression croissante. Les meurtres des enfants et des mercenaires manquaient de coupables et la théorie de Lucas Dessange, bien que brillante, s'étayait de suppositions sans fondements. Le procureur avait sommé cette bande de joyeux drilles de placer quelqu'un sous les verrous, mais les pistes envisagées aboutissaient dans des impasses. Les Fourvèdre ne possédaient pas d'avion de tourisme. L'identité des gosses se résumait à leur sexe, leur âge approximatif et la couleur de leur peau. La soirée du 6 octobre, la Zastava des deux mercenaires – Alicia avait obtenu une expertise accélérée – avait parcouru la distance entre le château d'Auterot et Redortiers sans réveiller les caméras de surveillance ou les habitants du coin. La recherche de Balthazar, le *Viking* rencontré par Lucas, s'était soldée par la visite d'un café Internet marseillais d'où il avait envoyé les mails. Il avait réglé en liquide et personne ne se souvenait de lui.

Comment était-il au courant du drame qui s'était déroulé dans le hangar de l'aérodrome ? S'il était venu sur place, quel moyen de locomotion avait-il utilisé ? Était-il un simple informateur, ou un tortionnaire épris de vengeance ?

Quant à l'accident de la camionnette, la version du motard d'Edmond Chiotti était l'unique à disposition.

Ces affaires seraient classées faute de preuves ! se lamentait Alicia quand elle reçut une lettre recommandée. Elle contenait les résultats de plusieurs tests d'ADN autosomique.

Lucas s'était remis de son passage en cellule. Mais que l'on incarcère comme ça un type qui désirait seulement découvrir la vérité le révoltait. Même s'il la trouvait attirante, il gardait une dent contre Alicia Cornet. Il allait accumuler suffisamment d'éléments pour qu'elle ne puisse plus contester sa thèse. Il lui rabaisserait son caquet, à la colonelle !

Après le retour du deuxième pigiste et la parution de son article sur les trafics de drogue dans le département, le rédacteur en chef pavoisa. Les ventes avaient explosé et il avait chargé Lucas de mesurer l'impact sur le prix du mètre carré de l'installation des retraités britanniques sur le sol provençal. Ça aussi ça ferait un bon papier !

Lucas rechignait à exacerber le côté franchouillard des lecteurs, comme l'y incitait le patron. La nationalité des acquéreurs de patrimoines, il s'en fichait. Il préférait un examen impartial des avantages et des inconvénients de cette implantation anglo-saxonne ! Il avait écrit deux paragraphes illustrés d'un graphique pour montrer qu'il avançait, mais ses principales recherches concernaient l'avion. Depuis le début, il considérait que ce moyen de transport était la clé de l'énigme.

Quelle raison avait amené les trafiquants à transbahuter les enfants par les airs ? Deux hypothèses sortaient du lot. La première : pour gagner du temps. La deuxième : parce qu'une voiture ne pouvait voguer sur l'eau ! Ils auraient pu les acheminer par bateau, mais cela aurait exigé une satanée organisation pour rejoindre le port de départ, effectuer la traversée et trouver un autre véhicule pour se rendre au château. L'utilisation d'un avion de tourisme simplifiait tout.

Lucas étaya son hypothèse. Si les gosses venaient d'Afrique, de quel endroit avaient-ils décollé ? Le lieu le plus proche était la presqu'île du cap de Fer, située en Algérie. Un Piper PA-28, un modèle très répandu, nécessitait deux-cent-trente mètres avant de quitter le sol. Il agrandit la carte de

Google et repéra une bande de terre rectiligne d'environ deux cent cinquante mètres. Un point de réglé ! Balthazar s'était intéressé à leur autonomie. Lucas entreprit la même recherche. En ne dépassant pas sa vitesse de croisière, le Piper pouvait parcourir huit cent cinq kilomètres. Le trajet de cette piste de fortune jusqu'à la propriété des Fourvèdre en affichait dix de plus ! Mais l'autonomie dépendait du poids transporté. Les trois gamins pesaient trente kilos chacun, le pilote et le ravisseur dans les cent soixante, estima-t-il. Au total, un quintal de moins que la charge maximale préconisée par le constructeur. Ils avaient dû effectuer des calculs et avaient volé pépère, pensa Lucas. Ou avaient bricolé un réservoir supplémentaire. Quant au nombre de places, il suffisait d'entasser les mômes sur les sièges arrière !

Mais voilà, un impondérable avait grippé les rouages. Des vents contraires avaient-ils augmenté la consommation, une fuite indécelable les avait-elle privés des quelques décilitres qui leur auraient permis d'atteindre le terminus ? Cela expliquerait le largage des gosses afin de parvenir jusqu'à l'aérodrome de Redortiers.

Une panne de gazoline se gérait plus facilement qu'un problème de moteur. Le deuxième mercenaire pouvait les rejoindre avec un bidon. Pour effectuer les vingt kilomètres restants, de l'essence ordinaire faisait l'affaire. Sans les mômes et sans le trafiquant monté dans la voiture de son collègue, le pilote et la charge utile avaient retrouvé le sourire. Et hop, l'avion redécollait !

Mais à quelle hauteur volait-il quand les ravisseurs avaient bazardé les gosses ?

L'image des enfants en train de plonger vers le sol lui rappela le suicide de Guillaume, son frère aîné. Il travaillait chez un concessionnaire automobile et des clients s'étaient plaints de son comportement peu amène. Son licenciement et le départ de sa copine qui s'ensuivit l'avaient anéanti. Il avait mis fin à ses tourments en enjambant le balcon de son appartement. Lucas s'en était voulu. Il avait bien remarqué le penchant colérique de son frère lorsqu'il picolait, et que ça empirait. Mais il n'avait eu le courage de lui en parler. C'est difficile de sermonner celui qui vous a protégé des autres gamins, raconté une histoire pour vous endormir, appris à pédaler et à draguer les demoiselles... Il devait être dans un sale état pour qu'on refuse à la famille de le voir avant son exposition dans le salon funéraire ! avait frémi Lucas.

À part celui de la fillette, les corps des enfants avaient subi peu de dommages. Le premier garçon avait troué la capote de la BMW avant d'atterrir sur la banquette. Le deuxième avait transpercé le feuillage d'un arbre. Ces divers éléments avaient joué le rôle d'amortisseurs. Pas suffisant pour leur éviter de succomber, mais moins radical que les rochers sur lesquels s'était fracassée la petite.

Guillaume avait sauté du onzième étage, soit à une trentaine de mètres du sol. Pouvait-on voler de nuit à cette altitude ? Le samedi 25 septembre, le ciel était dépourvu de nuages et la lune apportait 85 % de visibilité mentionnèrent les archives météo et le calendrier lunaire. Le pilote pouvait donc s'orienter à vue, même avec ce relief vallonné. Le règlement aéronautique interdisait de descendre en dessous de cent cinquante pieds, soit cinquante mètres. Mais un aviateur chevronné en était capable. À condition de rester au-dessus de quatre-vingt-dix kilomètres-heure, la vitesse de décrochage.

Tous ces éléments confortaient sa théorie. Alicia Cornet s'époumonerait en la contestant !

Il se demanda si l'Algérie représentait le lieu du kidnapping ou une étape incontournable. Un rapport de l'Unicef lui apprit que la traite des enfants prospérait en Afrique de l'Ouest et du Centre. Chaque pays y apportait une réponse différente. Le Bénin et le Mali avaient pris conscience du problème, mais d'autres comme le Togo ou le Burkina Faso continuaient à fermer les yeux. À vol d'oiseau, deux mille cinq cents kilomètres séparaient le nord du Burkina Faso du cap de Fer, en Algérie. Cela impliquait deux étapes. Mais si ces types n'en étaient pas à leur coup d'essai, ils avaient eu le temps de s'organiser, pensa Lucas.

Un article du Courrier International rapportait qu'un enfant était revendu entre dix et cent mille euros. La moyenne se situait autour de vingt-cinq mille, soit le salaire annuel d'un ouvrier agricole, charges comprises. Des *maîtres* gardaient leur esclave ad aeternam, d'autres les renvoyaient dans leur pays d'origine lorsqu'ils atteignaient leur majorité. Par peur qu'ils les dénoncent après s'être échappés, comme ceux dont le gouvernement français traitait les dossiers avec une lenteur abyssale ! Même dans le cas d'une servitude réduite à quelques années, ça faisait un paquet d'économies !

Quant aux kidnappeurs, en comptant quinze mille euros de frais – gazoline, corruption des fonctionnaires locaux… –, il leur restait au minimum soixante-mille euros par voyage à se partager en… les deux mercenaires, le type aux commandes… un quatrième gars ? Disons entre quinze et vingt mille euros chacun pour quelques jours de boulot. De leur point de vue, ça valait le coup, râla Lucas.

Mais maintenant que les ravisseurs étaient morts, la destination des gosses demeurait un mystère. Cela dit, le pilote, avec son rôle de convoyeur intercontinental, connaissait forcément leur provenance. Tomber sur lui en parcourant l'Afrique au hasard s'apparentait à « Mission impossible », concluait Lucas lorsqu'il reçut un fichier vidéo par WeTransfer.

Les résultats des tests d'ADN autosomique dans une main, Alicia arpentait l'estrade d'un bout à l'autre en espérant que ces va-et-viens incessants stimuleraient son cerveau. Les enfants étaient originaires du Sahel. À 66 % établissait le rapport. La surface du Sahel atteignait près de six fois celle de la France et ces tests, d'une fiabilité incertaine, exigeaient du recul. Les chances de repérer les familles des trois mômes revenaient à croiser un Martien sur une planche à roulettes !

Quant aux dirigeants des quinze pays couverts par la ceinture sahélienne, éradiquer l'extrême précarité qui poussait des parents à brader leurs gosses à des étrangers les indifférait. Ça serait autant de bouches à ne pas nourrir, ou de futurs révolutionnaires désireux de renverser le régime à ne pas combattre !

Soixante-six pour cent, ça laissait une sacrée marge d'erreur ! Mais Jean-Luc y croyait dur comme fer. En examinant le rapport du docteur Thorens sur l'autopsie de la fillette, il s'était penché sur un commentaire à priori insignifiant.

Son petit lieutenant veillait au grain, le remercia Alicia d'un baiser virtuel.

Thorens avait remarqué des traces de tatouages temporaires sur les pieds et les mains de la gamine, et Jean-Luc avait fait le rapprochement avec la culture arabo-berbère. Le légiste mentionnait un autre tatouage, celui-ci permanent, sur la partie inférieure de la lèvre. Appelé *Tunpungalle* chez le peuple peul, il était réalisé à la puberté. Après le mariage, on l'étendait sur la partie supérieure. D'après la légende, les femmes peules cherchaient à se protéger d'un monarque friand de jeunettes à la peau claire. En s'enlaidissant, elles pensaient échapper à sa perversité. Devenu un symbole de séduction, le *Tunpungalle*, par contraste avec la blancheur des dents, soulignait désormais la beauté des visages.

Le Sahel ! rêvassa Alicia.

Berthier entra dans le bureau de Castellane :
— Je tenais à vous remercier, major.
— Tu parles du duplex ?
— Oui. Je suis désolé que ayez vendu votre moto pour rien. Si je peux vous aider à la récupérer, n'hésitez pas à demander.
— C'est gentil, Berthier, mais je vais acheter une voiture.
— Ah bon !
— La principale du collège a horreur des deux-roues. Si je veux tenter ma chance, je dois m'adapter !

Castellane replongea ses yeux dans La Gazette, comme si le sujet était clos.

En dehors des enquêtes, Berthier ne se mêlait pas de la vie d'autrui, en particulier celles des membres de la brigade. Mais Castellane s'était décarcassé pour agrandir son logement. Pouvait-il le laisser sur son nuage avec le risque qu'il se transforme en tornade ?

— Florence Arnoux fréquente un adjoint du maire, major. Ils se sont rencontrés lors du cocktail, le jour de l'accident de la camionnette.

Castellane écrasa avec la paume de sa main une mouche qui polluait son bureau. S'il avait encore sa Kawa, il aurait explosé le record de la course de côte de Lure.

Assise sur les marches de la gendarmerie, Charlotte fumait une cigarette quand elle aperçut Lucas qui se dirigeait vers elle.
— Bonjour, adjudante, fit-il.
— Bonjour ! Vous êtes en deuil ou vous faites un régime ?
— Pourquoi dites-vous ça ? s'étonna Lucas.
— Parce que chaque fois que je vous vois, vous êtes habillé en noir des pieds à la tête !
Lucas rigola. Il appréciait la spontanéité de cette jeune femme.
— Vous ne trouvez pas que cette couleur me va bien ?
Il remonta la mèche de cheveux qui lui couvrait le front en penchant la tête comme un acteur en train de se contempler devant une glace et ajouta :
— Je souhaiterais m'entretenir avec la colonelle.
— Je vais voir si elle est disponible. Attendez là !
Charlotte se planta devant Alicia qui discutait avec Castellane :
— Lucas Dessange demande à vous rencontrer !
— Amenez-le, Charlotte.
Lucas tendit une clé USB à Alicia :
— J'ai reçu une vidéo. Vous devriez la regarder.
— J'espère que vous ne me faites pas perdre mon temps !
Pourquoi se montrait-elle si agressive avec ce type ? Dans le cadre de son boulot, il avait fait preuve de plus d'efficacité que tous les membres de la brigade réunis. Elle comprise. Elle devrait lui présenter ses excuses au lieu de le rabrouer. Mais depuis qu'elle était montée sur sa moto, son corps serré contre le sien, cet homme la mettait mal à l'aise. L'attirance qu'elle ressentait lui hérissait les neurones. Elle ne s'amouracherait pas d'un journaliste de province. Sa carrière le lui reprocherait.
Elle donna la clé à Jean-Luc et s'installa devant l'écran. Lucas l'imita, mais en laissant un siège de libre entre eux.

Les tactiques d'approches passaient leur tour ! Charlotte prit place à côté de Castellane qui espérait se changer les idées.
— Si tout le monde a un esquimau, c'est parti ! plaisanta Jean-Luc.
Les premières images virevoltaient dans tous les sens. Mais le cinéaste amateur stabilisa la caméra avec un trépied avant de faire le point sur deux types à genoux.
Lucas se pinça les lèvres, une façon de garder ses réflexions au chaud.
— Ce sont nos deux mercenaires ! sursauta Alicia
Jean-Luc arrêta le déroulement du film. Il compara leurs visages avec les photos des gars retrouvés dans la Zastava.
— Exact. Je reprends ?
— Vas-y !
Les types arboraient l'air ahuri de ceux qui pâtissent d'une absence d'anticipation. Une paire de jambes traversa le champ de l'objectif et vint se poser derrière eux. La moitié supérieure du corps n'apparaissait pas à l'écran.
Une voix masculine demanda :
— Comment s'appelle le pilote ?
— Ça ne te regarde pas ! clama le mercenaire assis à gauche.
Mauvaise réponse suivie d'un coup de matraque sur son nez, d'un cri et d'une coulée de sang sur sa chemise à carreaux.
L'autre dévissa sa tête au maximum pour affronter les yeux de leur geôlier :
— Tu vas comprendre ta douleur quand on sortira d'ici !
Mais pour le moment, il était pieds et poings liés et reçut la même punition que son collègue.
— Je répète une dernière fois, dit l'homme debout. Donnez-moi le nom du pilote !
— Robin Nouart, gémit le mercenaire de gauche.
— On le trouve où, ce Robin Nouart ?
— Il vit à Djibo. Il s'occupe d'un petit aérodrome.

L'homme debout chercha des informations sur son téléphone :

— Djibo, la ville à deux-cents kilomètres au nord de Ouagadougou ?

— C'est ça, dit celui de droite.

— Expliquez-moi votre trafic !

— Si on te dévoile le bizness, nous sommes morts. Et toi aussi !

L'homme debout frappa leurs omoplates.

— On travaillait pour Bob Denard, à l'époque, lâcha le gars à gauche. On n'a pas compris ce qui lui était passé par la tête avec son coup d'État aux Comores ! Heureusement, on parcourait le Mozambique quand Chirac a lancé l'opération Licorne. Après, on a charrié notre barda dans plusieurs pays. Pour des types dans notre genre, c'est pas le boulot qui manque en Afrique !

— On a offert nos services à des sociétés qui désiraient améliorer leur sécurité, enchaîna l'autre mercenaire. On assurait aussi la protection de civils qui se déplaçaient dans des zones à risque.

— Un jour, Lavallière s'est présenté. Il souhaitait visiter le Sahel pendant ses vacances. On lui avait parlé de nous.

— L'année suivante, il nous a proposé de trimballer des gosses d'un village du Burkina jusqu'en France. Il avait recruté un pilote qui vivotait dans un bar de Ouagadougou. Lavallière avait financé l'achat d'un terrain à proximité de Bobo Dioulasso et celui d'un avion d'occasion. Robin Nouart en disposerait à son gré s'il effectuait des vols pour Lavallière sans s'occuper du sort réservé à la cargaison.

— Qu'est-ce que vous foutez au château d'Auterot ? changea de sujet l'homme debout.

Le mercenaire de droite cracha par terre avant de répondre :

— Lavallière avait convaincu Martin Fourvèdre, un type proche des suprémacistes blancs, d'organiser des entraînements de survie dans sa propriété. Nous, on devait préparer les parcours, construire les préfabriqués pour accueillir les stagiaires, donner des cours théoriques et pratiques. Le tout se passerait à l'écart du château, sur une dizaine d'hectares. On y a bricolé une piste sur laquelle Robin pouvait atterrir et décoller sans que Martin Fourvèdre s'en aperçoive.

Ils fermèrent les yeux, comme si toutes ces révélations provoquaient leur endormissement. Mais l'homme debout se chargea de les réveiller :

— Racontez-moi l'enlèvement des gosses ! ordonna-t-il en frappant leurs tempes avec la crosse de son revolver.

— Lavallière s'est contenté de copier la concurrence. Nous allions dans une paroisse de miséreux et on proposait aux villageois – sous couvert d'une fondation quelconque – de payer les études de leurs mômes dans un pays européen. Quand ils retourneraient au Burkina leurs diplômes en poche, ils gagneraient beaucoup d'argent et sortiraient leurs familles de la mouise.

Vu le peu d'instruction, la crédulité et l'impact d'une bouche de moins à nourrir, dénicher des parents coopératifs s'était avéré d'une facilité déconcertante. Des gosses étaient bien rentrés bien au pays à leur majorité. Mais ils revenaient sans bagage scolaire et alimentaient les bidons-ville autour des grandes agglomérations.

— Et pour la partie française ? demanda l'homme debout.

— Lavallière se prenait pour un saint. Les trafics d'organe, la prostitution, il ne voulait pas en entendre parler. Pour lui, les activités de plein air incarnaient la santé !

— Il faisait dans la paysannerie sociale, se marra son acolyte. La crise des agriculteurs des années quatre-vingt-dix lui a donné l'occasion de leur fournir une main-d'œuvre au rapport qualité-prix imbattable.

— Il a commencé avec son beau-frère. Satisfait de la combine, le type en a parlé à Bidule, qui en a glissé deux mots à son pote...

— Du bouche-à-oreille !

— Mais comment ces agriculteurs surendettés parvenaient-ils à le payer ? s'étonna l'homme debout.
— Il leur proposait un crédit. Il avait de l'argent de côté et voyait loin, Lavallière ! Les fermiers qui ne pouvaient aligner trente mille euros le rembourseraient sur plusieurs années. Du gagnant-gagnant !
— Pourquoi avez-vous balancé les gosses en route, cette fois-ci ? reprocha l'homme debout.
— À cause d'un fusil !
— On venait de décoller quand un Algérien nous a tirés dessus. Je ne sais s'il nous a pris pour des voleurs ou des faisans, toujours est-il qu'un plomb a atteint le réservoir.
— Mais ça, on s'en est aperçus après avoir atterri à Redortiers.
— Vous avez envoyé les gosses vers une mort certaine ! s'énerva l'homme debout.
— On leur avait donné des somnifères à cause de la tempête sur la méditerranée ! essaya de se disculper le mercenaire de gauche.

Six coups de feu autorisèrent les deux ravisseurs à s'écrouler sur le sol. L'homme debout rangea le revolver dans la poche de son blouson avant d'aller récupérer la caméra.

Alicia, Charlotte, Castellane, Lucas et Jean-Luc venaient d'assister à une exécution. On questionne les types sous la menace et, quand on leur a soutiré les réponses, on s'en débarrasse sans contacter les pompes funèbres.

Lucas avait revu le film en éprouvant le même effroi. Il continua à se ronger les ongles. Charlotte entoura de scotch le crayon qu'elle avait cassé. Jean-Luc se plongea dans des recherches sur Internet. Castellane effectua un aller-retour aux toilettes. Alicia semblait perdue, comme si un passé douloureux hantait ses pensées.

Lucas rompit le silence pesant :
— C'est bien la voix du Viking !

— On s'agite, colonelle ?
— Commencez à réfléchir. Je vais prendre l'air !
Ils en restèrent bouche bée.

Alicia arpentait les rues de Banon comme si elles dessinaient un labyrinthe immergé dans la pénombre. Les néons d'un café lui indiquèrent la sortie. Elle s'assit en terrasse et commanda un whisky... Un deuxième. Le troisième arrêta la boucle sans fin qui entravait ses tentatives d'aligner une pensée logique.

Elle était pompette, mais avait retrouvé ses esprits lorsqu'elle retourna à la gendarmerie.

— Vous avez avancé ? demanda-t-elle, ravie de constater que Lucas était resté.

— Avec ce document, nous connaissons les coupables du meurtre des gosses, dit Castellane.

— Mais nous avons trois problèmes à régler ! affirma-t-elle. Voyez-vous lesquels ?

Charlotte les énonça :

— Alpaguer le pilote quelque part en Afrique. Identifier le type qui a tué les mercenaires. Se demander ce que l'on va enclencher avec Lavallière.

— On peut lancer un mandat international contre Robin Nouart, proposa Castellane.

— Avec le Burkina Faso, ne comptez pas sur une extradition, répliqua Alicia. Soit on réserve des billets d'avion et on le ramène à l'arrache, soit nous laissons tomber.

Les trois autres la regardèrent, l'air consterné.

— Je veux bien essayer le mandat, reprit Alicia. Mais si Lavallière en est informé, il préviendra Robin Nouart qui pourra alors se réfugier dans n'importe quel pays limitrophe. Quant à aller sur place, je ne vois pas comment justifier le voyage.

— La vidéo suffit à envoyer ce salaud de Lavallière sous les verrous, dit Charlotte.

— La confession des mercenaires s'est effectuée sous la menace, objecta Jean-Luc.
— Jean-Luc a raison, appuya Alicia. Si nous accusons Lavallière, son avocat le fera libéré dans l'heure.
— Ça dépend si les médias s'en mêlent, intervint Lucas. Il ne peut museler tous les journaux !
— Ce serait un coup de poker, nuança Alicia.

Charlotte mima un uppercut :
— La pression citoyenne contre l'autocratie !
— Il reste le cas de l'homme debout, dit Castellane. Balthazar ou le Viking, comme le nomme monsieur Dessange ! En dehors de se venger, il a obtenu des aveux complets. Si ça se trouve, il a rectifié Lavallière avant de partir en Afrique s'occuper du pilote. Mais arrêter un type sans visage dont on ignore l'identité ne va pas être de la tarte !

Alicia prit une grande respiration :
— Je sais qui c'est !

Elle se planta devant chacun, scrutant leurs âmes comme s'ils lui prêtaient serment. Sa confession ne franchirait jamais les murs de cette pièce.

Et alla s'asseoir en tailleur sur l'estrade :
— Mon vrai nom est Hadiya Jallo. Mon village natal se situe au nord du Burkina Faso. Dans ma onzième année, deux individus, dont Lavallière m'ont enlevée. Je n'ai pas fait le rapprochement en passant le concours de l'école de guerre. À ma décharge, ce baroudeur vêtu d'un treillis s'était métamorphosé en juré respectable avec son costume trois pièces... Bref, avec Amadou, un garçon de mon âge, nous avons atterri dans une exploitation agricole, du côté de Gordes, dirigée par un couple de septuagénaires. La femme était alitée et le mari s'esquintait la santé à accomplir les tâches quotidiennes. Et nous avons pris le relais ! Au début, on s'égosillait pour appeler à l'aide, mais personne ne venait à la ferme. Une année avait avalé notre stock d'illusions quand Amadou a réussi à s'enfuir. J'étais triste à en crever, mais je comprenais qu'il se soit carapaté sans moi. Un garçon

de treize ans avait des chances de se débrouiller. Il se serait encombré d'un boulet s'il m'avait emmenée. Un soir, j'ai trouvé un homme allongé dans la luzerne. Il s'était foulé le pied et est parti au bout d'une semaine. Il est revenu le mois suivant et a proposé de m'adopter. Un jour, il a débarqué avec le frère du vieux, un notaire. J'ai signé un tas de papiers, sans les lire. Je lui faisais confiance. Sa présence me rassurait. Désormais, la propriété lui appartenait et je m'appelais Alicia Cornet. À partir de ce moment, ma vie s'est transformée à coups de baguette magique. Il a déménagé le couple dans la bergerie et j'ai récupéré la chambre de la vieille. Il s'est occupé de mon éducation. La journée, je rattrapais mon retard scolaire. Le soir, on regardait des films en version originale. Il voulait absolument que je parle l'anglais et l'espagnol ! Le week-end était consacré aux activités physiques. En particulier les arts martiaux ! Il pratiquait un mélange de combats de rue et de judo avec l'utilisation du moindre objet tranchant ou contondant à portée de main. Après quelques mois de ce régime, il a ressorti le fusil du vieux qu'il avait caché dans le poulailler et m'a amené derrière la grange. Il y avait installé un ball-trap et m'a appris à tirer. Même si le bruit d'un coup de feu me remémorait la mort de ma mère, abattue par des djihadistes pour avoir fréquenté un Blanc, je sentais qu'il agissait pour mon bien. Il m'a ensuite entraîné au pistolet. Le jour où j'ai envoyé les quinze balles contenues dans le chargeur au centre de la cible, il a organisé une cérémonie avec les moyens du bord. Il m'a demandé de maintenir mes cheveux avec un bandeau orange et de m'agenouiller face au soleil. Tel un chevalier adoubant son écuyer, il a effleuré chacune de mes épaules avec l'arme avant de proclamer : « Ce Glock est tien. Quiconque commettra un crime déclenchera ta colère divine. Par ta main la justice punira ! » Je m'en souviens comme si c'était hier ! Les semaines se sont enchaînées, jusqu'à ce qu'il m'accompagne au lycée militaire d'Aix-en-Provence. J'y ai passé des QCM et des tests d'aptitudes physiques et comportementales. Quand je lui ai demandé à quoi cela rimait, il a répondu que le meilleur moyen de retrouver ceux qui m'avaient enlevée consistait à m'engager dans les forces de l'ordre. Il y avait réfléchi : la gendarmerie présentait plusieurs avantages par rapport à la police, comme celui d'une mutation dans l'armée, si cela s'avérait profitable. Et quitte à servir la patrie, autant devenir un haut gradé ! J'ai donc intégré Saint-Cyr. Peu de temps après, il m'a annoncé que la vielle avait fini par clamser. « Le vieux n'a pas supporté. Je lui ai apporté son fusil et il s'est flingué ! Ne t'inquiète plus pour le notaire, il a eu un accident de voiture. Hadiya, tu as dix-huit ans. Tu vas terminer tes études et retrouver les salopards qui t'ont kidnappée. Moi, d'autres cieux m'appellent. » Ça aussi je m'en souviens parfaitement. Quand je l'ai supplié de rester, il a promis de prendre de mes nouvelles. Mais il n'a jamais commenté la page Facebook que j'avais créée pour l'occasion ! J'ai réfléchi aux trépas du couple et du notaire, les seuls témoins de mon enfermement et de mon adoption. Avait-il tout planifié depuis le début ? Cette question m'a hantée durant ces vingt dernières années !

Alicia reprit son souffle avant une dernière révélation :

— Il s'appelle Bertrand Cornet. Mais je pencherais pour une fausse identité. Lorsque je l'interrogeai sur son passé, il esquivait d'une manière ou d'une autre.

— Comment l'avez-vous reconnu ? intervint Castellane. Sur le film, on aperçoit ses jambes, mais pas sa tête !

— À sa voix ! Il me racontait une histoire pour m'endormir. Dans la bergerie, j'avais peur, mais c'était pire quand j'ai intégré la maison. Elle craquait de partout et je couchais à l'étage. Toute seule !

— Nous n'avons aucun élément pour le retrouver, dit Berthier.

— Il est parti au Burkina Faso, lança Alicia.

— Ah bon ? fit Charlotte.

— Comme l'a fait remarquer le major, il a laissé un message pour que nous découvrions les deux corps dans la Zas-

tava. En nous envoyant cette vidéo, il indique son prochain objectif : rejoindre l'aérodrome de Djibo et tuer le pilote. Je vais m'y rendre. Je n'arriverais pas à temps pour contrecarrer ce nouveau meurtre, mais ça me permettra de revoir mon village.
— C'est une mauvaise idée, intervint Berthier. Vous ignorez ce qu'il s'y passe. Si Robin Nouart a des complices, ça risque de dégénérer et vous serez désarmée !
— Je n'ai pas le choix ! Ce type a sauvé ma vie. Je dois essayer de le rencontrer. Je ne me pardonnerai pas d'avoir loupé cette chance de le remercier. Jean-Luc, réserve-moi une place pour Ouagadougou.
— Un vol décolle de Marignane à 19 h 50, annonça Jean-Luc.
L'efficacité du lieutenant estomaqua l'assemblée. Mais d'autres surprises attendaient Alicia :
— Je pars avec vous, dit Lucas.
— Pareil, fit Castellane.
— On louera un 4X4 genre Hummer ! s'en mêla Charlotte.
Leur enthousiasme et leur solidarité la sidérèrent. Cette histoire ne les concernait pas, mais envisager ce voyage sans assistance aurait été une folie.
— Berthier, tu garderas la boutique pendant notre absence, crut conclure Castellane.
— Le vaccin contre la fièvre jaune, vous y avez pensé ? demanda Jean-Luc.

Hadiya

La petite comprenait vite et possédait une mémoire d'éléphant. Elle a intégré le collège de Cavaillon, comme prévu.

J'en ai profité pour parler pognon avec le vieux. Je m'étais renseigné depuis ma rencontre avec Hadiya. Il détenait trente brebis. Avec la vente de ses fromages, il encaissait dans les quarante-mille euros par an ! Or, le truc, c'est qu'il déboursait le strict minimum. Question main-d'œuvre, il faisait appel au bénévolat contraint et son exploitation lui fournissait tout ce dont il avait besoin. Malgré les frais – essence, honoraires du véto, remplacement du matériel, extras en tous genres –, il épargnait dans les trois mille euros par mois !

Il a argumenté des années compliquées, le renouvellement des brebis qui ne donnaient plus de lait, sa camionnette dont il avait dû changer l'embrayage. Tout ça était bien gentil, mais je sentais le gros magot planqué derrière ses propos, et lui ai mis le couteau sous la gorge. Il m'indiquait l'emplacement du coffre ou je dénonçais les conditions d'hygiène dans lesquelles vivait sa femme. N'importe quelle assistante sociale l'enverrait à l'ehpad le jour même.

Il m'a reproché de désirer leur mort. À elle, qui avait toujours dormi dans son lit ; à lui, parce qu'il ne supporterait pas leur séparation. J'ai maintenu qu'il avait les cartes en main.

Comme il n'avait pas envie de jouer, j'ai l'ai enfermé dans la cave en le privant de repas ! Mais une semaine de ce régime n'est pas arrivée à ébranler sa conviction d'un pouce. Le pognon lui appartenait et il préférait crever que me le refiler. Comme quoi on peut s'attacher à un bas de laine plus qu'à sa peau !

Qu'il se putréfie dans ses excréments, je m'en foutais royalement. Mais je ne pouvais le laisser emporter le secret du magot dans sa tombe. À cause de son entêtement, j'ai employé la méthode forte. Un puits, c'est sympa pour se désaltérer avec de l'eau fraîche. Mais quand tu y es suspendu par les pieds au bout d'une corde, tu regrettes de ne pas l'avoir bouché ! J'avais la trouille qu'il me fasse un glaucome ou une connerie du genre, mais je n'ai pas flanché. Il a tenu plus d'une heure avant de me supplier de le remonter. Coriace, le vieux !

Il a tiré la tronche en désignant la réserve de bois, quatre stères entreposés sur plusieurs niveaux de palettes, afin qu'elles ne touchent pas le sol. Trois bûches reposaient à une des extrémités du tas. Il les retira, déplaça sur le côté la palette du haut et souleva le couvercle d'une malle métallique. J'écarquillai les yeux en apercevant une multitude de liasses de différentes coupures.

Le vieux dépérissait à vue d'œil pendant que je transportai mon butin à la cuisine avec une brouette. Pour ma part, j'arborai un sourire béat de première communion. Saint Pognon récompensait ma patience. Compter les billets me prit toute la soirée. Résultat des courses, je disposais de quatre cent mille euros !

Quand le cœur de sa femme a cessé de battre, son moral a décliné à vitesse grand V. Le lendemain de l'enterrement, je lui ai rendu sa pétoire. J'ai entendu un coup de feu et suis retourné dans la baraque. Il était allongé sur le carrelage de la cuisine, son fusil sur le ventre, la gorge perforée par les chevrotines. Comme tout le monde connaissait l'attachement fusionnel qui reliait le couple, les autorités entérinèrent la piste du suicide.

Hadiya poursuivait sa scolarité à Aix-en-Provence, et je décidai de blanchir l'argent en réalisant des travaux. J'ai rénové les peintures afin de chasser les relents de cinquante ans de vie commune en ces murs. Deux salles de bain – une pour la petite, une pour moi – ont remplacé le lavoir préhistorique qui donnait plus envie de garder sa crasse que de l'y récurer. Et j'ai transformé la deuxième *grange en un logement pour un couple avec enfants.* Je ne désirais pas accueillir des touristes en manque d'oxygène, mais trouver des jeunes capables de gérer l'affaire. Je leur offrirais l'hébergement, la nourriture grâce au potager, et retiendrais cinquante pour cent sur la vente des fromages.

Après son admission à Saint-Cyr, j'ai fait une donation à Hadiya, ça lui a permis d'acquérir un deux-pièces. Elle souhaitait que je l'accompagne, mais me réinstaller en Île-de-France m'aurait rappelé de mauvais souvenirs.

Hadiya à l'abri du besoin – mes locataires versaient leur loyer sur son compte –, j'ai pris le large.

En commençant par l'Amérique du Sud.

8

Le lendemain matin, Alicia, Charlotte, Lucas et Castellane se présentèrent à l'Hôpital d'instruction des armées, à Marseille. Le vaccin contre la fièvre jaune serait efficace au bout de dix jours et ils devraient se prémunir contre le paludisme la veille de leur départ à Ouagadougou.

La diversification des petits plaisirs – parties de cartes, apéros, cinéma – contribua à les faire patienter, mais deux problèmes surgirent la semaine suivante.

Celui de Charlotte pesait dix-huit kilos !
— Qu'est-ce qui te préoccupe, Charlotte ? demanda Castellane alors qu'ils parcouraient la campagne en vélo.

— Basile est trop lourd pour voyager en cabine et il est hors de question qu'il se retrouve dans une soute ! Je ne sais quoi faire de lui, major !

Castellane lui aurait bien conseillé de le confier à Tricourt, mais Charlotte avait perdu son humour.

— Ta mère pourrait le garder ?
— Elle déteste les chiens !

Celui de Castellane pesait dix-huit grammes !
Soit trois feuilles A4 dans une enveloppe.

Ils réfléchissaient au cas de Basile tout en dégustant un café – sans sucre pour Charlotte – quand Berthier pénétra dans la salle de réunion :

— Major, le chef d'escadron a refusé votre demande de RTT !

Des provisions pour le déjeuner plein les bras, Alicia et Jean-Luc les rejoignirent en rigolant, ce qui paraissait étrange vu le stoïcisme du lieutenant.

Les mines déconfites de leurs collègues stoppèrent leurs plaisanteries :
— Quel est le problème ? s'inquiéta la colonelle.
— On ne m'a pas accordé de congé. Je crains de ne pouvoir vous accompagner, l'informa Castellane.
— Et je ne peux laisser Basile tout seul ! ajouta Charlotte.
— Pardon ?
Le visage d'Alicia hésita entre plusieurs couleurs avant de se stabiliser dans un rouge pourpre.
— Jean-Luc, tu appelles le général et tu me le passes ! Cinq minutes suffirent à résoudre cette histoire de RTT.
— Je veux bien garder Basile durant votre séjour au Burkina, tenta Jean-Luc. J'adore les chiens.
Le hasard, une intuition canine surdéveloppée, la peur des transports, toujours est-il que Basilou sauta sur les genoux du lieutenant.
— Voilà qui est réglé ! D'autres surprises de dernières minutes ? grimaça Alicia.

Ils s'occupèrent de préparer leur voyage. Lucas imprima diverses cartes du Burkina Faso, examina la situation politique dans la région du Sahel. Charlotte se renseigna sur la fiabilité des loueurs de voitures, réserva un Land Cruiser Toyota – elle avait fini par admettre qu'un Hummer attiserait les convoitises. Alicia retrouva avec une facilité déconcertante la maîtrise du peul, sa langue maternelle.
Castellane craignait pour la sûreté du groupe. Ils s'enfonceraient dans la zone la plus dangereuse du pays sans disposer du moindre canif. Il envisageait un permis de port d'armes auprès du ministère de la Sécurité burkinabè, mais Alicia l'en dissuada. Les maires des communes qu'ils comptaient visiter devaient valider cette autorisation. Or leur séjour nécessitait une discrétion incompatible avec des démarches administratives. Ils se feraient passer pour des touristes et improviseraient une fois sur place, ce qui demanderait de l'argent liquide. Obtenir des francs CFA en France

était impossible. Ils se les procureraient à Ouagadougou. En allant vers le Nord, ils n'en auraient plus l'occasion. Quand on ne les avait pas dévalisés, les rares distributeurs en circulation risquaient d'être en panne à cause de fréquentes coupures d'électricité. Quant aux commerçants, la plupart refusaient les billets au-dessus d'un certain montant. Ils achèteraient donc des babioles inutiles, garderaient la monnaie et changeraient le maximum d'argent avec les types qui les aborderaient dès leur arrivée.

Ils décidèrent d'apporter deux mille euros chacun. Les frais de nourriture, d'hébergement et d'essence étaient moins élevés qu'en France. Cette somme leur suffirait à se procurer des armes de poing.

mercredi 13 octobre

Ils débarquèrent à Ouagadougou à une heure vingt-cinq du matin. À la sortie de l'aéroport, un gars leur proposa un taux raisonnable. Ils échangèrent cinq mille euros, et un taxi les déposa à l'hôtel Sania où Jean-Luc avait réservé des chambres.

Le lendemain, ils récupérèrent les clés et les papiers d'un Land Cruiser à la réception, et se rendirent au parking. Lucas et Castellane chargeaient leurs bagages dans le coffre quand Charlotte lâcha cette remarque :

— Franchement, Lucas, je préférai encore votre uniforme de croque-mort. Vous êtes ridicule avec votre bermuda jaune et votre chemise à fleur d'adolescent ! Quant à vous, major, c'est la même avec dix ans de plus !

Sur les conseils de Lucas – ils devaient passer pour des touristes avait dit la colonelle –, Castellane portait la même tenue.

Les deux femmes avaient revêtu des ensembles kaki, comme si elles se prenaient pour des amazones en pays conquis. Pas de quoi claironner non plus, pensèrent les deux hommes. Mais ils s'abstinrent de commenter. Les goûts et les couleurs dépendaient d'innombrables et complexes paramètres liés à l'enfance et son contexte pathologique !

Charlotte refit la moue en effectuant le tour du véhicule : carrosserie bardée de rayures, pare-chocs enfoncés ! Mais les pneus semblaient en bon état et le moteur ronronnait comme une horloge.

Ils se garèrent dans le centre-ville. Charlotte et Castellane allèrent acheter des répulsifs anti-moustiques en complément des comprimés antipaludéens qu'ils prenaient depuis deux jours.

Pendant ce temps, Alicia et Lucas visitèrent les armureries de la ville. Les patrons des deux premières refusèrent de leur fournir des revolvers.

Ils appréciaient l'arsenal flambant neuf exposé dans les vitrines de la troisième boutique quand un vendeur s'adressa à eux. Le type avait suivi des études supérieures en France. Il y avait acquis un art de la rhétorique qu'il mettait au service de la démerde africaine. Comme ses autres confrères, il ne pouvait commercer avec des étrangers. Mais il leur murmura – comme s'il avait peur que les autorités aient installé des micros dans le magasin – qu'il se renseignerait moyennant deux cents euros. Alicia n'appréciait guère ce genre de racket. Elle lui tendit néanmoins la somme demandée. Il s'éclipsa dans l'arrière-boutique, et en revint avec un post-it sur lequel il avait inscrit un point de vente clandestin à Djibo. Sans adresse ! Seules les rues des deux principales villes du pays possédaient des noms, précisa-t-il.

Alicia redoutait un guet-apens durant le trajet. Elle essaya de lui soutirer au moins un pistolet d'alarme, mais il la tranquillisa. Tant qu'ils roulaient de jour, ils ne craignaient rien, la police contrôlait les péages.

— Les cartes ne mentionnent pas d'autoroutes, s'étonna Lucas.

— Les axes principaux sont payants. Pour chaque tronçon effectué entre deux agglomérations. Cet argent sert à les entretenir. En principe ! ricana le type.

S'aventurer sur les voies secondaires s'apparentait à une loterie. Les inondations, fréquentes et souvent meurtrières pendant la saison des pluies, creusaient des crevasses et des ornières. La plupart, toujours pas comblées, se dégradaient d'année en année, surtout dans les banlieues des grandes villes qui ne cessaient de voir leur population augmenter.

L'armurier s'empara d'un journal posé sur une vitrine :

— L'incompétence et la corruption gouvernent ce pays. Même le maire d'Ouaga le déplore ! « *Le dépôt d'ordures dans les caniveaux, leur nombre insuffisant, la capacité de ruissellement des eaux pluviales face à l'imperméabilisation des sols et les constructions inadaptées dans les zones périphériques amplifient les dégâts.* » Nous avons reçu six milliards de dollars d'aides internationales. Je me demande bien dans quelles poches ils ont atterri !

Le trajet jusqu'à Djibo dura cinq heures. La N. 1 – une ligne droite à deux voies de circulation – croisa une pléiade de hameaux. Le danger venait des fâchés avec le Code de la route, des enfants et des animaux surgissant sans prévenir. Même si le sol, couvert d'oxyde de fer ou d'alumine, offrait diverses nuances d'ocre, les paysages se révélèrent d'une monotonie à toute épreuve. La majeure partie du pays ressemblait à une pénéplaine. Le relief vallonné arborait par endroit des buttes. En approchant de Djibo, ils aperçurent du sable. Quelques grains entre les arbres, puis des arbustes parsemés au milieu des dunes !

Carte en main, Lucas jouait au copilote. Ils traversèrent la préfecture administrative de la province de Soum, peuplée de soixante-mille âmes, et se rendirent sur une voie en terre située à deux kilomètres au nord de la ville.

Pas d'hôtesses pour les renseigner. Pas de hangar pour abriter un avion.

Charlotte s'arrêta au bout de la piste :

— Tu parles d'un aérodrome ! Que faisons-nous ?

— On trouve un habitant du coin, répondit Alicia.

Charlotte emprunta un chemin sablonneux menant à plusieurs baraques. Castellane venait de frapper à la quatrième porte quand le nom de Robin Nouart évoqua un semblant d'intérêt chez le vieux villageois qui leur ouvrit :

— Robin, il est Français, comme vous. Il amenait les gens pressés à Ouaga. Ou à Bobo. Ou ailleurs !

— Il est en ville ? demanda Castellane.

L'homme se tourna vers la piste, sa main prolongeant ses sourcils comme s'il suivait un aigle en train de planer à contre-jour.

— Il n'y est pas vu que son avion n'est pas là !

Le major se mordit les lèvres. Question sans réelle profondeur, réponse lapidaire !

— Où peut-on le trouver ? insista Alicia.
— Avant l'attentat qui a coûté la vie au maire, en 2019, il occupait une maison du centre-ville. Maintenant, il loge à Ouaga. Je ne connais pas l'adresse. Mais lorsqu'il a la flemme de repartir le jour même, il campe dans un mobile-home, sur l'aérodrome d'Aribinda.
— Comment ces clients le contactent-ils ? demanda Castellane.
— Ils doivent l'appeler, j'imagine. Les gens qui peuvent se payer une balade en avion possèdent un téléphone. Je n'en fais pas partie !

Cinq heures de route pour apprendre que Robin Nouart habitait la capitale où ils avaient atterri la veille au soir ! Le moral de l'équipe en prit un coup.

Mais Castellane garda le cap. Il craignait qu'un gang les détrousse :
— On récupère les armes ?

Alicia acquiesça et ils retournèrent en ville. Un adolescent jonglait avec un ballon de foot au milieu de la chaussée. Moyennant quelques pièces, il leur indiqua l'emplacement du *maquis de Gustavo*, l'établissement mentionné par l'armurier de Ouagadougou.

Ils se retrouvèrent devant une maison en briques d'un seul étage. Entourée de ses semblables, elle ne payait pas de mine. Comme l'avait préconisé l'armurier, Alicia frappa quatre coups sur l'unique fenêtre qui donnait sur la rue.

Ils perçurent du remue-ménage dans la baraque, et la porte s'entrebâilla.
— On vient de la part de Barco, annonça Alicia.

En entendant ce prénom, Houssaki, le trentenaire chauve vêtu d'une djellaba qui se tenait devant eux, se détendit :
— Bienvenue au *maquis de Gustavo* !

Les maquis désignaient les restaurants clandestins et éphémères qui échappaient à tout contrôle des autorités, leur apprit-il en les faisant entrer dans son salon.

Il leur proposa un thé et alla chercher la marchandise.

Deux minutes après, il déposa sur la table deux fusils d'assaut Zastava M-70 de fabrication serbe. Comme neufs, apprécièrent Charlotte et Castellane.

Alicia semblait perplexe :
— Vous n'avez rien de plus discret ?
— Si vous tombez dans une embuscade, vous ne vous en sortirez pas avec des jouets ! Les djihadistes ne font pas dans la négociation ! Quand l'armée s'est repliée, des soldats nous ont revendu leur matériel pour se faire de l'argent de poche ! rigola Houssaki.
— Qu'entendez-vous par *nous* ?
— Les VDP. Les Volontaires pour la Défense de la Patrie.
— J'ai lu un rapport du principal syndicat de police, lança Lucas. D'après le secrétaire général, ses collègues n'avaient pas obtenu l'équipement nécessaire pour protéger la ville en cas d'attaques terroristes. Il craignait qu'ils abandonnent leurs postes.
— Vous auriez dû les apporter au commissariat ! s'indigna Charlotte.

Vexé de recevoir un cours de morale de cette étrangère pleine aux as, Houssaki s'énerva :
— Vous ne comprenez rien à ce pays ! Les flics seraient partis en courant dès le premier coup de feu. Si nous ne nous battons pas, qui le fera à notre place ?
— D'où proviennent ces armes ? demanda Alicia.
— Des trafiquants, pour une partie. Mais le contrôle des inventaires au sein du Sahel ressemble à une vaste fumisterie.
— C'est-à-dire ?
— J'ai mentionné les militaires qui les refilent aux groupes d'autodéfense, par appât du gain ou par soutien idéologique. Quant aux djihadistes, en dehors de celles récupérées après des attaques de casernes ou sur des soldats tués lors des combats, ils en importent d'Europe ! Je ne l'invente pas, c'est écrit noir sur blanc dans un rapport d'Amnesty International ! affirma Houssaki.

— Mais pourquoi les bradez-vous ? ne saisissait pas Castellane.
— Je ne m'en sépare pas, je les loue ! On a tous de la famille au Sahel. Quand vous atteindrez les villages plus au nord, vous comprendrez la difficulté d'y vivre. Les gens pauvres se laissent facilement embobiner. Le seul moyen de les aider à résister aux idées extrémistes consiste à subvenir à leurs besoins. C'est à ça que servira votre argent ! Deux tournées de bière permirent d'établir le coût de la location : deux cent cinquante euros par fusil pour une semaine, cinquante euros supplémentaires par journée de retard.
— Quand mon pote l'armurier m'a prévenu de votre arrivée, j'ai réservé des chambres climatisées à *La Savane*. Vous pourrez garer votre voiture dans la cour intérieure. Il est presque vingt-et-une heures. On va y déposer vos bagages, et on ira dîner.

Charlotte se tourna vers les autres :
— On oublie Aribinda ?
— Seuls les insouciants roulent la nuit ! déclara Houssaki. Mais si vous voulez vous faire détrousser ou décapiter, je peux annuler la soirée !

Castellane ne tenait pas à utiliser les fusils d'assauts dans les minutes qui suivaient :
— Nous allons dîner avec vous !

Ils chargèrent dans la Toyota les armes et suffisamment de munitions pour affronter un régiment, et Houssaki les amena à l'auberge. Une burkinabè coiffée d'un foulard fumait une cigarette devant le portail ouvert ; une tunique mauve aux motifs géométriques recouvrait son jean jusqu'aux genoux ; deux enfants lui tournaient autour en essayant de s'attraper.

Elle fit signe à Charlotte d'abaisser sa vitre :
— Vous pouvez laisser votre voiture contre la citerne.

Charlotte rangea la Toyota, et la femme les conduisit à l'accueil. Elle récupéra des clés sur son comptoir, les leur attribua selon des critères ésotériques et appuya sur un interrupteur. Une loupiotte famélique tenta d'éveiller un long couloir sans fenêtre.

— Vos chambres sont numérotées. Si vous désirez prendre une douche ou aller aux toilettes, ça se passe derrière la porte du fond. À quelle heure, le petit-déjeuner ?

Tous se tournèrent vers Alicia.

— Le temps de nous préparer, disons huit heures.

— Quand vous rentrerez, je serai déjà couchée. Ne vous inquiétez pas pour votre voiture. Je n'attends plus personne et vais verrouiller le portail. Voici un double des clés, dit la femme en le remettant à Alicia.

Ils déposèrent les bagages dans leurs chambres, et suivirent Houssaki jusqu'à un maquis situé à une centaine de mètres.

Charlotte avait écouté ses précédentes explications d'une oreille distraite :

— Je ne vois pas d'enseigne.

Houssaki répliqua en poussant la porte :

— Sinon, ça s'appellerait un restaurant !

Ils pénétrèrent dans une grande pièce illuminée par des dizaines de bougies. Des gens y ripaillaient sur des tapis, ou debout, une assiette dans la main. Houssaki les entraîna dans une cour intérieure carrée desservie de chaque côté par deux arches symétriques :

— Venez, on va assister au concert !

Comme dans le salon, les clients parlaient à voix haute, riaient, buvaient et se rassasiaient avec leurs doigts. Quelques-uns étaient attablés, mais la plupart donnaient la priorité aux mouvements, aux rencontres, aux discussions imbibées.

Sur une estrade érigée en son milieu, deux musiciens assis sur des coussins semblaient imperturbables malgré le brouhaha général. L'un chauffait sa flûte en bois, l'autre disposait entre ses jambes une calebasse recouverte d'une peau de chèvre.

— Suivez-moi, j'ai réservé des fourchettes et des couteaux ! Le dépaysement a ses limites, plaisanta Houssaki en traversant la cour.

Ils s'installèrent sur un banc, mais Houssaki resta debout.

— Je vais commander avant que ça commence. Qu'est-ce que vous désirez ?

— Que nous conseillez-vous ? demanda Castellane.

— Le mouton sauce gombo. Le mari de Malika l'a tué ce matin. Vous ne serez pas malade ! Et si vous voulez essayer un autre plat typique, prenez un *gawré* en entrée. C'est de la pâte de haricot avec des oignons et des épices. En principe, on la sert telle quelle, mais Malika la prépare comme des beignets, un demi-litre d'huile pour un kilo de haricots. Si vous êtes au régime, une assiette pour quatre suffira !

Même si Charlotte avait tiqué sur la remarque d'Houssaki, le repas était savoureux. Les canettes de bière s'entassaient sur les tables, mais les musiciens jouèrent dans un silence relatif. Les clients désireux de discuter avaient migré à l'intérieur.

Le concert dura une heure. Le flûtiste développa des mélopées lancinantes propices à la concentration. Comme dans un raga, il enchaîna sur des envolées endiablées soutenues par les fulgurances rythmiques du percussionniste. Un état de transe envahit l'assemblée. Charlotte mourait d'envie de danser ; Lucas, de prendre des photos. Mais Alicia leur glissa à l'oreille d'y renoncer.

Après des applaudissements nourris, le flûtiste discourut en arabe.

Houssaki traduisit ses propos à leur intention :

— Il a rappelé les liens qui nous unissent. Burkina signifie *la patrie des hommes intègres*. Faso *la terre de nos ancêtres*. Certains ont tendance à l'oublier !

Les va-et-vient reprirent leur cours, les esprits s'échauffèrent sous l'effet de l'alcool. Peu après minuit, Alicia décréta le retour à l'auberge. Ils remercièrent Houssaki pour cette excellente soirée. Pour lui, elle commençait.

Banon

J'ai bourlingué sur tous les continents. Outre l'aspect pécuniaire, les différents métiers que j'ai exercés m'ont permis de côtoyer des cultures broyées, ou sur le point de l'être, par le rouleau compresseur occidental. Mécanicien spécialiste du système D au Ghana. Chasseur de phoques en Namibie. Serveur dans un café-restaurant planté au beau milieu du désert australien. J'ai même aidé des Indiens d'Amazonie à délimiter leur territoire qui rétrécissait sous les coups des pelleteuses... Mais raconter les rencontres qui ont enrichi ces douze années passées à sillonner la planète accaparerait le peu de temps qu'il me reste. Toujours est-il que ce mode de vie m'a lassé. À cinquante-six ans, je désirais finir mes jours dans un transat avec un bon livre entre les mains.

Je suis retourné en Provence. Dans « ma » ferme ! Surpris de ma visite, après tant d'années sans avoir reçu de mes nouvelles, le couple me réserva un accueil mitigé. Ils avaient doublé le nombre d'oliviers et de brebis, mais continuaient de me verser la même somme qu'au début, sans tenir compte de leurs recettes supplémentaires. J'aurais pu me fâcher, mais je les comprenais. Pour eux, j'étais le gars qui parcourait le monde grâce à leur travail. Je les ai rassurés : j'en aurai fait autant à leur place. Ils se sentirent soulagés, mais j'ai majoré leur loyer de mille euros par mois. Une mise à jour avec les intérêts !

Au bout d'un moment, leur présence m'a gênée. Je leur ai octroyé un trimestre pour dégager le plancher. Ils pouvaient emporter les brebis, celles qui m'appartenaient comprises, ainsi que le matériel pour fabriquer ces foutus fromages, mais renonçaient aux oliviers qu'ils avaient plantés. Ils n'allaient quand même pas les déterrer ! Le deal leur a convenu. Deux semaines plus tard, ils ont acquis une exploitation à quelques kilomètres et l'ont payée cash. Comme quoi ils s'étaient mis pas mal de blé de côté sur mon dos !

Mais ils avaient bien entretenu l'ensemble des bâtiments et j'ai laissé pisser.

J'avais des projets et deux cent mille euros sur mon compte. Je me suis lancé dans de gros travaux. Transformation de la grange, de l'atelier à fromages et du hangar en gîtes. Barbecue géant, piscine de quinze mètres, VTT électriques, boulodrome, ping-pong, aire de jeu avec toboggan et sol en mousse pour les petits. J'ai claqué dans du quatre étoiles !

J'habiterai la maison et disposerai de quatre lieux pour héberger des vacanciers. Les deux premières années ont remboursé mes investissements. Les revenus des suivantes m'ont permis de reconstituer mes économies sans me restreindre.

Je n'avais pas imaginé recevoir des touristes, par le passé. Mais cette solution évitait les locataires insolvables. Les soucis – accueil des arrivants, ménage –, je les ai délégués à une mère célibataire qui avait du mal à joindre les deux bouts.

J'étais peinard la moitié de l'année. En pleine saison, je me baladais en vélo ou m'occupais du potager... Et des oliviers. Je me suis pris de passion pour ces arbres centenaires. Quand j'apportais ma récolte à presser, j'étais fier comme Arpaillon.

Cinq années s'étaient écoulées lorsque j'ai vu un reportage sur des cadavres de gosses d'origine africaine découverts dans les Alpes-de-Haute-Provence.

J'ai pensé à Hadiya et aux trafiquants qui l'avaient enlevée en 1993. J'allais les retrouver et leur faire la peau. Pour être honnête, ma vie de rentier commençait à me peser. J'ai réservé une chambre dans un hôtel de Banon.

Lucas Dessange avait écrit son deuxième article quand je l'ai abordé dans un bar. Le faire parler a été un jeu d'enfant. Il avait divulgué des informations sur l'enquête en cours et venait de se prendre un bouillon par les gendarmes. Il en avait gros sur la patate. Au deuxième verre, il m'a considéré comme son confesseur.

Sa perspicacité m'a bluffé. Le coup des mômes largués d'un avion, respect ! Et il avait de la suite dans les idées. L'aérodrome de Redortiers, chapeau !

Il souhaitait pousser ses investigations et écrire le papier du siècle. La piste Martin Fourvèdre lui paraissait évidente avec le château d'Auterot situé sur la même trajectoire que celle des gosses. Mais sonner chez le sénateur et lui demander s'il était le parrain de ce trafic affolaient ses bonnes manières. Je n'avais pas tant de scrupules !

Je ne suis pas allé frapper au portail, mais me suis planqué afin de guetter les allées et venues. Deux képis étaient déjà postés derrière des arbres. Pour ces types biberonnés de supériorité militaire, envisager qu'un individu lambda sache filocher un suspect dépassait leur entendement ! Je n'ai pas cherché à les contredire et chacun a mené son enquête dans son coin.

Un soir, j'ai vu une Zastava sortir du domaine. Lucas avait mentionné cette bagnole. Elle appartenait à un ancien mercenaire devenu instructeur pour des gars qui voulaient changer le monde, de force puisque leurs idées fascistes restaient minoritaires.

Les mercenaires, ça m'a parlé. Payés pour enquiquiner le peuple, ils complétaient leurs salaires avec des à-côtés peu glorieux.

Je leur ai tendu un piège. La suite figure sur la vidéo. J'aurais pu les amener à un commissariat après avoir obtenu leurs aveux et laisser la justice s'occuper de leur avenir. Mais ces gars travaillaient en équipe. Ils étaient bien trop cons pour avoir monté la combine eux-mêmes et le big boss avait les moyens de les disculper. Ils auraient rejoint le circuit, plastronnant devant leurs congénères. Ou, plus vraisemblable, le patron les aurait éliminés, histoire de récurer derrière lui. De toute façon, d'autres projets sollicitaient mon attention. Pour les mener, je devais museler ces tocards *avant qu'ils alertent quiconque de mes intentions. Je les ai donc liquidés. Je n'en tire aucune fierté, mais n'en éprouve aucun remords. Leurs victimes me remercieront !*

J'ai prévenu la femme qui s'occupait des gîtes de mon absence et j'ai réservé un billet pour Ouagadougou.

9

Houssaki exhibait les yeux tirés du type en manque de sommeil. Mais il tenait à partager avec ses nouveaux amis français une tasse de thé, une omelette et des tranches de pain à la farine de *niébé*.

— Une plante proche du haricot, précisa-t-il avant de leur dépêcher ses dernières recommandations : à Aribinda, arrêtez-vous à la station-service. Ahmed y vend une essence correcte. Si vous montez vers le nord, vous n'en trouverez plus. Gardez en tête que la région devient chaque jour plus dangereuse. Votre présence au Sahel dérange les intentions des groupes extrémistes et les villageois assimilent les Français à la force Barkhane. Vous n'êtes plus les bienvenus. Alors, évitez les provocations !

Sur les quatre-vingt-dix kilomètres entre Djibo et Aribinda, la route numéro 6 traversa une terre rouge parsemée d'arbres. De temps en temps, une colline animait le relief, ou un chemin menait à des baraques concentrées à une centaine de mètres du bitume. Ils aperçurent un lac, avant Gaïk-Goata !

Excepté de rares camions, ils ne croisèrent aucun véhicule, mais durent se méfier des enfants et des animaux lorsqu'ils abordaient des villages.

Le trajet dura une heure et demie. À la sortie d'Aribinda, Charlotte demanda :

— Vous avez vu un aérodrome ?

Personne n'avait remarqué quoi que ce soit apparenté à une piste. Ils décidèrent de faire le plein à la station mentionnée par Houssaki. Ça leur donnerait l'occasion de se renseigner.

Le diesel coûtait un euro le litre, vingt centimes de plus qu'à Ouagadougou. Charlotte s'en plaignit, mais Alicia lui rappela qu'ils étaient éloignés de plusieurs centaines de kilomètres de la capitale. Le pompiste se morfondait à attendre le client, et ça restait moins cher qu'en France !

D'après le gars, ils étaient passés devant l'aérodrome sans le voir. S'ils rebroussaient chemin, ils l'apercevraient sur leur gauche, trois cents mètres après la dernière habitation.

Autant la piste de Djibo pouvait détenir un vague lien avec le décollage et l'atterrissage d'un petit avion, autant celle d'Aribinda ressemblait à un lit de rivière abandonné.

Charlotte engagea la Toyota sur une bande de glaise large de trois mètres.

— Si cet endroit est considéré comme un aérodrome, Redortiers incarne les spatioports intergalactiques ! lâcha-t-elle.

— Essayons de trouver le mobile-home, fit Alicia.

Son désappointement fut à la mesure du paysage, un décor de réchauffement climatique, immense, sableux, inhabité.

Charlotte sauva la situation en contournant une petite colline.

Caché des regards par le monticule de terre, le mobile-home de Robin Nouart – en fait une vieille caravane bas de gamme – défiait les critères des vacanciers occidentaux. La rouille bataillait ferme avec la taule. Le châssis, dépourvu de roues, reposait sur des parpaings.

— Il a eu peur qu'on la lui vole, se marra Castellane.

Plus par ennui que par conviction, Charlotte frappa sur le carreau de l'unique fenêtre. Les trois autres l'observèrent en attendant un miracle.

Elle se retourna vers eux :

— L'intérieur dégage une odeur de bidoche faisandée !

Ils approchèrent, et reniflèrent les interstices entre le montant et la porte. Alicia jeta un regard à 360 degrés avant de demander à Castellane de forcer la serrure. Les effluves pestilentiels provenaient de trois types allongés sur le sol. Deux Noirs et un Blanc.

Difficile de bouger dans cette caravane surpeuplée. Castellane et Lucas amenèrent les corps à l'extérieur. Charlotte compara le visage du Blanc avec le portrait de Robin Nouart.

Ils avaient retrouvé le pilote. Les autres macchabées affichaient des signes d'appartenance à l'État islamiste. Longues barbes, turbans noirs, treillis de combats.
— Vous pensez qu'ils se sont entre-tués ? lança Charlotte.
Castellane examina les corps.
— On aimerait nous le faire croire ! Regarde le nombre et l'orientation des balles.
Les djihadistes en avaient logé deux dans la poitrine du pilote, et une troisième dans sa tête. Dans un sursaut d'orgueil, Robin Nouart les avait flingués alors qu'ils s'apprêtaient à quitter la caravane.
— À moins de le considérer comme un super-héros, c'est impossible !
— Quel serait le but de cette mise en scène ? demanda Charlotte.
— Les incursions des terroristes sont monnaie courante dans le coin, répondit Lucas qui prenait des photos de l'aérodrome. Robin Nouart était blanc. Et Français ! La police conclura à un exemple, genre Daech trucide les ressortissants du pays qui a envoyé la force Barkhane.
Charlotte se tourna vers Alicia :
— Votre protecteur aurait fait le coup ?
— C'est probable.
— Mais où est passé l'avion ? lança Lucas.
Le spécialiste des objets perdus venait de pointer une évidence qui leur avait échappé.
— Il a pu être volé, émit Charlotte. Bertrand Cornet savait-il piloter ?
— Il ne l'a jamais mentionné, mais ça ne prouve pas grand-chose, répondit Alicia. Lavallière servait dans les parachutistes au début de sa carrière. Il a bien dû tenir un manche un jour ou l'autre !
— Vous sous-entendez qu'il serait venu pour liquider ses contacts ? demanda Castellane.
— C'est aussi plausible que l'hypothèse selon laquelle mon *protecteur* continuerait à me venger !

— On s'active, colonelle ? lança Charlotte.
— L'odeur a dû s'atténuer. On fouille la caravane ! Castellane récupéra dans un tiroir la revue technique d'un Piper et une vieille carte de la région.

Alicia et Charlotte s'intéressèrent à une vingtaine de photos scotchées sur les parois. Sur des pistes comparables à celle d'Aribinda, Robin Nouart était dressé devant l'hélice de l'appareil ou appuyé contre la carlingue.

— Des souvenirs des différents aérodromes qu'il dessert, estima Alicia.

Sur d'autres clichés, il apparaissait aux commandes de son engin. Sur le dos ou les ailes à la verticale.

— Un sacré pilote ! jugea Charlotte.

Alicia sonna la fin de la visite et ils rejoignirent les corps squattérisés par une flopée de mouches.

— On prévient les autorités locales ? demanda Castellane.
— Mauvaise idée, intervint Lucas. Si on tombe sur des policiers associés à la cause islamiste, ils n'hésiteront pas à nous accuser des meurtres.

Ils réfléchirent aux propos du journaliste, et Alicia décida :

— On brûle leurs vêtements et on les enterre en haut de la butte. Ça m'étonnerait qu'on y construise une tour de contrôle !

La butte transformée en cimetière, ils récupérèrent les photos, la carte, et montèrent dans la Toyota. Charlotte enfonça la clé de contact :

— On va où ?

Le silence prenait ses aises, mais Lucas le bouscula. Il déplia la carte sur ses genoux et ils se tournèrent vers lui lorsqu'il mentionna les croix rouges, vertes ou orange ajoutées de la main de Robin Nouart :

— J'imagine que ce sont les villages où il faisait ses emplettes. Ou des livraisons.

— Pourquoi aurait-il utilisé trois couleurs différentes ? s'interrogeait Alicia.

— Pour symboliser l'état des pistes, émit Castellane.
— Ce gars se poserait sur le toit d'un poulailler ! rappela Charlotte.
— Ou la sécurité, essaya Castellane. Aucun problème avec les vertes, des risques avec les oranges, dangers importants avec les rouges.
— Si vous pensez aux attentats et aux aires d'influence des djihadistes, ça ne colle pas, intervint Lucas. Celle-ci est verte, mais ce village se situe en pleine zone contrôlée par le JNIM, le Groupe de soutien à l'islam et aux musulmans.
Le journaliste avait approfondi la question avant de partir, applaudit Alicia.
Castellane s'empara de la carte, la replia et regarda la dernière page.
— Elle date de 1993. L'année où Robin Nouart commence ses activités dans le secteur. À cette époque, le sahel était fréquentable.
— Et s'il avait indiqué la nature de la cargaison ? proposa Charlotte. Une couleur pour le transport de passagers, une autre pour les marchandises, la troisième pour les gosses.
— Mais comment savoir laquelle correspond à quoi ? soupira Alicia.
Nouveau silence. Cette fois interrompu par Charlotte :
— On retourne à Ouagadougou et on embarque dans le premier vol pour Paris ? Ou on fouille chacun de ces bleds !
Alicia demanda à Castellane de lui filer la carte :
— Je compte treize croix. La plupart se situent au nord de Djibo. Si la théorie du major se confirmait, Robin aurait noté ses premières destinations. Il a arrêté, car il avait retenu le nom des villages et les endroits où atterrir. Ou bien il a réalisé l'imprudence de répertorier ses excursions, mais sans se résoudre à jeter cette relique de ses premiers vols.
Charlotte retira la carte des mains d'Alicia. En l'examinant avec attention, elle remarqua une croix rouge tracée au feutre, à la différence des autres effectuées avec un bic. Elle en informa l'équipe et précisa :

— Elle date de quelques jours !
L'estomac de Lucas gargouillait :
— Survolons la région avec ce cher Google, et on ira déjeuner !
Sa suggestion mit tout le monde d'accord.

Aribinda ne rimait pas avec Internet. Pas l'ombre d'un cybercafé à l'horizon. Un gamin traînait ses guêtres au beau milieu de la route. Il écarta les bras en voyant la Toyota arriver. Charlotte s'arrêta à sa hauteur et lui demanda par la fenêtre s'il connaissait un endroit où se connecter. Il mentionna une église catholique tenue par un prêtre « sympa et branché », à l'autre bout de la ville. Pour deux euros, il se ferait un plaisir de les y conduire. Charlotte lui remit de la monnaie en souriant et il grimpa à l'arrière de la Toyota.

Le garçon, avenant, enchaîna les questions. Charlotte y répondait volontiers, mais Alicia la coupa lorsqu'elle s'apprêtait à dévoiler qu'il voyageait en présence de trois gendarmes et d'un journaliste :

— Nous sommes venus visiter la grande mosquée de Djibo !

Consciente de la bourde qu'elle avait failli commettre, Charlotte ferma son clapet. Des images insupportables la submergèrent : un énorme sourire au coin des lèvres, de jeunes Irakiens approchaient les soldats américains avant de déclencher leur ceinture d'explosifs. Cet épisode, récurrent des après-guerres du Golfe, lui rappela sa tendance à se prendre pour l'oie blanche de service. Elle enfonça un CD de Stevie Wonder dans le lecteur de l'autoradio et monta le volume.

Le gosse indiqua une parcelle cernée d'un mur en bauge :

— Moi, je descends là. Mais vous pouvez entrer.

Tout sourire, il repartit vers son aire de jeu en sautillant. Il avait doublé son argent de poche du trimestre.

Charlotte franchit le portail et rangea le Land-Cruiser derrière un pick-up fatigué. Ils traversèrent la cour en direction d'un bâtiment en briques.

— Même si vos réflexions sont justifiées, je vous interdis de les formuler ! prévint Alicia avant de pousser le battant entrouvert.

Les murs de la salle arboraient différentes couleurs. Un élan esthétique ou un cache-misère des conséquences dévastatrices du temps sur la décoration originale ? se demanda Lucas. Sans cloison de séparation, deux espaces distincts permettaient aux fidèles de se recueillir ou de s'initier à l'informatique. Huit tables abritaient chacune un poste de travail. Alicia examinait les unités centrales antédiluviennes et leurs épais écrans de quatorze pouces quand un septuagénaire aux longs cheveux gris, la peau et les os couverts d'une soutane blanche, apparut de derrière l'hôtel.

— Bienvenue dans mon église. Je suis le père André. Puis-je vous aider ?

Alicia exprima leur besoin de se connecter à Internet et le prêtre alluma deux appareils.

— Les autres sont cassés. Le directeur de l'Institut français de Ouagadougou m'en a promis quatre en état de marche, mais je vais devoir relancer ce mécréant ! Allez-y, ne laissez pas mes anathèmes vous distraire.

Lucas cliqua sur Google Earth. Les images peinaient à s'afficher. Il en profita pour aller fumer dans la cour.

Sur l'autre poste, Hadiya consulta sa messagerie et ouvrit un mail de Jean-Luc. Elle espérait y récupérer des réponses à ses questions, mais il ne contenait qu'une photo à l'intention de Charlotte. On y voyait Basile, la langue pendante, une balle de tennis entre ses pattes avant, implorer Jean-Luc de l'envoyer au loin !

Castellane l'imita : Berthier l'informait qu'ils avaient déménagé les affaires de Charlotte dans le garage et celles de Tricourt dans l'appartement de Charlotte. Dubosc et Delage avaient percé le plafond, et l'escalier qui devait réunir les logements de Tricourt et le sien prenait forme. Mais rien ne concernait l'enquête.

Ses poumons rassasiés, Lucas demanda à Alicia de venir voir l'image enfin affichée.

Castellane, Charlotte et le curé s'approchèrent également.
— Voici l'église où nous sommes…, et, à quinze kilomètres au nord de Déou, un hameau qui correspond à la croix faite au feutre.

Avec une langueur exaspérante, le logiciel zooma sur la carte, jusqu'à ce que l'indicateur rouge s'entoure d'une trentaine d'habitations.

Alicia sollicita sa mémoire. Déou, le chef-lieu du département. Elle y accompagnait sa mère lorsque les villageois vendaient leur surplus de millet.

— On y va ? dit Charlotte.

— Après les attentats de Djibo, l'insécurité est devenue la norme dans le Sahel ! s'en mêla le prêtre. Le peuple ne supporte plus l'inefficacité du gouvernement à chasser les djihadistes. Lors d'un séminaire à l'archevêché de Ouagadougou, on m'a prévenu qu'un coup d'État se préparait contre le président Kaboré. Il peut avoir lieu demain, comme dans six mois. Malheureusement, l'armée est aussi corrompue que la clique au pouvoir. Vous avez dû remarquer des portraits de Vladimir Poutine dans les rues de Ouagadougou. Même si les paramilitaires du groupe Wagner ne sont pas encore intervenus au Burkina, gardez bien à l'esprit que les Français ont perdu le cœur des habitants au profit des Russes. C'est un voyage à vos risques et périls. De quatre heures sous le cagnard !

— Quatre heures pour une centaine de kilomètres ? s'étonna Lucas.

— En coupant par les anciennes voies, vous gagneriez du temps. Mais si vous tombez en panne, c'est le pétrin assuré ! Sans parler de casser un amortisseur avec les ornières ! Je vous en supplie, prenez la route 6. J'imagine que vous avez oublié d'emporter un téléphone satellitaire.

Les va-et-vient dépités de leurs têtes confirmèrent sa supposition.

— Vous possédez des armes ?
— Oui, répondit Alicia.

— C'est déjà ça ! Attendez-moi une minute !
Le vieil homme revint avec un panier en osier et une boîte en carton sous le bras.
— Voici mon appareil. Je vous le prête. Mon numéro est dessus. Vous m'appelez si vous avez des ennuis. Je vous ai mis de quoi vous restaurer. Vous avez pensé à l'eau ?
— J'ai prévu un pack de six bouteilles, dit Castellane, fier de ses talents d'organisateur.
— C'est insuffisant sur ces chemins caillouteux. Si vous percez le radiateur, vous barboterez dans la mouise. J'ai rangé deux gros bidons derrière la citerne. Remplissez-les avant de partir. Et prenez ce paquet de chewing-gum. Rien de tel pour réparer une fuite !
— Merci pour tout, s'émut Charlotte.
— Vous avez égayé ma journée, répondit le religieux.
— Combien coûte un ordinateur en bon état ? demanda Alicia.
— Des sociétés européennes s'en séparent pour une vingtaine d'euros. Elles soignent leur image sans s'embarrasser du recyclage !
Alicia lui donna six billets de cinquante :
— Pour vos écoliers, dit-elle en le serrant dans ses bras.

La chaleur à l'intérieur de l'habitacle était insupportable. Charlotte voulut allumer la climatisation, mais Castellane, son fusil entre les mains, souhaitait riposter en cas de menace sans recevoir un éclat de verre. Lucas trouva un compromis : ils rouleraient les fenêtres grandes ouvertes et la clim à fond.

Le trajet après Déou fut éprouvant. Entre les crevasses dues à la saison des pluies et les cailloux qui pointaient leurs arêtes, Charlotte démontra un sens aigu du pilotage. Mais les secousses avaient exténué les corps et les esprits quand Lucas annonça qu'ils étaient arrivés.

Alicia en éclaireur, Charlotte brandissant le deuxième fusil-mitrailleur, Lucas et Castellane fermant la marche, ils traversèrent le village sans rencontrer âme qui vive. Les cases en briques crues recouvertes d'un toit de chaume avaient supplanté les maisons rectangulaires de plain-pied munies d'un toit-terrasse aperçues depuis leur départ de Ouagadougou.

Ils revinrent sur leur pas et s'arrêtèrent devant un acacia planté au milieu d'un espace central.

Alicia cria :

— Bertrand, je suis arrivée.

Elle recommença en direction des autres points cardinaux, mais ses appels restèrent vains.

— Que fait-on ? demanda Charlotte.

— Ils travaillent aux champs ou s'occupent de leurs bêtes, estima Alicia. On attend leur retour.

Ils patientaient sous le feuillage de l'arbre quand six hommes entre quinze et soixante-dix ans sortirent de plusieurs cases avec des fusils de chasse qu'ils braquèrent vers les intrus.

— À trois, vous vous couchez. Charlotte et moi, on les dégomme ! émit Castellane.

— Une seconde, major !

Alicia, ses mains en évidence, interpela le plus vieux :
— Nous cherchons un Français dénommé Bertrand Cornet. Pouvez-vous nous aider à le trouver ?

Le doyen ne broncha pas, mais deux jeunes avancèrent, l'air menaçant.

Alicia tenta une approche différente : s'exprimer en peul.

Le vieux leur fit signe d'abaisser leurs armes, Alicia envoya la même consigne à ses subordonnés, et il marmonna quelques mots entre ses poils de barbe avant de retourner dans sa case.

— Qu'est-ce qu'il a dit ? demanda Castellane.
— D'attendre !

Les minutes défilaient dans un silence intégral quand, du pas de sa hutte, une femme âgée invita Alicia à entrer.

— Vous croyez que c'est prudent ? s'inquiéta Castellane.

Alicia se dirigea vers la case sans prendre la peine d'argumenter.

Elle en ressortit une demi-heure après avec un cahier. Des larmes coulaient sur ses joues. Elle avait du mal à se tenir droite.

— Ça va ? s'enquit Lucas en tendant le bras pour la soutenir.

— J'ai juste besoin de m'asseoir !

Même s'ils n'en comprenaient la cause, ils respectèrent cette pause.

— Bertrand s'est éteint avant-hier, annonça-t-elle en se relevant. Ils vont l'inhumer demain. Le chef du village m'a proposé d'assister à la cérémonie et j'ai dit oui.

— Il est mort de quoi ? demanda Lucas.

— Une balle dans la poitrine. Ils l'ont soigné durant une dizaine de jours. Il allait mieux, mais son état s'est aggravé d'un coup. Il venait de terminer ses mémoires, à mon intention.

Elle agita le cahier d'écolier qu'elle tenait en main.

— Vous pouvez revenir à Ouagadougou avec l'avion. Il est caché dans le champ à côté. Je vais séjourner ici. Ces gens m'aideront à retrouver mon village. Ne vous inquiétez pas, je rentrerai avec la Toyota d'ici une semaine ou deux. Si vous voulez assister à la cérémonie en l'honneur de Bertrand, ils mettront une case à votre disposition pour dormir.

Charlotte déclara qu'elle ne louperait pour rien au monde une fête locale, peu importe qu'elle soit mortuaire. Lucas désirait prendre des photos. Quant à Castellane, il était bien obligé de suivre le mouvement.

Une gamine les conduisit vers leurs hébergements. Elle allait à l'école, à Doué. Pas tous les jours, mais suffisamment pour parler un français correct.

Charlotte lui demanda pour quelle raison les Kassénas – le nom donné aux cases traditionnelles – n'avaient pas toutes la même forme :

— Les rectangulaires sont destinées aux hommes célibataires et aux jeunes couples. Les vieux et les enfants occupent les rondes.

Une coutume pour apaiser les tensions, approuva-t-elle.

Le repas du soir, frugal, se composa d'un bol de millet. Une calebasse contenait du *dolo*. On la passait à son voisin après en avoir avalé une gorgée.

— Cette bière est délicieuse ! lança Castellane à Lucas.

— C'est une boisson ancestrale, intervint la jeune burkinabè. Tu veux savoir comment on la fait ?

— Avec plaisir !

La petite le précéda derrière une case. Sa mère s'affairait devant une grande marmite.

— C'est ta maman qui la fabrique ? s'étonna Castellane.

— La production est réservée aux femmes. On fait germer les graines avant de les cuire dans le chaudron. On utilise du mil. Il ne pleut pas assez pour cultiver du sorgho rouge. Le soir, on ajoute la levure. Le dolo se consomme le lendemain, sinon la fermentation continue et il devient imbuvable.

— Toi aussi, tu le prépares ?

— Oui, mais je n'ai pas le droit d'y goûter. Je suis trop jeune ! dit-elle en éclatant de rire.

Lucas et Castellane rallièrent une case, Charlotte et Alicia, une autre. Charlotte roupilla dans la minute, mais Alicia ne trouvait pas le sommeil. Elle récupéra une lampe de poche dans la Toyota, se réinstalla sur les nattes multicolores posées sur une cage en bois – son corps approuvait de retrouver ce couchage ferme – et entama les confessions de Bertrand Cornet.

Le pays des hommes intègres

Alpaguer Robin Nouart n'a pas été de la tarte. Je suis allé à Bobo Dioulasso, mais il avait rendu les clés de sa piaule. Je me suis alors tapé tous les aérodromes de la région, de simples bandes de terre signalées par que dalle. Je les ai longées plusieurs fois sans soupçonner que des avions les avaient un jour empruntées. Un brave type a mentionné une caravane cachée par une butte, au bout de la piste d'Aribinda. Sans lui, je n'aurai jamais pensé à y jeter un œil.

J'ai bricolé un poste d'observation en entassant des buissons sur le plateau du tertre. Et j'ai patienté.

Le lendemain, un avion a atterri. Nouart et un passager ont débarqué. Ce type, je l'avais aperçu au volant d'une Mercedes lorsque je planquais devant le château des Fourvèdre : c'était Lavallière. Le big boss ! Un quart d'heure après, un pick-up aux couleurs de Daech a déboulé. Deux barbus armés jusqu'aux dents, leurs têtes emmitouflées dans un foulard, en descendirent, et tout ce joli monde s'est retrouvé dans la caravane. Ça sentait la réunion au sommet !

De ma cachette, je ne percevais pas leur conversation. Mais j'ai entendu les coups de feu. Huit ! Lavallière est ressorti. Seul ! Il avait liquidé les trois autres. Il n'était pas parti en croisade, il assurait ses arrières.

Il retournait à l'avion quand je l'ai assommé. J'aurais pu parlementer avant d'en venir aux mains, mais j'avais vu trop de gars salir leur couteau pour avoir le dernier mot. J'ai préféré anticiper. Le temps qu'il reprenne connaissance, j'ai récupéré les armes de ces guignols.

Lavallière a vite saisi que je n'avais pas rappliqué au Burkina Faso pour la beauté des paysages. Les types qu'il avait tués, je ne le lui reprochais pas. Compromis jusqu'à l'os, Nouart l'avait mérité. Les djihadistes, n'en parlons pas ! Mais je ne comprenais pas leur irruption dans cette aventure. Il me l'a expliqué, Lavallière. Quelques coups de godasses bien placés l'y ont encouragé. Ils lui fournissaient les gosses.

Lavallière éliminait ses complices. Mais les deux zouaves en turban travaillaient en équipe. D'ici quelques jours, leurs rabatteurs mèneraient une razzia dans un village situé plus au Nord, en territoire Peul. On est monté dans l'avion et on s'y est rendu.

Comparée au terrain sur lequel je me suis posé, la piste d'Aribinda ressemblait à du béton lissé. Mais j'avais fait pire quand je livrais de la marchandise aux Inuits.

Notre arrivée a attiré une trentaine de personnes. En arabe, j'ai parlé au chef du hameau pour lui expliquer ce qui se tramait. Le convaincre qu'une razzia d'enfants se produirait dans les prochains jours n'a pas été simple. Mais lorsque je lui ai montré les photos des gamins retrouvés près de Banon, il a admis qu'en rectifiant les ravisseurs on donnerait à réfléchir à ceux qui seraient tentés de prendre la relève.

Le lendemain, l'aridité des sols m'a frappé. J'ai arpenté les environs en me demandant par quels moyens je pourrais améliorer les conditions de vie des villageois. L'eau. La denrée rare de l'Afrique. Dans certaines régions, une marchandise à la valeur inestimable. Une nappe phréatique approvisionnait la communauté. Mais les voir s'échiner à rapporter dans des seaux percés la flotte qu'ils tiraient du puits m'a remué les tripes. Ils avaient construit un réservoir, reçu la pompe et le transformateur – payés le double du prix ! – et il ne leur restait plus un rond pour les panneaux solaires. Alors je suis allé à Djibo et j'en ai commandé une dizaine. Ils devraient arriver dans des délais difficiles à estimer !

En attendant, j'ai bricolé du provisoire qui dure, tu verras !

Et me suis occupé de la défense du territoire. Certains possédaient des pétoires avec lesquelles ils tuaient du gibier. J'ai sélectionné parmi les autres les meilleurs tireurs et leur ai appris à se servir des armes que j'avais récupérées.

On a accueilli les trafiquants avec quatre fusils de chasse, deux fusils-mitrailleurs, trois revolvers et quelques surprises maison.

10

Les Peuls avaient adopté les rites funéraires musulmans. Le défunt étant catholique, ils dérogeraient à certaines règles, expliqua la fillette. Puisque Charlotte et Alicia participeraient aux obsèques, les femmes seraient autorisées à y assister. Quatre membres de la famille devaient effectuer la toilette du corps. En leur absence, le doyen s'en chargeait. Mais comme il était affaibli, une villageoise le remplacerait. Il présiderait néanmoins la cérémonie. En signe de respect pour sa religion, Bertrand serait orienté vers Rome et non vers la Mecque. D'habitude, les amis et les proches préparaient à manger pendant trois jours. L'ancien avait considéré qu'un seul repas suivi de chants et de danses correspondrait mieux à la situation.

Les travers de l'économie de marché n'avaient pas atteint cette contrée. On pouvait y enterrer ses morts sans se surendetter, apprécia Lucas.

Quatre hommes transportèrent Bertrand Cornet sur un brancard recouvert d'un linceul blanc. En chemin, Alicia montra à Charlotte l'avion, dissimulé par des branches d'acacias.

La cérémonie eut lieu devant une colline, à une centaine de mètres du hameau. À l'aide de cordes, ils descendirent le corps au fond du trou creusé à quelques pas d'un jujubier. Il aimait s'y reposer, mentionna la fillette. Une croix en bois plantée derrière la tombe rappelait son obédience chrétienne.

Le doyen lança trois poignées de sable sur le défunt, les villageois l'imitèrent. Ils auraient dû mettre Bertrand dans un cercueil, mais sa mort les avait surpris et ils ne souhaitaient pas attirer l'attention de l'artisan de Doué qui les fabriquaient.

Le vieux chanta une prière. Il faisait signe à deux hommes munis de pelles de recouvrir le corps, mais Alicia avança près du trou. Elle désirait prononcer un éloge funèbre. Même si le souffle du vent dispersait ses paroles, tous ressentirent son émotion. Le buste voûté, elle retourna au village sans dire un mot.

Vers dix-neuf heures, l'équipe se posa autour du méchoui installé sur la place. Ces gens dans une misère évidente se mettaient en quatre, réalisèrent leurs hôtes.

La chèvre était excellente, les galettes de mil aussi.

La femme chargée d'alimenter l'assemblée en dolo s'efforçait de suivre la cadence !

— Pourquoi jettent-ils quelques gouttes de bière sur le sol avant de la boire ? demanda Castellane à la fillette qui ne le lâchait plus.

— Pour que nos ancêtres participent à la fête.

Après le repas, des villageois retirèrent le méchoui ; d'autres rapportèrent de leurs cases des calebasses destinées à la musique. Un homme entama un motif rythmique, repris ou complété par ses collègues ; les femmes se mirent à chanter et à danser au milieu de la place.

Charlotte, pompette, insista pour que Lucas vienne se déhancher avec elle.

Pendant ce temps, le vieux posa des questions à Alicia sur les us et coutumes en France. En retour, il raconta la vie au village, faite de joies simples. Et de désillusions.

La petite traduisit ses propos à Castellane :

— Trois hommes sont partis l'année dernière ! Ils occupaient les cases où vous avez dormi.

Les jeunes scolarisés à Déou avaient accès aux manuels ou aux vidéos éducatives offertes par les ONG. Au lieu de leur donner le courage de combattre les difficultés de cette contrée aride, ces images du monde occidental les incitaient à émigrer vers des pays où les menaçait une autre forme de misère.

La fête dura jusqu'à minuit, et ils allèrent se coucher. Alicia attendit que Charlotte commence à ronfler pour sortir sa lampe de poche et terminer le récit de Bertrand.

L'embuscade

Douze djihadistes ont débarqué, trois par pick-up. La place était déserte et ils sont descendus de leurs Toyota en gueulant qu'on vienne à leur rencontre. Un silence absolu leur répondit. Ils ont alors pénétré dans les huttes. Les trouvèrent vides. Comme je l'avais espéré, le chef ordonna à ses gars de partir aux quatre coins du village. Ils étaient supérieurs en nombre et mieux armés. Mais j'avais conçu un plan inspiré des sept mercenaires. L'effet de surprise jouerait en notre faveur. Je tirerai le premier, et mes huit combattants déchargeraient leurs pruneaux.

Malgré des ratés, cette première escarmouche a éliminé la moitié des djihadistes. Les rescapés se sont carapatés vers la place où le chef gardait leurs véhicules. Ils se sont crus à l'abri en montant sur le plateau des pick-up et ont lâché plusieurs rafales de mitrailleuses sur les cases, genre vous allez nous le payer.

Ils auraient dû déguerpir. Nous aussi on disposait d'armes de destructions massives. De Bobo Dioulasso, j'avais rapporté de quoi fabriquer des cocktails Molotov, et des frondes pour les lancer de plus loin. L'inexpérience a engendré des approximations, mais trois véhicules ont cramé. Les deux survivants ont détalé en tirant dans tous les sens. Par un manque de bol déconcertant, je me suis pris une balle dans la poitrine avant qu'ils soient neutralisés.

Mes jours étaient comptés. Même si la vidéo mentionnait la ville de Djibo, j'espérais que tu te rendrais à l'aérodrome d'Aribinda. Ton métier avait dû démultiplier ton don d'observation et j'ai parié que tu réaliserais l'enchaînement des faits et trouverais la marque sur la carte.

J'ignore si tu arriveras avant mon dernier souffle, mais je te laisse ce cahier. J'y résume ce passé que j'éludais quand je m'occupais de toi. Le bout du rouleau me rattrape et je me débarrasse enfin de ma pudeur. Un peu tard ! Excuse-moi.

Pour Lavallière, tu décideras de son avenir. Pèse le pour et le contre. L'emprisonner contenterait qui ? Un type qui se présente aux élections ? Ici, il répare ses crimes en rendant service. Les cadavres dans la caravane, enterre-les. Je n'en ai pas eu le temps.

La ferme t'appartiendra. C'est un placement sûr, qui roule tout seul. J'ai tout arrangé afin que personne ne remette en question notre lien de parenté ! L'accident du notaire, c'était moi. Tu devais t'en douter !

Une dernière chose : tu te souviens de la malle du vieux avec les biftons ? Elle est restée au même endroit. Tu y trouveras un sacré paquet de pognon. Fais-en bon usage.

Ma petite Hadi, l'unique rayon de soleil dans ma vie, tu éclaireras mes pensées au milieu des ténèbres.

Je t'embrasse, ma chérie.

Bertrand Cornet.

Ou Jean-Marie Laurent, si tu préfères.

épilogue

Lucas avait décidé de rester. Il désirait recueillir le maximum d'informations de la bouche des habitants, à la grande joie d'Alicia qui appréciait sa présence.

Mais le séjour de Charlotte et Castellane touchait à sa fin. Ils s'apprêtaient à remercier les villageois pour leur accueil quand Charlotte se rappela :

— J'ai oublié mon carnet dans la case. Je vais le chercher.

Elle revint tout sourire :

— Ça m'aurait chagriné de le laisser !

— Montre-moi tes dessins, s'intéressa Castellane.

Une rue animée de Ouagadougou, des dunes parsemées d'arbres, le restaurant où ils avaient écouté un concert, la piste d'Aribinda avec la caravane de Robin Nouart, l'église du père André, le hameau sous plusieurs angles, des portraits de ses habitants, la cérémonie de l'enterrement, la fête qui s'ensuivit. Des souvenirs de ce voyage probablement moins réalistes que les photos prises par Lucas, mais s'en dégageaient la vision poétique d'un monde voué à disparaître et une douceur nostalgique insoupçonnable de la part de Charlotte.

Le dernier dessin représentait une grosse hutte adossée à une tour.

— Où as-tu croqué celui-ci ? demanda Castellane.

— Près d'un puits, à l'autre bout du village.

Le major s'était posé des questions depuis qu'il avait assisté à la préparation du dolo. L'approvisionnement en eau semblait couler de source : champs de mil et de légumes irrigués en abondance ; robinet en accès libre sur la place. Pour fabriquer la bière, la femme en avait utilisé une quantité importante. Mais d'où provenait cette flotte ?

— Tu m'y amènes ?

— Je vous accompagne, annonça la fillette, toujours dans ses pattes.

Derrière une rangée d'acacias, Castellane découvrit une case d'un diamètre double de celles où ils avaient dormi. Elle était accolée à une citerne en bois sur pilotis, semblable à celles le long des voies ferrées qui approvisionnaient les locomotives à vapeur, dans les westerns. En s'approchant, Castellane remarqua deux gros tuyaux en caoutchouc qui partaient du bas de la cuve et s'enfonçaient dans le sol :

— Ils doivent alimenter les champs et le robinet sur la place.

— J'entends l'eau couler dans le réservoir, approuva Charlotte.

— L'extraire de la nappe nécessite une pompe. Or le hameau n'est pas relié au réseau électrique et je n'ai pas aperçu de panneaux solaires ou d'éoliennes dans les environs, s'intrigua Castellane.

Charlotte colla son oreille contre la paroi de la case :

— S'ils ont installé un bloc électrogène, son moteur est plus silencieux qu'un ours en hibernation !

Ils retournèrent au village. Sur la place, Alicia, le doyen et sa femme posaient devant l'objectif de Lucas. Ils attendirent la fin de la séance photo pour faire part de leur trouvaille à la colonelle.

Alicia parla en peul avec le vieux. Après un moment d'hésitation, il prit la direction du réservoir.

— Venez, dit-elle. Il va tout vous expliquer.

Arrivé devant la grande case, il retira le collier qu'il avait autour du cou. Il décadenassa la porte avec la clé qui y pendait, recula de quelques mètres et leur fit signe d'entrer.

Charlotte poussa un cri : trois hommes sur des vélos, pédalaient torses nus dans la pénombre. Castellane resta sans voix. Lucas sortit son appareil photo, mais Alicia posa sa main sur l'objectif. Le reportage s'arrêtait à l'entrée de cette case.

— C'est quoi ce binz ? finit par réagir Charlotte.
— Le testament de Bertrand !
En attendant l'arrivée des panneaux solaires, Bertrand avait mis en pratique son CAP d'électricien. À Djibo, il s'était procuré des vélos d'intérieur dans une salle de sport – en faillite à cause des attentats –, les avait payés le prix fort, avait bidouillé les dynamos et les avait reliées au transformateur. Au départ, les villageois se relayaient toutes les heures sur les selles. Lavallière et les deux djihadistes encore en vie les remplacèrent.
Leurs quadriceps irriguaient désormais le hameau et ses alentours.
— L'avenir des ravisseurs islamistes dépend du doyen, dit Alicia. Mais on peut ramener Lavallière en France. Ou le laisser pédaler jusqu'à sa mort. À vous de décider.
D'un côté, la justice.
De l'autre :
— Le sort de ce salaud m'indiffère ! déclara Castellane.
— Je dénoncerai leur trafic, mais sans citer ce hameau, jura Lucas.
Charlotte se hissa sur un rondin et résuma le rapport qu'elle remettrait au chef d'escadron :
— Lavallière faisait partie des gars que nous avons retrouvés dans la caravane. Mais comme il exhalait la décomposition avancée, entre l'hygiène, les démarches administratives et l'enquête des autorités burkinabè qui suivrait à cause des djihadistes, le rapatrier en France aurait été une vraie galère ! Alors, on l'a enterré sur place et on a serré nos dents pour que tout le monde soit content !... Major, ça vous tenterait une balade en avion jusqu'à Ouaga ?
Alicia s'adressa à Castellane :
— Vous saviez que Charlotte possédait son brevet de pilote ?
— Les loopings, ce n'est pas son truc ! rigola Charlotte.